Anna Ruhe

Die Duftapotheke

Das falsche Spiel der Meisterin

Anna Ruhe wurde in Berlin geboren. Nach einem Abstecher an die englische Küste studierte sie Kommunikationsdesign und Illustration und arbeitete einige Jahre als Grafikdesignerin in großen und kleinen Designbüros. Spannende Geschichten hatte sie schon immer im Kopf, mit dem Schreiben begann sie nach der Geburt ihrer zwei Kinder. Mit ihrer Familie lebt sie in Berlin.

Claudia Carls erklärte in ihrer Kindheit abwechselnd, Schriftstellerin oder Künstlerin werden zu wollen, bis sich dieser Konflikt mit dem Beschluss, Buchillustration zu studieren, schließlich auflösen ließ. Als Diplom-Designerin lebt und arbeitet sie in Hamburg und gestaltet Bilderbücher, Kinder- und Jugendbücher, Sachbücher und Plakate.

Anna Ruhe

Die Duftapotheke

Das falsche Spiel der Meisterin

Mit Illustrationen von
Claudia Carls

Arena

Für Luk & Milo

FSC
www.fsc.org
MIX
Papier aus verantwortungsvollen Quellen
FSC® C110508

1. Auflage 2019

Cover und Illustrationen: Claudia Carls
Gestaltung der Handschriften: Anna Ruhe und Suse Kopp
Layout des Duftposters: Clara Vath unter Verwendung einer Illustration von Claudia Carls
Illustration S. 64/65: Sharpshot © Shutterstock.com
Gesamtherstellung: Westermann Druck, Zwickau GmbH
ISBN 978-3-401-60403-9

Besuche uns unter:
www.arena-verlag.de
www.twitter.com/arenaverlag
www.facebook.com/arenaverlagfans

www.annaruhe.de

„Ein Duft kann dich in Sekundenschnelle verzaubern und in eine Welt entführen, die älter ist, als du es dir vorstellen kannst. Doch schon ein weiterer Duft könnte dich auf ewig darin gefangen halten."

Syrell de Richemont, Duftfabrikant, Paris 1905

1

Rauchige Wolken füllten die Luft und nebelten uns ein. Aus dem Flakon in meiner Hand stieg der Duft auf, den ich in den letzten Wochen für Elsa Peters entwickelt hatte. Mir wurde warm, wie immer, wenn ich einen meiner eigenen Düfte zum ersten Mal anwendete.

Bleiern und schwer zog ein Dunst aus Rosen, Patschuli und Weihrauch in unsere Nasen und schlagartig erinnerte ich mich an die alten Kirchen, in die Ma mich so oft geschleppt und in denen sie wochenlang Statuen und verblichene Wandgemälde restauriert hatte. Die »Traumhafte Brise« war ein schwerer Geruch, der nach Wärme und gleichzeitig auch ein bisschen nach Ma duftete. Dabei roch Ma nie nach Weihrauch und sie benutzte auch kein Parfüm aus Rosen oder Patschuli. Es war mehr das Gefühl und auch die Wirkung des Duftes, die mich an sie denken ließen.

Ich hatte die »Traumhafte Brise« aus der Duftapotheke ein bisschen abgeändert und die Mengenangaben neu zusammengestellt. Vor allem hatte ich noch etwas geriebene Alraunwurzel beigemischt, was nicht nur den Duft, sondern auch seine Wirkung ziemlich verändert hatte. Zum Besseren, wie ich fand.

Für einen Moment schloss ich die Augen und spürte, wie mich die Wärme des Duftes beruhigte – zumindest, bis ein Schrei ertönte, der mich zusammenzucken ließ. Ich riss die Augen auf und drehte mich in die Richtung, aus der er gekommen sein musste. Aber da waren nur die dunkelrosa Dunstschwaden, nichts weiter. Dann hörte ich ein leises Schluchzen.

Etwas stimmte nicht. In den Wolken bewegte sich etwas! Da waren Bilder und Geräusche, die sich halb durchsichtig durch den Raum zogen. Grausame Orte und noch grausamere Menschen. Eine Gänsehaut lief über meine Arme. Was *war* das? Überall schwebten Bilder, die wie Filmschnipsel aufleuchteten, um sich gleich wieder von neuen, düsteren Bildern ablösen zu lassen.

Da begriff ich, was hier los war. Die »Traumhafte Brise« versuchte, Elsas Albträume zu verjagen, nur *wollten* die sich nicht verjagen lassen! Mit aller Macht wehrten sie sich und kämpften darum, weiterhin gesehen und gehört zu werden.

Mit angehaltenem Atem sah ich dem Kampf zwischen Elsas Albträumen und meinen Duftwolken zu, bis die Luft im Zimmer endlich aufklarte und nicht nur das Dunkel, sondern auch die furchtbaren Geräusche verschluckte.

Ich atmete auf. Die »Traumhafte Brise« hatte gewirkt!

Schnell stopfte ich den Korken zurück in den Flakon und schaute den letzten verblassenden Wolken dabei zu, wie sie sich auflösten. Stück für Stück kamen die weiß getünchten Holzmöbel zum Vorschein.

Ich schielte zu Hanne, die schweigend neben mir auf dem Sofa saß und Elsa Peters in den letzten Minuten nicht aus den Augen gelassen hatte. Zum Glück schien sich Elsa wohlzufühlen. Zurückgelehnt lag sie in ihrem Sessel, die Füße auf dem Couchtisch und die Augen geschlossen. Die vielen Falten auf ihrem Gesicht wirkten glatter und ihre Mundwinkel zeigten nach oben. Es war ein ungewohnt entspannter Gesichtsausdruck. Aber genau aus diesem Grund waren wir ja auch hergekommen.

Elsa Peters war eine alte Schulfreundin von Hanne und litt seit mehr als dreißig Jahren unter schrecklichen Albträumen, die einfach nicht aufhören wollten, ganz egal, was sie auch versuchte. Wirklich sicher war ich mir nicht gewesen, ob die »Traumhafte Brise« dabei helfen würde, doch da hatte ich mich wohl getäuscht. Schließlich hatten die Düfte der Duftapotheke schon viel Unglaublicheres bewirkt.

Hanne räusperte sich und Elsa öffnete wieder ihre Augen. Mit einem Seufzen strich sie sich durch die kurzen grauen Haare.

»Heute Nacht schläfst du sicher so friedlich wie ein Baby, Elsa.« Hanne lächelte und stand auf. »Luzies Düfte sind kleine Meisterwerke.«

Hanne van Velden, die frühere Besitzerin unserer Villa Evie und Erbin der Duftapotheke, winkte mich hinter sich her.

Unsicher stand ich auf. »Falls Ihre Albträume Sie heute Nacht doch wieder aufschrecken sollten, rufen Sie uns morgen an.« Ich schob den rosa Flakon der »Traumhaften Brise« zurück in meinen Duftkoffer, den ich mir für genau diese Art Aufträge angeschafft hatte, und verschloss ihn. Fragend sah ich zu Hanne, die mir zunickte.

Elsa Peters pellte sich in Zeitlupe aus ihrem Sessel. »Ich fühle mich so entspannt und sorglos, wie schon seit Jahren nicht mehr!«

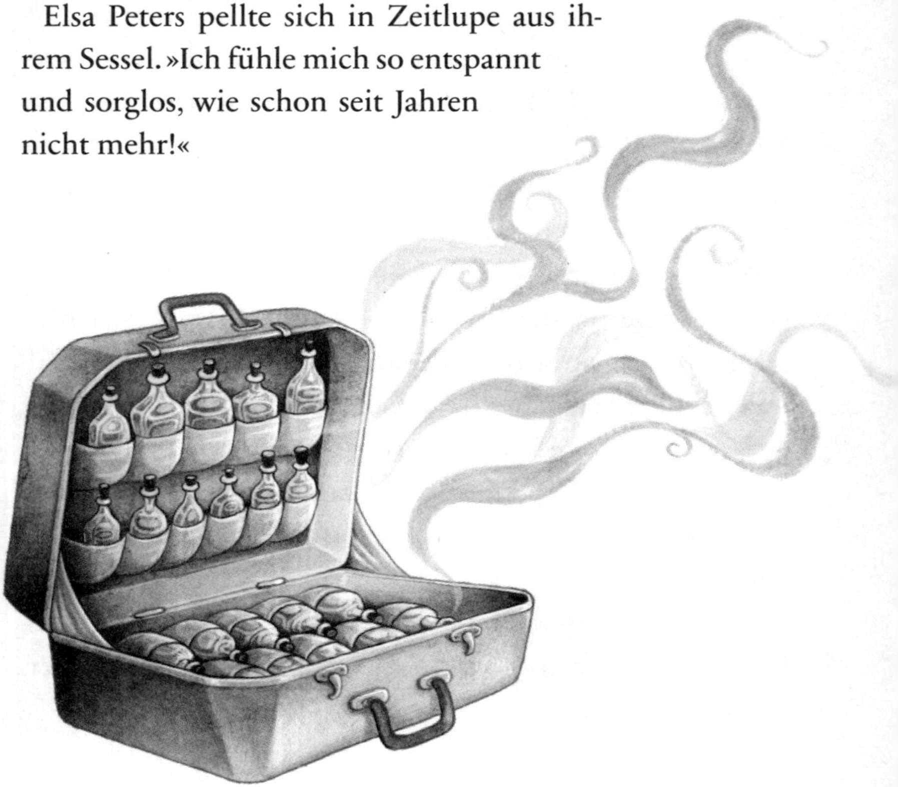

»Besser, du bleibst noch sitzen und genießt die letzten Duftwolken!« Hanne lächelte ihre Freundin an und winkte mich zur Wohnungstür. »Ich kenne doch den Weg hinaus.«

Elsa sah dankbar zu Hanne hinauf und ließ sich ohne Widerrede zurück in ihren Sessel sinken. Als sie zu mir schaute, lächelte sie. »Aber bitte nimm das kleine Päckchen im Flur mit! Es ist nur ein klitzekleines Dankeschön für deine wunderbare Arbeit!«

Etwas verlegen bedankte ich mich und ging aus dem Zimmer. Noch einmal hörte ich Elsa Peters seufzen, dann reichte mir Hanne ein in Glitzerpapier gewickeltes Etwas, das in der Diele auf mich gewartet hatte. Ich schob es in meine Jackentasche, während Hanne die Wohnungstür hinter uns schloss und vor mir die Hausflurtreppe hinabstieg. Nach der Stille in Elsas Wohnung hörten sich unsere Schritte wie wildes Getrampel an.

Zurück auf der Straße war auch der allerletzte Hauch der »Traumhaften Brise« verflogen. Fast hatte ich das Gefühl, selbst eine Traumwelt verlassen zu müssen, um in der ungemütlichen Realität wieder aufzuwachen. Aber es war natürlich kein Traum. Es war nur meine Fähigkeit, Gefühle und Erinnerungen in den Düften erkennen zu können. Denn so fühlte es sich an, wenn man eine *Sentifleur* war.

Noch ein bisschen benebelt von meinem selbst gebrauten Weihrauchduft schlenderten Hanne und ich zur Bushaltestelle und machten uns auf den Nachhauseweg.

Die Villa Evie wartete bereits auf uns.

Zurück im Lavendelweg verabschiedete sich Hanne von mir und verschwand hinter ihrer Wohnungstür, die seitlich in die Villa Evie führte. Hannes Wohnung war ein Teil der Villa, genauer gesagt war es die alte Dienstbotenwohnung im linken Seitenflügel, die Hanne weiterhin bewohnte, nachdem sie meiner Familie den Rest der Villa Evie verkauft hatte.

Für einen Moment wollte ich einfach noch ein bisschen allein sein und mich über meinen ersten offiziellen Auftrag als Duftapothekerin freuen, deshalb setzte ich mich auf die Stufen, die zur Haupttür der Villa führten. Ich legte meinen Kopf in den Nacken und sah hinauf in den wolkenverhangenen Himmel.

Die letzten Monate, seit Mats, Benno und ich aus Amsterdam zurückgekommen waren, hatten sich ziemlich ruhig und ereignislos angefühlt. Fast beunruhigend ruhig. Weihnachten lag hinter uns, der Winter verabschiedete sich und der Frühling kündigte sich an. Ich hatte meine Aufgabe, die Duftapotheke zu führen, sehr ernst genommen und obwohl mich meine selbst gebrauten Düfte stolz machten, ließ meine Anspannung einfach nicht richtig nach. Ein unbestimmtes Gefühl grollte ständig in meinem Magen.

Doch außer mir schien sich niemand Sorgen zu machen. Ich dachte an mein letztes Telefonat mit Willem zurück und was er zu mir gesagt hatte.

Seit wir wussten, was für ein Mensch unser früherer Gärtner wirklich war, klang der Name *Willem Boer* plötzlich ganz anders in meinen Ohren. Noch vor Kurzem war mir eine Gänsehaut über den Rücken gelaufen, sobald ich an ihn dachte. Nachdem Willem uns aber geholfen hatte, den Ewigen den letzten Rest unseres Meteorpulvers, das sie uns gestohlen hatten, wieder abzunehmen, hatte sein Name eine fast beruhigende Wirkung. Seltsam, wie sich die Dinge manchmal komplett änderten, nur weil man ein paar Informationen mehr besaß.

Seit ich wusste, dass alles, was Willem in der Villa Evie und der Duftapotheke angerichtet hatte, nur passiert war, weil er seine Familie beschützen musste, vertraute ich ihm fast blind. Dabei waren Mats und ich uns vor gar nicht langer Zeit sicher gewesen, dass Willem der schrecklichste Mensch war, den wir kannten. Wie absolut falsch wir doch damit gelegen hatten!

Ein leichter Wind wehte mir ins Gesicht. Ich fröstelte und schlang meine Arme um mich. Seit Amsterdam fragte ich mich regelmäßig, warum wir gar nichts mehr von den Ewigen hörten. Warum versuchte keiner von ihnen, an einen weiteren Ewigkeitsduft zu kommen? Warum drohte uns niemand oder versuchte, in die Duftapotheke einzubrechen? Klar, Hanne hatte das Gewächshaus zwar mit neuen Duftfallen endgültig gegen jeden Einbruchsversuch gesichert, aber ich zweifelte trotzdem daran, dass sich die Ewigen davon abhalten ließen.

Mats glaubte im Gegensatz zu mir an das, was Willem sagte: dass die Ewigen nur ihn und seine Familie, Helene und Edgar, suchten. Dass sie wirklich glaubten, das Meteorpulver wäre bei Willem zu finden. Mir jedoch kam das unlogisch vor. Der Baronin von Schönblom und all den anderen Ewigen musste klar sein, dass wir das Meteorpulver irgendwann in die Duftapotheke zurückgebracht hatten. Schließlich waren wir nur mit dem Pulver in der Lage, neue Düfte herzustellen!

Trotzdem: Bislang war uns niemand gefolgt. Es war so ruhig, dass wir fast anfingen, die Ewigen und ihren Kampf um die magischen Düfte aus der Duftapotheke zu vergessen.

Aber das war sicher keine gute Idee.

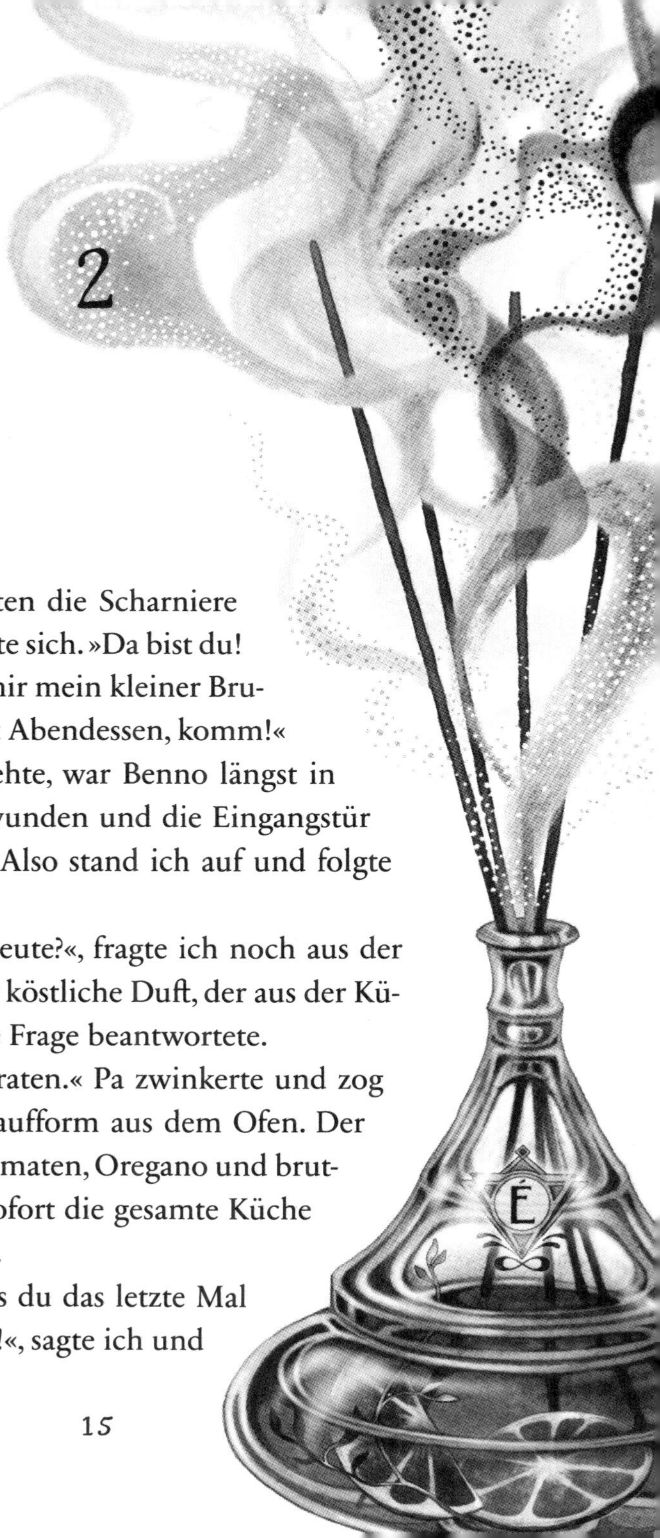

2

Hinter mir quietschten die Scharniere und die Haustür öffnete sich. »Da bist du! Ma sucht dich!«, rief mir mein kleiner Bruder Benno zu. »Es gibt Abendessen, komm!«

Als ich mich umdrehte, war Benno längst in der Villa Evie verschwunden und die Eingangstür schwang langsam zu. Also stand ich auf und folgte ihm in die Küche.

»Was gibt es denn heute?«, fragte ich noch aus der Diele, obwohl mir der köstliche Duft, der aus der Küche kam, längst meine Frage beantwortete.

»Dreimal darfst du raten.« Pa zwinkerte und zog eine dampfende Auflaufform aus dem Ofen. Der Geruch von heißen Tomaten, Oregano und brutzelndem Käse füllte sofort die gesamte Küche und ich strahlte Pa an.

»Es ist ewig her, dass du das letzte Mal Lasagne gemacht hast!«, sagte ich und nahm Ma die Teller ab, die sie gerade aus der Küchenanrichte holte. So schnell ich konnte, deckte ich den Tisch und setzte mich neben Benno an den Esstisch. Benno hielt schon einen Löffel in der einen Hand und ein Messer in der anderen und sang lauthals: »*Wir haaaaben Hunger, Hunger, Hunger, haben Hunger, Hunger, Hunger, haben Hunger, Hunger, Hunger, haben Durst!*« Dazu trommelte er mit dem Besteck im Takt auf dem Tisch herum.

Ich lachte, weil Benno seine Hymne nur sang, wenn es etwas gab, auf das er sich so richtig freute. Mein Bruder und ich waren die allergrößten Lasagnefans auf der Welt. Ich sah zu Pa, der die Kochschürze ablegte und sich zu uns an den Tisch zwängte.

»Na dann mal los!«, sagte er und zerteilte den brodelnden und Blasen schlagenden Käse. Aus der Auflaufform zog eine Dampfwolke und schwebte über unseren Köpfen. Mir lief das Wasser im Mund zusammen, während ich mit Benno um die Wette auf unsere Teller pustete, damit wir endlich den ersten Bissen verschlingen konnten. Beim Pusten fiel mir auf, wie schön es war, dass Pa wieder in der Küche stand und unser Lieblingsessen für uns kochte.

Nachdem er Benno, Mats und mich in den Herbstferien aus Amsterdam abgeholt hatte – wo wir ohne seine Erlaubnis und ohne sein Wissen gesteckt hatten –, war Pa so wütend auf mich gewesen, dass es tagelang nichts anderes als langweiliges Graubrot mit noch langweiligeren Belägen gab. Was für ein Glück, dass Pa endlich wieder ganz der Alte war und seinen Ärger vergessen hatte!

Nach Bennos und meinem erbitterten Kampf um das

letzte Stück Lasagne, den wir beide zur Hälfte gewannen – oder verloren, wie man es nimmt –, kugelten wir in den ersten Stock und verzogen uns in unsere Zimmer. Ich hörte, wie Benno sich in seinem Kinderzimmer ein Piratenhörspiel einlegte, dann schloss ich die Tür hinter mir und verkroch mich aufs Bett.

In meinem Kopf drehten seit Wochen die immer gleichen Fragen ihre Runden. Ich lehnte mich an den Fensterrahmen und schaute in den Himmel. Es dämmerte langsam und ein paar Krähen zankten auf unserem Hausdach. Ich griff mir das schwere Buch mit dem Titel *Die berühmtesten Duftexperten der Geschichte,* das ich mir vor Tagen aus der Bibliothek unserer Villa mit hochgenommen hatte.

Unsere Villa Evie! Bei dem Gedanken zogen sich meine Mundwinkel automatisch in die Höhe. Mittlerweile liebte ich die uralte Villa über alles, in der es nach so vielen Dingen roch und kaum ein Möbelstück jünger als hundert Jahre alt war. Wir lebten in einem Museum – dank Ma, die die klapprige Villa gesucht, gefunden und uns schließlich gezwungen hatte, hier einzuziehen.

Ich lächelte bei der Erinnerung an meine ersten Tage im Lavendelweg. Manche Dinge musste man eben erst einmal kennenlernen, bevor man anfangen konnte, sie zu mögen. Aber jetzt konnte ich mich kaum erinnern, was ich an meinem alten Leben in Berlin so vermisst hatte. Außer Mona natürlich. Beste Freundinnen konnte nun mal nichts ersetzen. Das schaffte nicht mal eine unter dem eigenen Haus versteckt liegende Duftapotheke!

Ich strich über den angekratzten Ledereinband auf meinen Knien und blätterte die Seiten durch bis zu der Stelle, an der ich gestern aufgehört hatte zu lesen. Ich drückte mir die Daumen, dass ich in diesem Buch endlich etwas über mein Sentifleur-Talent finden würde.

Laut Daan de Bruijn, dem ersten Duftapotheker, der lange vor uns in der Villa Evie gelebt hatte, hatten wir beide dieses Talent *einfach im Blut.* Was auch immer das bedeutete, denn es leuchtete mir einfach nicht ein, woher oder wodurch ich dieses Talent hatte. Schließlich war ich überhaupt nicht mit Daan verwandt! Und trotzdem besaßen wir diese seltene Gabe, die einen dazu befähigte, die Zutaten aller Düfte, selbst der mysteriösesten, nicht nur zu riechen, sondern auch zu erspüren. Wie ein Prisma fächerten sich die einzelnen Zutaten vor meinem inneren Auge auf, als ob ich direkt in den Duft hineinschauen könnte. Dadurch spürte ich, wenn ein Duft nicht ausgewogen war oder ihm noch etwas fehlte. Ich roch sogar kleinste Unterschiede in der Zusammenstellung.

Trotzdem: Wirklich verstehen tat ich das alles nicht. Und Daan, der am liebsten über seine Vergangenheit in der Duftapotheke schwieg, war keine große Hilfe. Deshalb lag all meine Hoffnung in den verstaubten Büchern unserer Bibliothek, die meine Eltern mit der restlichen Einrichtung der Villa Evie mitgekauft hatten. Immerhin war es Daan de Bruijns alte Bibliothek und auch die der Duftapotheker, die nach ihm hier gelebt hatten. Außerdem waren es Bücher, die sich hauptsächlich um Düfte, ätherische Öle, Aromatherapien, Pflanzenkunde und Ähnliches drehten. Das Grundwissen eines jeden Duftapothekers also. Auch Daan musste irgendwann Antworten auf die Fragen gesucht haben, die mir gerade im Kopf umherschwirrten.

Ich blätterte Seite um Seite um, ohne dabei schlauer zu werden. Alles, was ich merkte, war nur, wie mich die altmodische Schrift und Ausdrucksweise schläfrig machten. Also klappte ich das Buch nach einer Weile zu, versuchte, den aufwirbelnden Staub der Buchseiten nicht einzuatmen, und rollte mich aus dem Bett.

Auf dem Weg zum Bad lugte ich in Bennos Zimmer und winkte meinem kleinen Bruder zu, der es sich auf Pas Schoß gemütlich gemacht hatte, um sich eine Gutenachtgeschichte vorlesen zu lassen.

Das war normalerweise Mas Aufgabe, aber Pa würde morgen früh für eine Woche mit seiner Bläserklasse auf Musikfahrt gehen und da hatte Benno ihm wohl ausnahmsweise die Ehre gewährt, ihm vorlesen zu dürfen.

»Schlaf gut!«, sagte ich leise und lehnte die Tür an. Dann putzte ich mir die Zähne, kämmte meine hellbraunen Spaghettilocken durch und spritzte mir ein bisschen Wasser ins Gesicht.

Endlich Wochenende, dachte ich auf dem Weg zurück in mein Zimmer und wollte schnell ins Bett kriechen. Doch dann fiel mir das glitzernde Päckchen auf, das mir Elsa Peters geschenkt hatte und das ich noch gar nicht ausgepackt hatte. Neugierig zerriss ich das Papier, darunter kam ein Pappkistchen zum Vorschein. Ich drehte es einmal hin und her und runzelte die Stirn.

Als Dankeschön für meinen Duftapothekeneinsatz hatte Elsa Peters mir einen Raumduft geschenkt. Ein französischer Name war zwischen vielen Blumenschnörkeln auf die Verpackung gedruckt: *Ancien.* Und darunter stand: *Der edle Raumerfrischer für solche, die es sich leisten können.*

Was für ein seltsames Geschenk! Schließlich war ich weder alt noch sonderlich wohlhabend.

Ich öffnete die Verpackung und beäugte skeptisch das verschraubte Glasgefäß, das ich nun herauszog. Diese stinkenden Chemiekeulen aus den Drogeriemärkten hatte ich nie gemocht. Sie verwandelten nur jedes Zimmer in überparfümierte Dampfkammern. Was sollte ich denn bitte damit? Trotzdem öffnete ich den Verschluss und schnupperte daran.

Bäh! Schnell hielt ich die Glasflasche von mir weg und verschraubte sie wieder. Das roch genau so, wie ich es erwartet hatte. Nach Chemie und nach zu viel von allem. Ganz besonders nach zu viel Vanille. Das war an sich kein unangenehmer Duft, schließlich liebten ihn so gut wie alle Menschen. Nur in diesem Raumduft war zu viel davon!

Außerdem stimmte irgendetwas mit der Duftzusammensetzung nicht: Der Duft roch zu süß, zu übertrieben und zu künstlich. Aber die meisten störte das wahrscheinlich gar nicht. Die meisten Menschen waren an diese Art von Düften gewöhnt. Schließlich wurde so gut wie jedes Waschmittel, Duschgel und Shampoo mit künstlichen Duftstoffen versetzt.

Elsa hatte es mit ihrem Geschenk bestimmt nur gut gemeint und dabei eben nicht ganz meinen Geschmack getroffen. Also stellte ich das Glasfläschchen zurück auf meine Kommode und lüftete mein Zimmer erst mal kräftig durch.

3

Am nächsten Morgen riss mich Dinosauriergebrüll aus meinem Traum. Ich verdrehte die Augen. Warum lernte Benno einfach nicht, seine Zimmertür zuzumachen, wenn er am Wochenende um 6:15 Uhr mit seinen Hörspielen plus Gepolter anfangen wollte? Das war doch Absicht!

Bestimmt langweilte er sich und hatte mal wieder keine Lust, allein rumzusitzen.

Stöhnend schob ich mich an meinem Kissen hoch und lugte durch die Häkelgardine vor meinem Fenster. Im Lavendelweg war zwar nie viel los, aber um diese Zeit lagen wirklich auch noch die fleißigsten Nachbarn in ihren Betten. Auf einmal knallten im Zimmer nebenan viele Dinge gleichzeitig auf die Holzdielen. Ich tippte mal darauf, dass ein sehr hoher Turm aus Holzklötzchen eingestürzt war. Was bestimmt auch nur *ganz aus Versehen* passiert war.

Also gut. Ich pellte mich aus dem Bett, gähnte lang und landete auf meinen Füßen. Heute war Wochenende und das bedeutete: Es war Zeit für die Duftapotheke! Ich versuchte, mir einzureden, dass es sowieso gut war, wenn ich früh aufstand. So konnte ich mich mit mehr Ruhe über das Rezept hermachen, das Daan mir anvertraut hatte, in der Hoffnung, ich könnte es nach all den Jahren endlich reparieren.

Es war ein Duft, der uns die Ewigen für alle Zukunft vom Hals halten könnte: der »Duft der Endlichkeit«. Wenn ich es schaffte, seine Zusammensetzung zu perfektionieren, würden die Ewigen nie wieder freiwillig einen Fuß in die Duftapotheke setzen. Schließlich konnte dieser Duft alle anderen Duftwirkungen aufheben und neutralisieren und damit auch die Ewigen um ihr unnatürlich verlängertes Lebensalter bringen, das sie sich nur mit dem »Duft der Ewigkeit« erschlichen hatten.

Der Ewigkeitsduft war wiederum ein Duft, den Daan de Bruijn vor sehr, sehr langer Zeit entwickelt hatte. Ursprünglich wollte er damit Menschen von schweren Krankheiten heilen. Doch der alte Duftapotheker hatte unbeabsichtigt einen Duft erschaffen, der das Leben über Jahrhunderte verlängern konnte. Die Auswirkungen hatte er zu spät erkannt. Somit war auch Daan versehentlich zu einem Ewigen geworden, genau wie Willem.

Um die Ewigen zu stoppen, hatte Daan deshalb begonnen, den »Duft der Endlichkeit« zu entwickeln. Denn wenn die Ewigen vor einer Sache Angst hatten, dann davor, keine Ewigen mehr sein zu können.

Nur leider funktionierte der »Duft der Endlichkeit« nicht so wie gedacht. Er entwickelte einige ungeplante Nebenwirkungen. »Gelegentlich tödlich!« war da nur die Spitze des Eisberges. Deshalb würden wir den Duft nie benutzen. Und das wussten die Ewigen wahrscheinlich ganz genau.

Doch wenn sich das ändern ließ und ich es wirklich schaffte, die Duftformel zu überarbeiten, dann hätten wir eine mächtige Waffe gegen die Ewigen in der Hand.

Allerdings wusste ich überhaupt nicht, wie ich diesen komplizierten Duft reparieren sollte. Die »Traumhafte Brise« zu verändern, war im Vergleich dazu ein Kinderspiel. Aber bei einem so gefährlichen Duft wie dem »Duft der Endlichkeit« war das etwas völlig anderes. Schließlich konnte ich ihn nicht einfach *ausprobieren.* Ich konnte den Flakon weder öffnen noch daran riechen. Wie sollte ich da jemals herausfinden, was mit der Duftformel nicht stimmte? Da half mir auch mein Sentifleur-Talent nicht viel. Alles, was ich hatte, war ein handschriftliches Rezept mit ein paar Ideen zur Verbesserung von Daan de Bruijn. Und auch das machte mir nicht gerade viel Mut. Denn wenn nicht mal der Gründer der Duftapotheke es geschafft hatte, diesen Duft ohne schreckliche Nebenwirkungen herzustellen, wie sollte *ich* das dann hinbekommen?

Noch halb in meine Gedanken versunken, schlurfte ich in den Flur. Extralaut klopfte ich an Bennos Tür und brummte: »Na los, komm schon. Ich mach dir einen Kakao.«

Benno jubelte und hopste mir sofort entgegen. »Jaaa!«

»Aber …«, kurz blieb ich stehen und schaute meinen fünfjährigen Bruder streng an, »… wenn du morgen früh wieder deine Tür offen stehen lässt und dieses Gebrüll anmachst, ist das heute der allerletzte Kakao. Klar? Der absolut *allerletzte!*«

»Versprochen!« Benno nickte und warf mir sein niedlichstes Lächeln zu, das er draufhatte. »Hab ich nur vergessen gehabt heute. Morgen denk ich wieder dran.«

»Aber natürlich.« Ich seufzte noch einmal tief, bevor ich zurückgrinste. Wirklich lange konnte ich der kleinen Chaosnudel eh nie böse sein.

Auf den knarrenden Stufen, die ins Erdgeschoss hinunterführten, sog ich wie immer die vielen verschiedenen Gerüche ein, die sich aus der Duftapotheke unter den Holzdielen durch die Ritzen hinauf in die Villa Evie drängten. Ich liebte den Wirrwarr aus Gerüchen im Haus. Alles roch immer anders und gleichzeitig so vertraut.

Weil es so früh am Morgen war, der Frühling auf sich warten ließ und die Öfen wie immer über Nacht runtergebrannt waren, merkte ich mal wieder, was es bedeutete, in einem Haus ohne elektrische Heizung zu wohnen. Eilig zog ich im Wohnzimmer zwei Decken vom Sofa und wickelte erst Benno und dann mich darin ein. Als Wollmumien schlurften wir in die Küche und ich versuchte, einarmig einen Kakao auf dem Gasherd umzurühren, ohne dabei die Decke in Brand zu stecken.

»Luzie?« Benno hörte sich plötzlich ungewohnt ernst an.

»Was denn?«, fragte ich, ohne aufzusehen. Schließlich versuchte ich, den dampfenden Kakao nicht auf dem Küchentisch, sondern auf zwei Tassen zu verteilen.

»Wieso war dieser Riese gestern da?«

»Wie? Welcher Riese?« Ich wischte ein paar klebrige Kakaotropfen von den Tassenrändern und verstand nur Bahnhof.

»Na, dieser Bonsie. Der mit dem komischen Auge, das sich nicht bewegt.«

»Was?« Plötzlich war mir der kleckernde Kakaotopf egal. »Meinst du *Bonsky*? Der Riese aus dem Zug? Willems Freund, der nie ein Wort sagt?«

Benno pustete auf seinen noch viel zu heißen Kakao und nickte kräftig. »Ja, genau! Der mit der Narbe im Gesicht. Ich hab den gesehen.«

»Wie? Was?« Ich ließ mich auf einen Küchenstuhl fallen und starrte meinen Bruder an. »Wo denn?«

Benno schlürfte weiter. »Na ... hier!«

»Im Lavendelweg?« Mir wurde ganz heiß und ich spürte, wie mir ein Schreck durch alle Glieder sauste. Doch dann schüttelte ich den Kopf. »Nein, das kann nicht sein. Das hast du bestimmt nur geträumt.« Gleichzeitig merkte ich, wie sich das schlechte Gewissen wieder in mir hochschob, weil ich Benno damals überhaupt mit zu den Ewigen genommen hatte. Jetzt war ich auch noch daran schuld, dass mein kleiner Bruder Albträume bekam! Ich nippte an meiner Tasse und schreckte zurück, als ich mir an der viel zu heißen Flüssigkeit den Mund verbrannte.

»Ich hab das nicht geträumt!« Benno stellte seine Tasse mit so viel Wucht auf den Tisch, dass der Kakao darin Wellen schlug. »Bonsie war da! In seinem schwarzen Mantel. Der ist um unser Haus gelaufen. Und auch ums Gewächshaus!«

Ich hob meine Augenbrauen. »Und wann war das genau?«

»Na gestern!«, maulte Benno mich an.

»Okay und warum hast du mir das nicht gleich erzählt?«

Benno schob die Unterlippe nach vorne. »Wollte ich ja! Aber dann gab's Lasagne und ich hab's vergessen.«

Das machte natürlich Sinn. Wenn es Lasagne gab, dachte Benno an nichts anderes.

»Und was hat Bonsky gemacht, als er um die Villa gelaufen ist?«

»Geguckt!«, polterte es aus Benno heraus. »Hinter Hannes Rosensträuchern hat er gestanden und sonst nichts. Ich hab *Hallo* gesagt, aber er hat nicht zurückgegrüßt! Ich mag den nicht, der ist unfreundlich und ich will auch nicht, dass der hierherkommt!«

»Das will ich auch nicht.« Ich strich mir eine widerspenstige Haarsträhne aus dem Gesicht. Ein Teil von mir wollte Benno nicht glauben, nur andererseits … warum sollte er sich das alles ausdenken?

Hatte Bonsky vielleicht gehofft, *mich* zu treffen – und deshalb nichts zu Benno gesagt?

»Sag mir das nächste Mal sofort Bescheid, wenn du ihn siehst, ja?«, bat ich ihn.

»Hmmm«, brummte Benno und löffelte in seinem Kakao.

Ich stand auf und schaute aus den Fenstern. Draußen war die Luft noch grau vom Morgen und alles lag still um uns herum.

»Ich geh mal kurz raus, ja?«, fragte ich und stellte meine leere Tasse in die Spüle. »Du kannst so lange Ma und Pa wecken gehen. Die zwei könnten langsam mal die Öfen heizen, finde ich.«

»Okay!« Benno nickte und leerte den Rest des Kakaos, während ich mir meine Jacke von der Garderobe am Eingang schnappte und die Haustür aufschloss.

Wieso bloß tauchte Bonsky hier auf? Was wollte er? Mir fiel es schwer, den stummen Riesen einzuschätzen. Auch wenn er uns in Amsterdam geholfen hatte, war ich mir trotzdem nicht hundertprozentig sicher, ob er wirklich auf unserer Seite war. Spionierte er uns vielleicht aus? Oder wartete er genau wie ich darauf, dass sich die Ewigen doch noch blicken ließen, um sich das Meteorpulver der Duftapotheke unter den Nagel zu reißen?

Ob Willem von Bonskys Besuch wusste? Hatte er ihn am Ende sogar zu uns geschickt? Ich beschloss, erst mal zu Mats zu gehen, um ihm davon zu erzählen.

Draußen sanken meine Schuhe ins taunasse Gras ein. Langsam ging ich an den Backsteinmauern der Villa Evie entlang und schaute mich um. Während ich über Bonsky nachdachte, fiel mir auf, dass Willem uns im Grunde nichts über ihn erzählt hatte. Dabei kannte er ihn gut, schließlich hatte er mit ihm zusammen das Meteorpulver aus unserer Duftapotheke gestohlen. Die beiden waren uns bis nach Utrecht gefolgt, um uns schließlich im Anwesen der Baronin vor einer Horde wütender Ewiger zu retten.

Bonsky hatte eine wichtige Rolle dabei gespielt, als wir das Meteorpulver zurückerobert hatten. Aber so richtig etwas über ihn wissen … das taten wir nicht. Bonsky hatte während der ganzen Zeit schließlich nie auch nur ein einziges Wort gesagt. Ich war mir unsicher, ob er nicht sprechen konnte – oder nicht *wollte.*

So oder so: Ich musste mit Mats reden. Also stapfte ich noch schneller durch die quietschenden Grashalme rüber zum Nachbarhaus und sah zu seinem Zimmerfenster hoch. Hinter der Glasscheibe war es noch dunkel. Aber egal, da musste er jetzt durch.

Ich suchte mir ein paar Kiesel zusammen und warf sie an die Fensterscheibe. Die Steinchen waren klein genug und somit machte es bei jedem Treffer ans Glas nur leise *Tock.* Ich hatte das Gefühl, Hunderte davon in die Luft geworfen zu haben, bis Mats endlich am Fenster auftauchte und es öffnete.

»Na endlich, du Schnarchnase!«, rief ich zu ihm hoch.

Mats' dunkle Locken standen ihm in allen Richtungen vom Kopf ab.

»Wie spät ist es?«, brummte er zu mir runter.

»Es ist Aufstehzeit! Und ich muss ganz dringend mit dir reden. Kannst du runterkommen?«

»Jetzt?« Mats sah aus, als könnte er kaum geradeaus gucken.

»Ja, jetzt!«

Mats brummte noch mal irgendwas, das ich nicht mehr verstand, und machte das Fenster wieder zu. Dafür knipste er das Licht an.

Ich grinste in mich hinein. Mats konnte so viel brummen, wie er wollte, aber gegen seine eigene Neugier kam er niemals an.

4

Als Mats endlich die Haustür öffnete, war ich ganz durchgefroren. Schnell huschte ich zu ihm in den warmen Flur. »Ich liebe elektrische Heizungen!«, sagte ich zur Begrüßung und strahlte ihn an.

Mats hob nur seinen rechten Mundwinkel und winkte mich in die Küche. »Und ich liebe mein Bett! Hier, bei den normalen Leuten mit Heizungen, schläft man am Wochenende nämlich um die Uhrzeit.«

»Jaja, jetzt hab dich nicht so.« Ich setzte mich an den Küchentisch und rieb mir die Arme, während Mats den Kühlschrank öffnete und ratlos hineinstarrte.

»Willst du was frühstücken?«,

fragte er, aber ich schüttelte den Kopf. Also klappte Mats die Kühlschranktür wieder zu, nuschelte irgendwas von *viel zu früh* und schlurfte zu mir an den Tisch.

»Benno sagt, dass er Bonsky gestern hier gesehen hat«, fing ich an. »Er ist ums Haus gelaufen und hat uns beobachtet. Ist doch gruselig, findest du nicht?«

»Hm? Ja, schon.« Mats guckte mich verständnislos an. »Aber vielleicht wollte er nur mal nach dem Rechten sehen. Sich vergewissern, dass es uns gut geht.«

Einen Moment sah ich Mats einfach nur an und wunderte mich, dass ihm das nicht mehr Sorgen zu machen schien. »Okay, Bonsky hat uns zwar geholfen«, gab ich zu, »aber ich habe ihn auch schon anders erlebt. Immerhin hat er versucht, mich in den Kanal von Utrecht zu schubsen, nur weil er den Duftplan bekommen wollte. Der Typ ist schwer einzuschätzen, ich sag's dir. Du warst ja nicht dabei!«

Mats verzog nachdenklich die Lippen. So langsam schienen seine Hirnwindungen wach zu werden. »Was glaubst du denn, will er von uns?«

»Keine Ahnung.« Ich lehnte mich zurück und sah an die Decke. »Ich frage mich, ob es sein könnte, dass er mittlerweile nicht mehr für Willem arbeitet, sondern sich entschieden hat, sich doch noch den Ewigen anzuschließen.«

Mats strich sich durch seine zerzausten Haare. »Ich kann mir das nicht vorstellen. Wieso hätte er uns dann damals helfen sollen?«

Um meine Anspannung loszuwerden, stand ich auf und lief ein paar Schritte herum. »Na gut, wenn du meinst.

Kommst du wenigstens mit? Ich wollte heute sowieso in die Duftapotheke, um an Daans Duft zu arbeiten.«

»Schon überredet.« Mats grinste mich mit seiner ganz speziellen Art an, die mich immer sofort zum Lächeln brachte, dann lief er Richtung Treppe. »Ich putz mir nur kurz die Zähne.«

Immerhin hatte er sich schon Jeans und T-Shirt übergezogen, bevor er mir die Tür geöffnet hatte. Zum Glück, dachte ich, während ich auf ihn wartete. Bestimmt wäre ich feuerrot angelaufen, wenn er in Boxershorts in der Tür gestanden hätte.

Endlich war Mats fertig und winkte mich nach draußen. Mit einem Mal sah er gar nicht mehr so entspannt aus. »Weißt du, was? Wir sollten in der Duftapotheke gleich mal nachschauen, ob noch alles da ist, wo es hingehört. Nach Bonskys letztem Besuch hatten wir schließlich kein Meteorpulver mehr.«

Ich nickte nur und spürte die Erleichterung in mir aufkommen, weil Mats meine Sorgen doch nicht ganz abtat. Bei dem Gedanken an unser Meteorpulver lief ich gleich doppelt so schnell. Daran hätte ich natürlich auch denken können!

Kaum dass wir vor dem haushohen Gewächshaus hinter der Villa Evie ankamen, zog ich meinen Schlüssel aus der Hosentasche und öffnete die schwere Verriegelung. Immer wenn ich die Glastüren mit den verschnörkelten Metallstreben öffnete, klopfte mein Herz. Ganz egal, wie oft ich mittlerweile schon in der Duftapotheke gewesen war, es war jedes Mal Aufregung pur. Hinter mir zog Mats die Tür zu und das Schloss klackte. Ich atmete die vertraute feuchte Pflanzenluft ein. Es war wie nach Hause kommen.

Mats schien sich mittlerweile tatsächlich mehr Sorgen zu machen, jedenfalls ging er hinter mir zwischen den dichten Blättern und Blüten hindurch und sah sich dabei ganz genau um. Fast, als erwartete er jeden Moment irgendetwas, das uns überraschen würde.

Aber alles war genauso wie immer, also winkte ich Mats ungeduldig zum Geräteschuppen und drückte den Bodenhebel nach unten. Mats schob sich neben mich und so standen wir Arm an Arm und drehten uns mit dem Boden unter unseren Füßen um neunzig Grad wie auf einem Karussell.

Als die Wand vor uns anhielt, drehten wir uns zur Treppe, die nach unten führte, und ich atmete auf, weil wir uns nicht mehr so dicht aneinanderdrücken mussten.

»Hier könnte auch mal jemand sauber machen«, murmelte Mats, als er an das staubige Geländer griff und vor mir die Treppenstufen in den Flur hinunterging.

»Ja, *jemand* sollte das mal tun«, antwortete ich nur, weil Mats sich offensichtlich selbst dafür nicht zuständig fühlte.

Mein Blick glitt an der Blümchentapete und den vielen Schwarz-Weiß-Fotografien darauf entlang. Jedes Mal, wenn wir hier waren, begrüßte uns der erste Duftapotheker der Villa Evie, Daan de Bruijn, aus den goldenen Bilderrahmen. Manchmal hatte ich das Gefühl, seine vielen Expeditionsfotos sollten uns daran erinnern, wie schwierig es gewesen war, das alles hier aufzubauen, und wie wichtig es war, dass wir es beschützten.

Über uns surrte die alte Gaslampe. Wahrscheinlich war Hanne schon unten und wartete auf uns.

Hanne war Daans einzige lebende Erbin und ich fragte mich oft, warum *sie* eigentlich keine Sentifleur war. Immerhin war Daan ihr Ururgroßvater und nicht meiner. Außerdem war Hanne in der Villa Evie aufgewachsen und hatte ihren Eltern und Großeltern bei der Arbeit in der Duftapotheke zugesehen. Womöglich war diese Fähigkeit ja tatsächlich nicht vererblich? Womöglich war es reiner Zufall?

Wir öffneten die schwere Holztür und ließen uns vom Sprudeln und Funkeln der zahllosen Flakons begrüßen, die sich bunt in den Regalen bis zur Decke aneinanderreihten. Eilig gingen wir durch die Duftapotheke und öffneten die Tür zum Büro, in das man durch eine Geheimtür in den Regalen gelangte. Dahinter öffnete ich die Tür des Fahrstuhls, der wiederum am Ende des Büros lag und in einen ganz besonders gut versteckten Raum führte.

Es war das Labor der Duftapotheke, in dem schon seit Ewigkeiten die Düfte hergestellt wurden. Dafür benötigte man nämlich nicht nur eine Destille und Zutaten, wie getrocknete Blüten, Kräuter oder Pülverchen, sondern etwas, das den Düften ihre magischen Fähigkeiten gab: das schwarz glitzernde Meteorpulver.

»Guten Morgen!«, rief Mats.

Hanne stand in einem gemusterten, bodenlangen Rock mit dem Rücken zu uns und beugte sich über irgendetwas auf der Arbeitsfläche. Langsam, und ohne von einem vergilbten Zettel in ihrer Hand aufzusehen, drehte sie sich zu uns um.

»Guten Morgen«, grüßte sie zurück und sah jetzt doch auf. »Gut geschlafen, ihr zwei?«

Mats stöhnte bloß leise als Antwort.

»Und wieso bist *du* schon hier?«, fragte ich Hanne und schaute auf die Fläschchen, Kisten und Dosen, die sie aus den Regalen genommen und vor sich aufgereiht hatte.

Hanne blickte auf ihren Zettel, dann gab sie ihn mir. Ich hatte es schon geahnt: Es war das Rezept des »Endlichkeitsdufts«.

»Ich suche die Zutaten zusammen, die Daan damals verwendet hat«, sagte sie. »Irgendwo müssen wir ja anfangen.«

Mein Blick wanderte über die getrockneten Blüten, Pülverchen und Flüssigkeiten vor mir. Fast wurde mir ein bisschen schwindelig vor lauter Ratlosigkeit. Hanne hatte zwar recht … irgendwo mussten wir anfangen. Aber ich hatte trotzdem keine Ahnung, wie es danach weitergehen sollte.

Und nach den vielen fehlgeschlagenen Versuchen, die ich bereits hinter mir hatte, fühlte es sich immer mehr an, als würde ich versagen.

Es fühlte sich an, als würde ich Daan, der all seine Hoffnung in mich legte, Tag für Tag ein bisschen mehr enttäuschen.

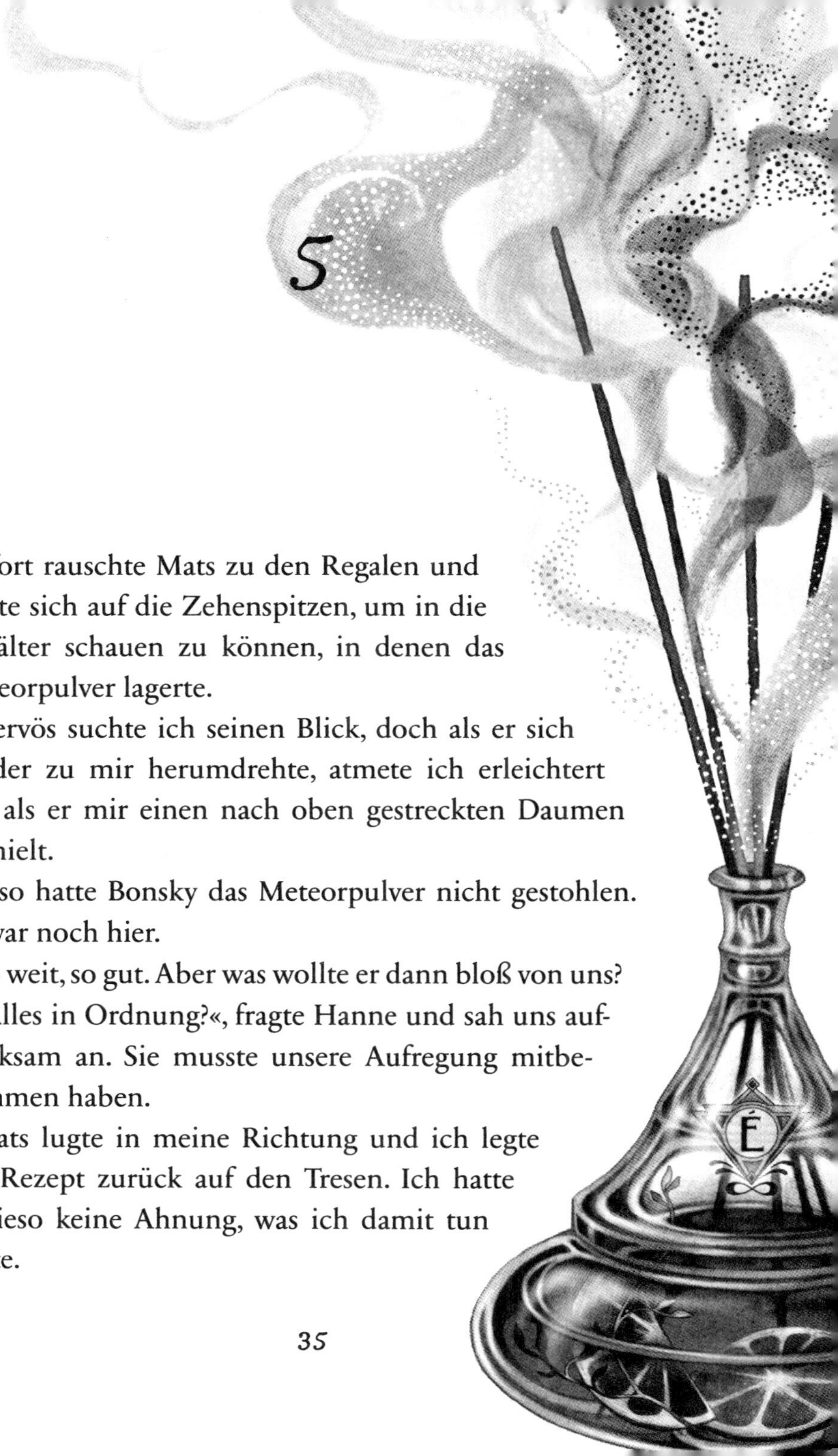

5

Sofort rauschte Mats zu den Regalen und stellte sich auf die Zehenspitzen, um in die Behälter schauen zu können, in denen das Meteorpulver lagerte.

Nervös suchte ich seinen Blick, doch als er sich wieder zu mir herumdrehte, atmete ich erleichtert auf, als er mir einen nach oben gestreckten Daumen hinhielt.

Also hatte Bonsky das Meteorpulver nicht gestohlen. Es war noch hier.

So weit, so gut. Aber was wollte er dann bloß von uns?

»Alles in Ordnung?«, fragte Hanne und sah uns aufmerksam an. Sie musste unsere Aufregung mitbekommen haben.

Mats lugte in meine Richtung und ich legte das Rezept zurück auf den Tresen. Ich hatte sowieso keine Ahnung, was ich damit tun sollte.

»Benno sagt, dass er Bonsky gestern um die Villa Evie hat schleichen sehen«, erklärte ich ihr. »Wir wollten sichergehen, dass er nicht wieder unser Meteorpulver geklaut hat.«

Hannes Augenbrauen wanderten höher. Fast panisch sah sie zum Regal, als ob sie am liebsten gleich selbst noch mal nachsehen wollte.

»Nun, vielleicht hat Willem ihn hergeschickt?«, überlegte sie dann.

»Um uns zu *beschützen*?«, fragte ich.

Hanne wiegte unschlüssig ihren Kopf hin und her. »Es wäre sonst seltsam, dass Benno Bonsky bemerkt hat. Nach allem, was wir wissen, ist Bonsky ja ein Profi darin, nicht gesehen zu werden. Bestimmt sollten wir wissen, dass er da ist.«

Mats pfiff durch die Lippen. »Klingt logisch und gleichzeitig total kompliziert. Wenn er uns beschützen wollte oder uns was zu sagen hat, könnte er uns das doch auch einfach mitteilen.«

Ich nickte. »Vielleicht haben die Ewigen etwas vor. Wenn Bonsky hier ist, kann das nichts Gutes bedeuten, da bin ich mir sicher. Besser, wir lassen uns nicht überraschen.«

»Ach, Luzie.« Hanne winkte ab. »Ich bin mir sicher, es ist alles gut. Bonsky wollte bestimmt nur mal nach uns schauen.« Sie sah auf die Zutaten, die sie auf dem Tresen ausgebreitet hatte. »Das hier ist viel wichtiger, wenn wir den Ewigen etwas entgegensetzen wollen! Ich habe alles beisammen, was Daan jemals für den ›Duft der Endlichkeit‹ benutzt hat.« Sie blickte zu mir. »Leider habe ich erst später Zeit, dir zu helfen. Es kommt eine neue Pflanzenlieferung … Kommt ihr so lange alleine zurecht?«

»Natürlich«, sagte ich, schließlich kannten wir uns in der Duftapotheke inzwischen bestens aus. Dass mir das beim Überarbeiten des »Endlichkeitsdufts« trotzdem nur wenig helfen würde, behielt ich für mich.

Als Hanne gegangen war, machten Mats und ich uns stillschweigend an die Arbeit. Ich ärgerte mich ein bisschen, dass die beiden die Sache mit Bonsky so abgetan hatten. Andererseits … vielleicht hatten sie auch recht und er wollte uns tatsächlich nur beschützen.

Außerdem musste ich endlich diesen blöden Duft reparieren! Frustriert sah ich zu Mats auf, der gerade dabei war, an einem Glas mit getrockneten Blüten zu riechen. Dabei schob er immer wieder seine Augenbrauen zusammen und starrte ins Leere. Mats wirkte nicht nur wegen seiner Körpergröße älter als die meisten Vierzehnjährigen – es war auch dieser Blick, der oft so ernst und gleichzeitig so traurig aussah.

Ich mochte diesen Blick mehr, als ich es zugeben wollte, auch wenn ich den Grund für Mats' Traurigkeit natürlich schrecklich fand. Schließlich wusste ich genau, was er in solchen Momenten dachte.

Er dachte an seinen Vater, der vor über vier Jahren am »Lieblosen Duft« gerochen und daraufhin seine Familie verlassen hatte. Seit wir ihn im Sommer mithilfe der Schwarzen Wandelblume von der Wirkung befreit hatten, trafen sich Mats und sein großer Bruder Leon regelmäßig mit ihm. Trotzdem erzählte Mats so gut wie nichts von den

Treffen oder darüber, wie es mit seinem Vater weiterging. Zumindest erzählte er nicht, was er sich selbst wünschte.

Ich biss mir auf die Lippe, um Mats nicht schon wieder mit einer meiner vielen Fragen zu seinem Vater zu nerven. Jungs waren manchmal echt komische Aliens. So gut wie nie redeten sie über Dinge, die mit Gefühlen zu tun hatten – dabei musste es doch superanstrengend sein, immer alles mit sich allein auszumachen.

Eigentlich wollte ich meine Fragen endgültig herunterschlucken, aber dann platzte es doch aus mir heraus: »Wie war denn dein letztes Treffen mit deinem Vater?«

Wie erwartet legte sich sofort ein Schatten über Mats' Gesicht. Er stellte das Glas mit den Blüten hin und schraubte es langsam zu.

»Wie immer«, raunte er. »Leon stichelt und mein Vater versucht, alles wiedergutzumachen, indem er uns ständig irgendetwas Tolles kauft. Was Tolles zu essen, zum Anziehen, zum Was-auch-immer.« Mats zuckte mit den Schultern, als wäre es ihm egal. »Es ist immer dasselbe. Viel passiert nicht – mein Vater weiß ja noch nicht mal so richtig, was er falsch gemacht hat. Dafür hat dieser bescheuerte Duft gesorgt. Also … du brauchst nicht jedes Mal fragen. Wenn sich was tut, erzähl ich es dir schon.«

Ich versuchte, Mats' unfreundliche Art zu ignorieren. Tief im Herzen wusste ich ja, dass er es nicht so meinte. »Und wie verstehen sich Leon und dein Vater so?« Leon war nämlich immer derjenige gewesen, der keinen Bock darauf gehabt hatte, seinen verschwundenen Vater wiederzusehen.

»Ist okay, glaub ich. Leon freut sich zumindest über die vielen Geschenke.«

»Und du nicht?«

»Na ja.« Ruckartig hatte sich Mats zu mir gedreht und sah mir jetzt direkt in die Augen. »Ich fände es cooler, wenn ich mich mal *richtig* mit ihm unterhalten könnte. Über irgendetwas, das uns verbindet. Stattdessen erzählt er nur ohne Pause von seinem Job, von seinem Haus und was weiß ich noch. Ich meine, es ist schon okay, aber ... na ja.« Mats' Schultern hingen auf einmal herab und er drehte sich wieder zu den Regalen, in denen die unzähligen Gläser mit den Blüten lagerten. »Ganz ehrlich: Ich hab es mir besser vorgestellt, einen Vater zu haben. Ich hatte ihn netter und lustiger in Erinnerung. Nicht so ... uninteressiert an uns.«

»Könnte es denn sein, dass ...«, ich schluckte und nahm in Gedanken sofort alles zurück, was ich über Jungs gedacht hatte, »... also, womöglich wirkt ja ein Rest ›Liebloser Duft‹ bei deinem Vater?«

»Vielleicht.« Mats atmete tief durch. »Vielleicht aber auch nicht. Könnte auch sein, dass er schon immer so war und ich es früher nur nicht bemerkt habe.«

Ich überlegte, ob ich das Rezept damals nicht kräftig genug gebraut hatte, als ich den Gegenduft für Mats' Vater hergestellt hatte. War ich am Ende doch nicht so talentiert, wie Daan glaubte? Immerhin wäre das ein Grund dafür, wieso mir die Reparatur des »Endlichkeitsduftes« so unendlich schwerfiel.

Oder ... konnte man manche Dinge eben nicht einfach zurückbringen, wenn sie einmal verloren gegangen waren? Eine Gänsehaut wanderte meine Arme hinauf und ich sah Mats an, ohne zu wissen, was ich sagen sollte. Es wäre furchtbar, wenn die Liebe seines Vaters wirklich für alle Zeiten verschwunden war.

Mats schnaubte gequält. »Lass uns einfach weiter an diesem Duft arbeiten, okay?« Als er mich anlächelte, wurde mir noch schwerer ums Herz. »Luzie … du hast alles getan, was du tun konntest, um meinen Vater aus seiner Duftwolke zu befreien. Aber manche Dinge … manche Dinge kann eben nicht einmal eine Duftapothekerin wieder geradebiegen.«

6

Im Bus roch es nach Regenwetter, nassem Hund und den verschiedenen Parfüms und Deos der Leute. Ich saß ganz hinten auf der Sitzbank, die ich mir sonst mit Mats teilte. Wir fuhren immer zusammen zur Schule und auch wieder zurück, wir hatten ja den gleichen Schulweg. Nur montagnachmittags hatte Mats sein Basketballtraining und ich fuhr ohne ihn.

Ruckelnd und dampfend hielt der Bus an unserer Haltestelle. Ich zog mir meine Kapuze über den Kopf und stieg aus. Die Luft war feucht, aber der Regen hatte aufgehört und ich hüpfte über eine Pfütze nach der anderen, um nicht mit nassen Socken nach Hause laufen zu müssen. Dabei überlegte ich, ob ich noch schnell in die Duftapotheke runtergehen sollte, um an Daans Endlichkeitsduft zu arbeiten, bevor ich mich an meine Hausaufgaben setzte.

Ich war so in Gedanken versunken, dass ich an der Abbiegung zum Lavendelweg fast in einen Mann hineingerannt wäre. Die Straßenecke hatte uns beiden die Sicht verdeckt und so standen wir uns ohne Vorwarnung direkt gegenüber.

Kurz schluckte ich, als mir der Geruch nach modriger Erde in die Nase zog. Ich hob den Kopf, um dem Mann ins Gesicht sehen zu können. Er verzog keine Miene und allein deswegen erkannte ich sofort, wer es war: *Bonsky.*

Den ganzen Sonntag hatte ich die Gegend rund um die Villa Evie nach ihm abgesucht. Ohne Ergebnis. Fast war ich mir sicher gewesen, dass er einfach wieder verschwunden war. Doch da hatte ich mich wohl getäuscht.

Seine Augen sahen wie immer seltsam aus, als ob sie in zwei verschiedene Richtungen gleichzeitig blickten. Er hatte die gleichen farblosen Augen wie alle Ewigen, nur dass eins sich nicht bewegte und fast weiß wirkte. Bisher hatte mich Bonskys unheimlicher Blick eingeschüchtert. Ich hatte ihm nie standgehalten und immer als Erste weggesehen. Aber heute starrte ich direkt zurück.

»Bonsky!«, sagte ich deshalb nur nach einer Schrecksekunde. »Was machen Sie hier?«

Der Riese sagte wie immer gar nichts, sondern fixierte mich nur aus seinen gruseligen Augen. Dann kramte er mit einem Mal in seinen Manteltaschen und wurde dabei immer hektischer. Eilig zog er ein Stück Papier hervor, zückte einen Stift und schrieb etwas darauf. Ich verfolgte die Bewegung – seine Schrift wurde immer krakeliger, je schneller er schrieb.

Ich wollte gerade fragen, was das alles sollte, als ich hinter mir eine Bewegung wahrnahm. Irgendetwas rollte auf mich zu. Schon im nächsten Moment bremste jemand auf einem Skateboard.

»He, Mädchen aus der Villa Evie!«, hörte ich eine Stimme, die ich gut kannte. Aber auf den, der zu dieser Stimme gehörte, hatte ich jetzt echt gar keinen Nerv.

Bonsky hörte prompt auf zu schreiben und mir fiel auf, wie sich seine Augen verengten, als er Leon anstarrte. Bevor ich wusste, wie mir geschah, drückte Bonsky mir den Zettel in die Hand, drehte sich um und stiefelte mit Riesenschritten davon.

»Warte!«, rief ich ihm hinterher. »Was soll das denn?«

Ein paar Schritte ging ich ihm nach, doch es half nichts. Bonsky war zu schnell. Außerdem stand Leon direkt hinter mir.

Ausgerechnet jetzt musste der auftauchen! Mats' großer Bruder, der ständig einen blöden Spruch draufhatte und wahrscheinlich davon ausging, dass jedes Mädchen ihn deswegen anhimmelte.

Wieso hatte er nur nach mir gerufen? Was, wenn das meine einzige Chance gewesen war, Bonsky zu fragen, was er von uns wollte?

Ich spürte den Zettel zwischen meinen Fingern und steckte ihn kurzerhand in meine Jackentasche. Mit Leon an der Seite konnte ich ja schlecht lesen, was Bonsky mir geschrieben hatte.

»Hi, Leon«, brummte ich betont mürrisch und ging weiter.

»Was war das denn für ein Vogel gerade?« Langsam rollte Leon auf seinem Skateboard neben mir her. »Der Typ sah ja vielleicht gruselig aus. Hat der sich sein Styling von Graf Dracula abgeguckt oder was sollte dieser lange schwarze Mantel?«

»Weiß ich nicht«, sagte ich und musste Leon damit nicht mal anlügen. »Er hat nichts zu mir gesagt.«

»Mann, Luzie!« Leon rollte unbeeindruckt weiter und egal wie schnell oder langsam ich ging, er schaffte es, genau mein Tempo zu halten. »Ich dachte echt, der Typ tut dir gleich was, so wie der dich angeguckt hat.«

Nur noch fünf Häuser, dann war ich zu Hause. Ich musste Leon nicht mehr lange hinhalten. Wie sollte ich ihm das auch erklären, ohne ihm irgendwas zu verraten? Und selbst wenn ich es versuchte, Leon würde mich sowieso für völlig durchgedreht halten.

»Kennst du den denn?«, fragte Leon weiter, weil ich eisern schwieg.

»Nicht wirklich.«

»Nicht wirklich? Wie jetzt?« Leon kam noch ein bisschen näher, kniff die Augen zusammen und zeigte mit dem Finger auf mich. »Weißt du, was? Langsam glaube ich, mein trotteliger Bruder hatte von Anfang an recht: Irgendwas stimmt nicht mit dir und eurer Gruselvilla!«

Genau in diesem Moment ging in mir ein Vulkan hoch. Ein Gefühlsvulkan, den ich in letzter Zeit versucht hatte zu unterdrücken. Aber als Leon diesen beknackten Spruch losließ, brach er aus. Ich konnte gar nichts dagegen tun. Mit aufeinandergepressten Lippen blieb ich stehen.

»Ach ja? Und was soll bitte schön nicht mit mir und unserem Haus stimmen, du blöder Besserwisser?«

Leon stieg von seinem Skateboard und drehte sich sichtlich verwirrt zu mir um. Mit einem Mal sah er viel ernster aus, als ich es von ihm gewohnt war. Direkter und weniger angestrengt als sonst. »Na ja … Ich meine … komm schon, Luzie. Du hast Mats diese komisch riechende Blume gegeben, die er unserem Vater unter die Nase gehalten hat! Und plötzlich interessiert er sich wieder für uns. Das ist doch völlig … verrückt! Und ich will wissen, was das war! Mats weiß es, stimmt's?«

Mir wurde schlagartig klar, dass Leon nicht so leicht lockerlassen würde. Das hier roch nach Schwierigkeiten. Wahrscheinlich würde er nicht aufhören, mich und Mats zu beobachten, bis er die Sache mit seinem Vater verstanden hatte. Verständlich, dachte ich, aber auch extrem unpraktisch. Also lief ich, so schnell ich konnte, weiter, damit ich Leon irgendwie abwimmeln konnte, ohne irgendetwas sagen zu müssen, womit ich mir selbst neue Probleme schuf.

Leon rollte stur neben mir her, sagte aber nichts mehr. Angekommen vor der Villa Evie öffnete ich unser Gartentor. Dann hielt ich inne.

»Bis dann«, sagte ich und bemühte mich, nicht allzu schuldbewusst auszusehen. Das war nicht nett, vor allem, weil ich Leons Neugierde gut verstehen konnte. Doch leider durfte ich ihm nun mal nichts von der Duftapotheke erzählen.

»Tschüss«, sagte Leon. Es klang spitz. Und ein bisschen enttäuscht. Dann hörte ich die Rollen seines Skateboards weiter über das Kopfsteinpflaster rattern.

Als er nicht mehr zu sehen war, zog ich endlich Bonskys Zettel hervor und faltete ihn auf.

Zuerst runzelte ich die Stirn: Es war gar kein Zettel, sondern irgendein blöder Werbeflyer. Aber okay, wahrscheinlich hatte Bonsky in der Eile nichts anderes zum Schreiben zur Hand gehabt. Er hatte etwas auf die Rückseite des Flyers geschrieben und mir wurde gleichzeitig heiß und kalt, als ich die Worte darauf sah.

Ewige, stand dort. Und darunter: *Große Gefahr. Kann nicht bleiben. Seid vorsichtig und bleibt in Sicherheit. Sie sind kurz davor …*

Der Satz brach in der Mitte ab und ich verfluchte Leon dafür, dass er Bonsky unterbrochen hatte.

Die Ewigen waren kurz vor *was*?

7

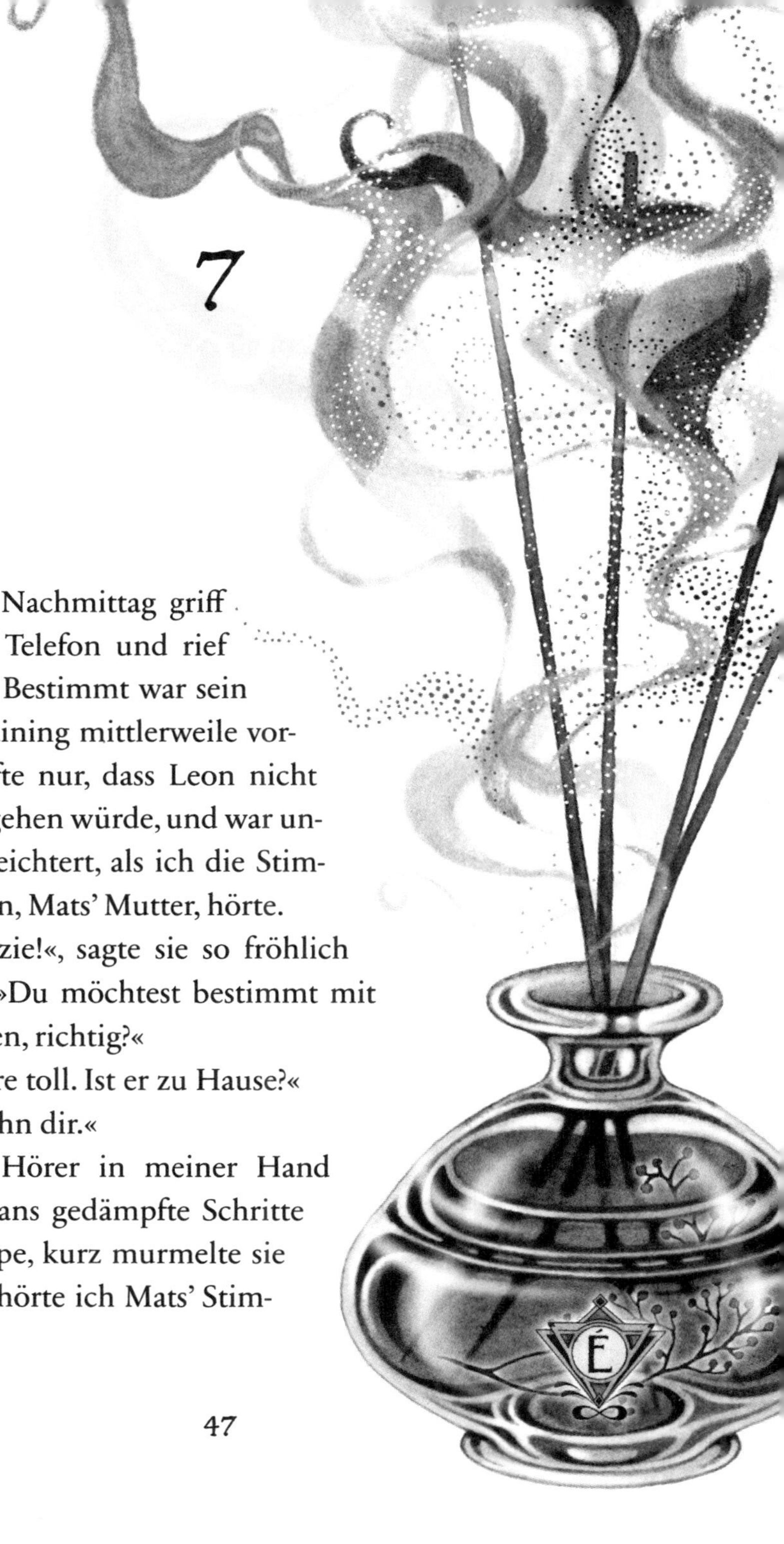

Am späten Nachmittag griff ich mir das Telefon und rief bei Mats an. Bestimmt war sein Basketballtraining mittlerweile vorbei. Ich hoffte nur, dass Leon nicht ans Telefon gehen würde, und war unheimlich erleichtert, als ich die Stimme von Susan, Mats' Mutter, hörte.

»Hallo, Luzie!«, sagte sie so fröhlich wie immer. »Du möchtest bestimmt mit Mats sprechen, richtig?«

»Ja, das wäre toll. Ist er zu Hause?«

»Ich gebe ihn dir.«

Aus dem Hörer in meiner Hand drangen Susans gedämpfte Schritte auf der Treppe, kurz murmelte sie etwas, dann hörte ich Mats' Stimme: »Hi!«

»Hi«, sagte ich zurück. »Ich muss dir dringend was zeigen, kannst du rüberkommen?«

»Jetzt gleich?«

»Ja, wäre super!«

»Okay, bin gleich da. Ich hab es ja nicht weit zu dir.«

Keine fünf Minuten später öffnete ich Mats die Haustür und winkte ihn hoch in mein Zimmer. Er ließ sich in den alten Sessel neben meinem Bett plumpsen und ich reichte ihm den Flyer. Sein Mund schloss sich erst wieder, nachdem er Bonskys Gekritzel auf der Rückseite zwei- oder dreimal gelesen hatte.

»Sie sind kurz davor …« Mats rieb sich die Stirn. »Kurz vor was? Neuen Ewigkeitsduft zu brauen?«

»Sie haben kein Meteorpulver«, erinnerte ich Mats und der nickte erleichtert. »Vielleicht sollten wir Bonsky suchen gehen«, überlegte ich, obwohl ich nach seiner Nachricht ahnte, dass er wahrscheinlich längst abgereist war.

»Lass uns erst mal Willem anrufen«, sagte Mats schließlich. »Bonsky hat ihm bestimmt gesagt, was los ist.«

Damit hatte er recht und ich nickte, woraufhin Mats sein Handy aus der Hosentasche zog und wählte. Er stellte den Lautsprecher an, legte sein Telefon zwischen uns auf den Nachttisch und wir lauschten dem Tuten.

Zwar wussten wir nicht genau, wo Willem und seine Familie sich zurzeit herumtrieben, aber zumindest war er immer erreichbar – das hatte er uns hoch und heilig versprochen.

Bei unserem letzten Telefonat hatte Willem erzählt, wie sich seine Tochter Helene und ihr Sohn Edgar langsam an ihre neue Freiheit gewöhnten, was laut Willem besonders seinem Enkel Edgar Schwierigkeiten bereitete. Er hatte schließlich die längste Zeit seines Lebens eingesperrt auf dem Anwesen der Baronin von Schönblom verbracht, was für ihn und Helene eine schrecklich schwere Zeit gewesen war. Sie hatten als Dienstboten für die Baronin arbeiten müssen und bei der lief alles wie vor hundert Jahren ab. Jede Arbeit musste per Hand erledigt werden, es gab keine Kühlschränke, keine Waschmaschinen, keine Staubsauger. Helene und Edgar hatten Knochenarbeit geleistet und sicher kaum Zeit gehabt, sich um irgendetwas anderes zu kümmern als um die gute Laune der hohen Herrschaften.

Da konnte es dauern, bis man sich an ein Leben in Freiheit gewöhnte. Es musste furchtbar gewesen sein, sich von den Ewigen wie Menschen zweiter Klasse behandeln zu lassen ... und gleichzeitig zu einem von ihnen zu werden. Genau wie die anderen Ewigen war Edgar nie gealtert. Dafür hatte die Baronin höchstpersönlich gesorgt, die den beiden regelmäßig etwas vom Ewigkeitsduft verabreicht hatte. Nur auf diese Weise konnte sie Willem über so viele Jahre hinweg erpressen und ihn zwingen, neuen Ewigkeitsduft für sie herzustellen. Nur solange Edgar und Helene lebten, hatte die Baronin ein Druckmittel. Ich fragte mich, ob Edgar und Helene mittlerweile wieder älter wurden oder ob der »Duft der Ewigkeit« noch bei ihnen nachwirkte.

Außerdem fragte ich mich, ob die beiden wohl jemals ein normales Leben führen könnten, nach allem, was ihnen passiert war.

Endlich hörte es auf zu tuten.

»Ja, bitte?«, knurrte Willems Stimme gewohnt unfreundlich aus dem Hörer.

»Wir sind's. Und wir müssen dringend über etwas reden«, sagte Mats und schaute zu mir, damit ich weitersprach.

Also erzählte ich Willem von Bonskys Warnung. Komischerweise klang Willem weitaus weniger aufgeregt, als ich es war.

»Es ist doch ganz offensichtlich, Kinder: Bonsky wünscht, dass ihr wachsam seid und in der Villa Evie verbleibt!«, brummte er in seiner altmodischen Ausdrucksweise, an die ich mich jedes Mal wieder aufs Neue gewöhnen musste. Aber er war nun mal auch ein Ewiger und nach wie vor an eine Sprache von vor über hundert Jahren gewohnt.

»Leider habe ich keine Vorstellung davon, was er mit ›Große Gefahr‹ meinen könnte«, sagte er. »Ich werde mich umhören, doch es ist sehr schwer, Bonsky dieser Tage zu erreichen. Für gewöhnlich sucht er mich auf, wenn es Neuigkeiten zu berichten gibt. Ich weiß, dass er die Ewigen in den letzten Monaten tagein, tagaus überwacht hat.«

»Die Ewigen?« Mats beugte sich über das Telefon und fragte: »Wen genau meinen Sie damit? Nur die Baronin? Oder auch diesen *Syrell de Richemont*? Er ist doch auch ein Ewiger, oder?«

Bei der Erwähnung dieses Namens stutzte ich. Ich hatte schon seit Wochen nicht mehr an Syrell de Richemont gedacht. Mats und ich hatten vor ein paar Monaten einen Onlinezeitungsbericht gefunden. Erst durch diesen Artikel hatten wir überhaupt von dem Dufthersteller Syrell de Richemont erfahren, der – so wie es schien – einer der einflussreichsten Ewigen war. Allerdings war er nicht in Amsterdam auf dem Anwesen der Baronin gewesen und auch Daan de Bruijn hatte danach nicht über ihn sprechen wollen.

Als Mats den Namen *Syrell* erwähnte, schnaubte Willem lauthals durch die Nase. »Er ist der Schlimmste von allen. Hört bloß auf Bonsky und haltet euch von Richemont fern – egal, was passiert!«

»Aber: *Warum?*«, fragte Mats.

»Erzählen Sie uns von ihm«, drängte ich, weil ich es hasste, dass Willem, Daan und auch Hanne uns immer wieder aus allem raushalten wollten. Ich hatte das Gefühl, dass sie uns nur die Hälfte von dem verrieten, was wir über die Duftapotheke wissen müssten. *»Bitte!«*

Wieder atmete Willem schwer, als ob ihn allein das Aussprechen dieses Namens ärgerte. »Richemont ist unberechenbar, Kinder. Es wäre besser, ihr würdet ihn sofort vergessen. Er … er glaubt zu meinen, er müsse sich nicht an die Regeln halten, die heutzutage für alle gelten, egal ob man ein vornehmer Pinkel ist oder nicht.«

Mats kicherte leise bei dem Wort. Zum Glück hörte Willem es nicht und redete einfach weiter.

»Richemont ist durch den ›Ewigkeitsduft‹ zwar am Leben geblieben, aber er hat sich nie mit dem Leben und Zeitgeist der Gegenwart angefreundet. Er lebt immer noch nach den Regeln von achtzehnhundertnochwas und glaubt daran, dass man in eine gesellschaftliche Schicht geboren wird, die darüber bestimmt, wer man ist. Ein Adliger steht für ihn meilenweit über einem Verkäufer, einer Bäckerin oder einem Bauern. Und jemand aus einer weniger angesehenen

Familie darf wiederum niemals mit einer höheren Gesellschaftsschicht gleichgestellt werden. Eine Heirat zwischen einer Gräfin und einem normalen Bürger ist *unvorstellbar* für Richemont. Er findet es sogar unmöglich, dass Frauen heutzutage wählen dürfen.«

»*Heutzutage?*«, fragte ich überrascht.

Willem lachte nur über meine Worte. »Ach Kinder, ihr glaubt gar nicht, wie kurz das alles her ist. Gerade mal hundert Jahre nur. Dennoch muss ich selbst gestehen: Manche Dinge kann auch ich mir nicht mehr vorstellen, obgleich ich sie selbst erlebt habe.« Willem schwieg und ich konnte ihn in dem Moment vor mir sehen, wie er sich gerade sein Basecap über den grauen Locken zurechtrückte.

»Aber wir waren bei Richemont«, unterbrach Willem selbst die Stille. »Ihr müsst wissen: Für ihn sind Menschen aufgeteilt in zwei Arten. Einmal in die ›Bessergeborenen‹, wie er es nennt. Das sind nur sehr wenige Menschen, die durch ihre vornehme Abstammung zur Herrscherschicht gehören. Und in den Rest, diejenigen, die den ›Bessergeborenen‹ zu gehorchen haben. So einfach ist es für Syrell und danach lebt er weiterhin. Egal wie weit die Jahrhunderte voranschreiten. Er ist also eine Art lebender Dinosaurier.« Willem machte eine ernste Pause. »Noch zumindest.«

»Noch?«, fragte Mats.

»Nun ja, die Ewigen werden schon bald die *Vergangenen* sein. Zu viele Gedanken braucht ihr euch um uns nun wahrlich nicht mehr machen. Es wird die Ewigen bald nicht mehr geben. Nicht mal unseren *ach so bessergeborenen* Syrell de Richemont. Auch er wird sein viel zu langes Leben demnächst beenden müssen – nachdem er den letzten Tropfen ›Ewigkeitsduft‹ aufgebraucht hat. Das Meteorpulver wird irgendwann zur Neige gehen. Vergesst ihn, wartet ab und, Himmel noch mal, hört auf, euch zu sorgen!«

Ich schluckte. Willem sagte das alles so leicht dahin – dass die Ewigen bald der Vergangenheit angehören würden. Doch das betraf ja leider nicht nur diesen Richemont oder die Baronin von Schönblom, sondern genauso auch Daan de Bruijn, Helene, Edgar und Willem selbst. Alles Ewige, die ich in den letzten Monaten in mein Herz geschlossen hatte. Was würde aus *ihnen* werden, wenn sie keinen Ewigkeitsduft mehr bekamen?

»Wie geht es eigentlich Daan de Bruijn?«, fragte ich, um diesen traurigen Gedanken beiseitezuschieben. »Haben Sie von ihm gehört?«

»Ich denke doch gut, zumindest so gut, wie all die Jahre zuvor«, nuschelte Willem. »Er ist nie sehr … gesprächig, wie ihr wisst. Ein Eigenbrötler durch und durch. Aber beenden wir besser unsere Unterredung. Seid bis zu unserem nächsten Telefonat vorsichtig, Kinder, gehabt euch wohl und haltet euch unter allen Umständen zurück! Egal, was die Ewigen vorhaben – es ist nun unsere Sache. Ihr hütet die Duftapotheke, hört ihr? Das hat höchste Wichtigkeit! Und wie gesagt: Die Zeit ist auf eurer Seite!«

Mit diesen Worten verabschiedete sich Willem und legte auf. Aus dem Handy drang wieder das Tuten. Mats schaltete es aus und blies ratlos seine Backen auf. Ich rieb mir die Arme, weil ich merkte, wie kühl es durch die Fensterrahmen zog, vor denen ich die ganze Zeit gesessen hatte.

Vorsichtig drehte Mats den Flyer zwischen seinen Fingern. Bonskys Worte darauf schienen uns geradewegs auszulachen.

Ewige

Große Gefahr

Sie sind kurz davor

»Sowohl Willem als auch Bonsky wollen nicht, dass wir uns einmischen«, murmelte Mats und sah mich frustriert an. »Dabei klingt das wirklich dringend.«

»Ich weiß«, sagte ich und seufzte. »Aber was sollen wir schon machen? Hanne wird uns auch nicht helfen. Wenn es nach ihr geht, würden wir die Ewigen einfach ignorieren. Und alleine bekommen wir nie etwas über sie heraus. Die alten Herrschaften stehen ja schließlich weder im Telefonbuch noch findet man sie im Internet.«

Genau in dem Moment, als ich das ausgesprochen hatte, fiel mir wieder etwas ein. »Könntest du noch mal diesen digitalen Zeitungsartikel über die Ewigen aufrufen? Weißt du noch? Den Artikel, in dem Syrell de Richemont erwähnt wurde.«

Mats verzog den Mund, trotzdem zückte er sein Handy und öffnete den Internetbrowser. »Den haben wir doch schon x-mal gelesen, Luzie. Und befragen können wir den Verfasser ja schlecht. Der war schließlich anonym.«

»Ja, schon.« Ich presste die Lippen aufeinander und beobachtete, wie Mats das Lesezeichen aufrief, mit dem er den Artikel markiert hatte. »Trotzdem gibt es diese anonyme Person und die wusste viel mehr über die Ewigen als wir alle zusammen. Weißt du noch? Derjenige war doch über *alles* informiert, was sich bei den Ewigen abspielt. Ich denke, wir sollten die Person suchen und mit ihr sprechen!«

»Die Idee ist ja nicht schlecht«, stimmte Mats zu. »Nur wie findet man jemanden, der nicht gefunden werden möchte?«

Ich sah Mats mit einem Grinsen an. »Ich würde sagen, wir lassen diese Person *uns* finden. Jemand, der so einen Artikel schreibt, will doch, dass Leute erfahren, was er zu sagen hat. Dem ist es bestimmt nicht egal, ob sein Artikel gelesen wird oder nicht. Klar, von den Ewigen will dieser Jemand nicht gefunden werden, aber von *uns* vielleicht schon. Dieser Jemand will etwas erzählen, das ihm außer uns wahrscheinlich keiner glaubt. Der wird bestimmt von allen als Spinner abgestempelt!«

»Hm … wir könnten die Zeitung fragen«, schlug Mats vor. »Die wissen ja, wer den Artikel geschrieben hat. Die werden uns zwar nicht den Namen der Person verraten, aber wir können ihnen unsere Namen und Adressen geben und die Zeitungsleute bitten, es weiterzuleiten. Vielleicht haben wir Glück und die Person meldet sich bei uns.«

»Super Idee! Lass uns das sofort machen«, sagte ich und schaltete meinen Computer ein.

Noch einmal überflogen wir den Artikel, in dem die Ewigen laut des anonymen Autors als ein streng geheimer Zusammenschluss uralter Adliger beschrieben wurden, die ausschließlich unter sich blieben, an verstaubten Werten festhielten und sich gegenseitig in machtvolle Positionen beförderten. Von unzähligen Verbrechen war die Rede, für die die Ewigen nie schuldig gesprochen worden waren, weil es bislang niemandem gelungen war, ihr unerlaubtes Vorgehen nachzuweisen.

Syrell de Richemont und sein Parfümkonzern namens *Éternité* waren die einzigen Namen, die erwähnt wurden. Alle anderen, wie die Baronin von Schönblom oder Monsieur Bernard, tauchten dagegen kein einziges Mal auf.

Ich rückte vorsichtig ein Stück näher zu Mats, der längst eine Telefonnummer der Zeitung herausgesucht hatte und sie auf seinem Handy wählte. Es dauerte eine ganze Weile, bis wir jemanden am Apparat hatten, der sich zuständig fühlte und dem wir alles durchgeben konnten.

Als Mats auflegte, waren wir uns beide nicht sicher, ob unsere Nachricht jemals bei dem Autor ankommen würde. Wer konnte schon sagen, wie derjenige reagieren würde? Wir hatten um neue Informationen gebeten und ausrichten lassen, dass wir wüssten, wie gefährlich die Ewigen seien, und helfen wollten. Jetzt konnten wir uns nur noch die Daumen drücken, dass der Verfasser des Artikels uns glaubte.

»Du hast auch so was?«, prustete Mats plötzlich los.

»Ich hab was?« Irritiert sah ich Mats zu, der mit zwei Schritten vor meiner Kommode stand, etwas hochhob und es mir im nächsten Moment vor die Nase hielt.

Es war dieser Raumduft, den Elsa Peters mir als Dankeschön nach meinem Auftrag geschenkt hatte.

»Ancien?« Mats verdrehte ungläubig die Augen. »Wieso kaufst du dir so was? Du hast ein ganzes Haus voller Düfte! Wozu brauchst du das hier? Nur weil das alle gerade kaufen?«

Jetzt hob ich meine Augenbrauen. »Machst du Witze? *Das da* kaufen alle?« Zumindest erklärte es, warum mir der Geruch so vertraut vorkam.

Mats schnaubte. »Sag bloß, das ist dir nicht aufgefallen? Die Dinger stehen überall, sind auf jeder Werbetafel plakatiert und im Fernsehen gibt's auch einen Werbeclip, der ständig läuft.« Mats fing an zu summen: *»Ancien – nur für die Besten!«*

»Ach deshalb!« Ich musste lächeln, vor allem wegen Mats' schiefer Tonlage. »Das war ein Geschenk nach meinem ersten Duftapothekenauftrag mit Hanne.«

Jetzt, da ich wusste, dass der Duft gerade so angesagt war, verstand ich auch besser, warum Elsa ihn mir geschenkt hatte. Trotzdem war da etwas in meinem Hinterkopf, ein Gedanke, den ich nicht recht greifen konnte, und ein unbestimmtes Gefühl kroch in mir hoch. Ich fragte mich, ob wir irgendetwas sehr, sehr Wichtiges übersahen.

8

Am nächsten Morgen stieß Mats mich im Bus mindestens viermal in die Seite, weil wir an irgendeiner Werbetafel vorbeifuhren, auf der dieser bescheuerte Ancien-Raumduft beworben wurde. Mats hatte also recht, der Duft war wirklich überall. Nicht nur, dass es an jeder Ecke Werbung davon gab, jetzt, da ich darauf achtete, entdeckte ich die Raumduftfläschchen sogar im Lehrerzimmer und in der Bäckerei, in der ich noch kurz vor der Schule hineingelaufen war, um mir ein Brötchen zu holen.

Der Schultag verging nur schleppend und ich konnte mich auf nichts so richtig konzentrieren, weil mir ständig die Frage im Kopf rumspukte, wie Bonskys Warnung weitergegangen wäre.

Die Ewigen sind kurz vor … *Was?*

In jeder der Pausen suchte ich Mats auf dem Schulhof, weil ich mit ihm darüber reden wollte. In mir wirbelten so viele Sorgen herum, dass für nichts anderes mehr Platz war. Aber Mats hatte heute seinen Projekttag und bastelte an einem Modell für Biologie. Ich schlenderte also allein über den Schulhof und grüßte mal hier und da ein paar der Mädchen aus meiner neuen Klasse. Aber heute ging ich allen aus dem Weg und war froh, dass auch niemand auf mich zukam. Es war zwar nicht so, dass ich gar keinen Anschluss hatte, aber eine Freundin wie Mona hatte ich noch nicht gefunden. Seit dem Dreivierteljahr, das wir jetzt hier wohnten, traf ich mich eigentlich nur ab und zu mit zwei Mädchen aus meiner Klasse zum Lernen.

Meine Zurückhaltung lag vor allem daran, dass ich nicht wusste, wie ich die Duftapotheke vor jemandem geheim halten konnte, mit dem ich eng befreundet war. Das war schrecklich schwer. Mit Mats dagegen war alles einfach. Er kümmerte sich schließlich genau wie ich um die alte Apotheke und hütete dieses Geheimnis mit mir zusammen. Da brauchte ich mir keine Sorgen darüber zu machen, etwas zu verraten, das ich nicht verraten durfte.

»Hey, Luzie!«, rief eine Jungsstimme hinter mir. Aber es war ausnahmsweise nicht die von Mats. Bevor ich mich umdrehen konnte, um zu sehen, wer meinen Namen über den ganzen Schulhof brüllte, stand Leon schon neben mir. Oh nein, auch das noch! Jetzt musste ich mich wieder seinen tausend Fragen stellen.

»Na, heute ganz allein, Mädchen aus der Villa Evie?«, stichelte er wie üblich.

Ich verzog nur die Mundwinkel. »Und wennschon. Was gibt's denn?«

Leon verschränkte die Arme und grinste, als wüsste er etwas, das ich nicht wusste. »Ich wollte nur mal *Hallo* sagen.«

Ich bemerkte, wie sich ein paar Mädchen aus meiner neuen Klasse plötzlich den Hals nach mir verrenkten. In Leon, der für sein Alter nicht nur ziemlich groß, sondern auch noch ziemlich sportlich war, hatte sich definitiv die halbe Schule verknallt. Das Gegaffe machte mich etwas nervös und ich merkte, wie meine Backen anfingen zu glühen. Gleich wurde ich bestimmt wieder rot, das kannte ich schon. Ich hoffte nur, dass Leon es nicht darauf bezog, wie unwiderstehlich er doch war. Mich machten nur seine Sprüche verlegen, mehr ganz bestimmt nicht.

»Na dann … Hallo!«, antwortete ich und versuchte, ihn, so gut es ging, auflaufen zu lassen.

Aber Leon brachte so was nicht aus dem Konzept. Egal wie viel Mühe ich mir auch gab. »Ich hab den schrägen Riesen gestern noch mal gesehen«, sagte er stattdessen. »Zuerst vor eurer Villa und dann noch mal am Bahnhof. Ist wohl abgereist, nehme ich an. Trotzdem: Was ist das für ein komischer Typ? Gib es endlich zu, du kanntest den doch!«

Meine Gedanken rasten: Bonsky war wirklich abgereist? Ohne uns zu sagen, was genau los war? Am liebsten hätte ich geschrien, so wütend war ich, dass er uns bloß diesen blöden Flyer hinterlassen hatte.

Mir fiel auf, wie es unter den Mädchen in unserer Nähe ungewöhnlich still wurde. Die machten wahrscheinlich alle einen auf Dumbo und sperrten ihre Ohren so weit auf, wie sie nur konnten. *Mist!* Dieser bescheuerte Leon machte es mir echt nicht leicht, die Duftapotheke und alles, was damit zu tun hatte, geheim zu halten.

»Hab ich dir doch schon gesagt: Ich kenne den nicht. Wie kommst du überhaupt darauf?«

Leon lachte auf. »Du bist die schlechteste Lügnerin, die ich je gesehen habe, Luzie Alvenstein. Und ich frage mich, was du in deinem hübschen kleinen Kopf noch so alles geheim hältst.«

Zack. Sofort wurde ich knallrot. Dieser bekloppte Blödmann! Das machte der mit Absicht. Zum Glück war genau in diesem Moment die Pause zu Ende und alle strömten zurück in die Klassenzimmer. Ich schloss mich ein paar Mädchen an und lief an ihrer Seite so schnell wie möglich in den Matheraum. Leon und seine bohrenden Fragen nach Bonsky war ich fürs Erste los.

Mats hatte heute wegen seines Bioprojektes noch eine Stunde länger in der Schule zu tun. Und Leons Unterricht dauerte sowieso länger. Also fuhr ich wieder allein im Bus nach Hause.

Im Flur brannte Licht und die Düfte unserer Villa Evie begrüßten mich gleichzeitig mit Ma.

»Da bist du ja! Wie war es heute in der Schule?«

Ich versuchte, die Sorge, die noch immer in mir rumorte, so gut wie möglich zu unterdrücken. Ma würde sofort nachhaken, wenn sie spürte, dass etwas nicht mit mir stimmte.

»Gut«, sagte ich deshalb nur und ging ins Wohnzimmer, in dem Ma die Gardinen von der Stange fädelte.

»Soll ich dir helfen?«, fragte ich und hoffte gleichzeitig auf ein: *»Nein, brauchst du nicht.«*

»Das wäre aber lieb«, sagte Ma stattdessen und ich versuchte, ihr die uralten Gardinen abzunehmen.

»Was hast du damit vor?« Aus dem Stoff stieg mir der Staub lange vergangener Zeiten entgegen, von dem ich versuchte, so wenig wie möglich einzuatmen.

»Waschen! Ich finde, die guten Vorhänge könnten mal wieder mit etwas Wasser und Reinigungsmittel in Berührung kommen. Leg alles erst mal in die Badewanne«, sagte Ma und wandte sich sofort dem zweiten Vorhang zu. »Den kann ich leider nur mit der Hand waschen.«

Mit einem Berg muffigen Stoffes verließ ich das Wohnzimmer, sah aber kaum, wo ich hintrat.

»Im Flur auf der Kommode liegt übrigens ein Einschreiben für dich!« Ma drehte sich nun doch zu mir und ließ den Vorhang für einen Moment Vorhang sein. »Es steht kein Absender auf dem Umschlag. Hast du eine Idee, wer dir ein Einschreiben schickt?« Ma hob fragend die rechte Augenbraue.

»Nö, ich weiß ja noch nicht mal, was ein Einschreiben genau ist!«, rief ich zurück.

»Das sind Briefe, bei denen der Absender absolut sichergehen will, dass sie genau bei der Person ankommen, zu der sie geschickt worden sind. Und dieses kam sogar per Kurier. Mit Expresslieferung.«

Sofort drehte ich mich mit der massigen Gardine im Arm

Richtung Flur und versuchte, über den Stoffberg hinweg die Kommode abzusuchen.

»Wenn du kurz wartest, bis ich dieses Monster von der Stange habe, machen wir ihn zusammen auf, ja?« Ma platzte fast vor Neugier. Aber da musste sie jetzt leider durch.

»Lass dir ruhig Zeit. Ich kann Briefe schon allein öffnen!«, rief ich, schnappte mir den Umschlag von der Kommode und lief die knarzenden Treppenstufen hoch in den ersten Stock.

Wer bitte schrieb *mir* einen Brief? Und wollte auch noch sichergehen, dass nur ich ihn öffnete?

Zuerst befreite ich mich im Bad vom Vorhang und ließ ihn mit angehaltenem Atem in die Wanne gleiten. Als ich endlich allein in meinem Zimmer stand, drehte ich den Brief hin und her. Auf dem Poststempel stand: *Paris.* Jetzt war ich genauso neugierig wie Ma. Gleichzeitig hatte ich weiche Knie. Sollte ich vielleicht auf Mats warten, bis er vom Training kam? Wer, bitte, sollte mir denn aus Paris schreiben? Ich kannte niemanden in Frankreich.

Oder …

Konnte das etwa schon die Antwort unseres anonymen Verfassers sein? Nein, ich musste den Brief jetzt aufmachen, ganz egal was da drinstehen würde! Ich konnte auf keinen Fall so lange warten, bis Mats endlich zu Hause war.

Mit einer Schere schlitzte ich den Umschlag auf und lugte hinein. Eine Sache irritierte mich gleich. Aus dem Briefpapier stieg ein Geruch auf, den ich von irgendwoher kannte. Mir fiel nur nicht ein, was für ein Duft es genau war. Jedenfalls war es keiner, der mich an etwas erinnerte, nur irgend so ein typischer Vanillemischmasch.

Erst nachdem ich den Brief auseinandergefaltet und überflogen hatte, begriff ich, dass dieses Einschreiben wirklich von dem anonymen Autor stammte, der den Zeitungsartikel über die Ewigen geschrieben hatte. Das ging ja schnell! Ich strich das Papier glatt und fing an zu lesen. Der Text war zum Glück in Deutsch geschrieben und ich musste mich nicht auf mein holperiges Schulfranzösisch verlassen.

Sehr geehrte Luzie Alvenstein,
sehr geehrter Mats Jansen,
Ihre Nachricht mich hat gefreut sehr. Ich
hoffe, mein Deutsch reicht aus und Sie ver-
stehen, was ich schreibe Ihnen. Ich nehme
Kontakt auf, da ich aufgrund Ihrer Anfrage
ausgehen kann davon, dass Sie selbst genug
wissen über besondere Düfte und über Ewige,
um zu verstehen, wie gefährlich sie sind. Be-
reits seit Jahren ich versuche, Machenschaf-
ten der Ewigen zu bringen an die Öffentlich-
keit, aber niemand schenkt mir Glauben.
Ich habe Hoffnung, dass Sie mir glauben wer-
den. Bitte haben Sie Verständnis darüber,
dass ich kann nur anonym bleiben und Sie
werden nicht mich kontaktieren können.
Sie fragten nach neuen Informationen zu den
Ewigen, und da es in der Tat Neuigkeiten
gibt, die bereiten mir große Sorge, will ich
Ihnen alles erzählen.
Syrell de Richemont - ein sehr mächtiger
Ewiger - hat gefunden etwas, das sich nen-
nen soll Meteorpulver. Lange er hat gesucht

nach dieser letzten Zutat, die ihm, wie ich
das habe mitbekommen, noch gefehlt hat für ei-
ne Herstellung von besonderen Düften. Was ge-
nau er vorhat damit, weiß ich leider nicht,
aber es scheint für Monsieur Richemont zu sein
von enormer Wichtigkeit. Ich habe mitbekommen,
dass er sagte, er habe gewartet auf diesem Mo-
ment seit Ewigkeiten.
Ich befürchte, etwas Schreckliches wird pas-
sieren! Zu lange habe ich beobachtet die Ewi-
gen - sie sind skrupellos und denken nur an
eigenes Wohl.
Monsieur Richemont bereitet alles vor, in den
Räumen der »Ewigen Residenz«, die sich befindet
in seinem Privathaus. Die Adresse ich schreibe
Ihnen auf die Rückseite meines Briefes.
Frau Alvenstein, Herr Jansen - ich kenne Sie
nicht, aber ich hoffe, dass Sie Mittel und
Wege kennen, Monsieur Richemont und die Ewi-
gen aufzuhalten. Ich fürchte, es steht nichts
Geringeres auf dem Spiel als unser aller Zu-
kunft.
Halten Sie Monsieur Richemont auf!
Mit freundlichen Grüßen,
C.

Der Brief in meinen Händen zitterte und einen Moment lang hatte ich das Gefühl, mein Herz würde für ein paar Schläge aussetzen. Sekundenlang stand ich unter Schock.

Das durfte nicht sein!

Das *konnte* einfach nicht sein!

Und doch stand es da. Meine größte Sorge war Wirklichkeit geworden: Syrell de Richemont hatte neues Meteorpulver in die Finger bekommen.

Und welchen schrecklichen Plan er auch immer verfolgte …

… nun konnte er ihn umsetzen.

9

Wenn die Ewigen wirklich Meteorpulver besaßen … was könnte dann alles passieren! Ich erinnerte mich sofort an all die neuen Duftapotheken, die die Ewigen gründen wollten. Die Unterlagen dazu hatten Mats und ich schließlich bei der Baronin von Schönblom gefunden. Und wenn sie nun die Zutat besaßen, die für die Herstellung der magischen Düfte am allerwichtigsten war … das würde alles verändern. Und wir würden nichts dagegen tun können! Leider hatte ich es bisher ja nicht geschafft den »Endlichkeitsduft« zu reparieren – den einzigen Duft, der selbst die gefährlichsten Duftapothekendüfte neutralisieren könnte.

Ich raufte mir die Haare und hätte den blöden, nutzlosen Brief am liebsten zerrissen.

Wer war dieser C. überhaupt? Und woher kannte er die Ewigen?

Mir wurde ganz schwindelig bei dem Gedanken daran, wer diese Person sein könnte. Ich griff mir noch mal den Briefumschlag und untersuchte den Poststempel auf irgendwelche Hinweise darauf, von wo genau das Einschreiben kam und wer es geschickt haben könnte. Aber da war nichts, was mir mehr verriet.

Doch plötzlich wurde mir etwas klar: Wir mussten gut überlegen, was wir als Nächstes taten. C. war womöglich nicht unser Freund. Wieso versteckte er sich sonst vor uns? Womöglich hatten die Ewigen diesen Brief selbst verfasst, um uns aus dem Lavendelweg hervorzulocken?

Aber was, wenn nicht? Was, wenn Syrell wirklich etwas sehr Schlimmes ausheckte?

Mit dem Brief in der Hand drehte ich mich um, lief zum Gewächshaus, riss die Glastür auf und spurtete an Hanne vorbei, die gerade ein paar der Lavendelbüsche beschnitt.

»Huch!«, rief die alte Dame erschrocken. »Was ist denn los?«

»Keine Zeit!«, antwortete ich nur, betrat den Geräteschuppen, drückte den Bodenhebel und hörte ungeduldig den sich aneinanderreibenden Steinplatten zu, bis sich der Schuppen einmal um sich selbst gedreht hatte.

Unten angekommen, lief ich eilig durch die Duftapotheke zum alten Büro und dann durch den Fahrstuhl in das Labor.

Mit pochendem Herzen und schwitzigen Händen ging ich auf das Regal zu, auf dem das Glas mit dem Meteorpulver stand. Mats hatte erst vor wenigen Tagen überprüft, ob es noch da war – aber ich musste es unbedingt mit eigenen Augen sehen. Ich hievte das Glas vom obersten Brett herunter und hielt die Luft an.

Als ich es vor mich auf die Arbeitsfläche neben der Destille abstellte, erkannte ich: Das Meteorpulver war noch da, niemand hatte es uns gestohlen. Ich öffnete den Deckel des Glases. Vielleicht hatte jemand ja nur etwas eingefüllt, das von Weitem so ähnlich aussah wie das Meteorpulver? Aber als ich meine Nase über das Glas hielt, war mir klar: Das war keine Fälschung.

Ich rieb mir die Stirn und grübelte, woher Syrell de Richemont dann bitte neues Pulver haben konnte. Dieses Glas hier war der letzte Rest des Pulvers, den es gab. Das hatte uns Daan de Bruijn versichert und der musste es wissen. Schließlich hatte Daan nicht nur die Duftapotheke vor über hundert Jahren gegründet, sondern auch das Meteorpulver bei einer seiner Reisen entdeckt.

Ich holte erst mal tief Luft, um meine Gedanken zu sortieren. Wollte dieser mysteriöse C. uns doch in eine Falle locken? Oder hatte Daan uns nicht alles über das Meteorpulver erzählt? Möglicherweise gab es ja irgendwo eine Quelle und wir wussten es nur nicht.

Ich verschloss das Glas wieder und stellte es zurück.

Wie sollten wir das alles bloß herausfinden?

Ich dachte zurück an die Bestellzettel, die ich auf dem Dachboden der Villa Evie gefunden hatte. Inzwischen war ich sie so oft durchgegangen, dass ich die Namen derjenigen, die im Laufe der letzten Jahrzehnte Düfte in der Duftapotheke bestellt hatten, fast auswendig konnte. Mats und ich hatten sie vor einigen Wochen nach unten in die Duftapotheke gebracht, um sie dort im Büro einzusortieren.

War unter den vielen Ewigen, die bei Daan ihre Düfte bestellt hatten, womöglich auch ein C. aus Paris dabei? So könnte ich dem geheimen Briefschreiber auf die Schliche kommen.

Ich lief ins Büro. Sorgfältig blätterte ich die Bestellzettel durch und hielt Ausschau nach französischen Firmenlogos, Hinweisen auf Paris oder irgendeinen Namen, der mit C. begann. Aber es gab nur Monsieur Bernard, der aus Frankreich geschrieben hatte, sonst fand ich niemanden, der passen könnte. Frustriert stopfte ich die vergilbten Zettel aus Daan de Bruijns Duftapothekerzeit zurück in die Schachteln und seufzte.

Irgendetwas musste doch über diesen C. herauszufinden sein!

Vielleicht brauchte ich bloß ein bisschen Hilfe. Hilfe aus der Duftapotheke. So kam ich jedenfalls nicht weiter. Nur welcher Duft könnte uns einen Hinweis geben? Die »Zeitverschiebenden Düfte«, die Hanne so gern benutzte, fielen jedenfalls schon mal weg, da ich weder einen Zeitpunkt noch einen Ort als Anfangspunkt hatte. Und der »Wahrhaftige Duft« half auch nur, wenn man jemandem gegenüberstand, der einem etwas verraten konnte. Trotzdem ging ich zurück in die Duftapotheke und lief an den Regalen mit den unzähligen bunt sprudelnden Flakons entlang. Womöglich fand ich ja ein Etikett, auf dem etwas wie *Geheimniskrämerei* oder *Rätsellösung* stand? Aber natürlich fand ich nichts in der Art und mir war auch klar, dass es keinen Duft gab, der für mich einfach blind Rätsel löste. So funktionierte die Duftapotheke leider nicht.

Ich seufzte. Einen Versuch war es trotzdem wert gewesen.

Als ich mich gerade umdrehen wollte, um zu gehen, fiel mir allerdings doch ein Flakon ins Auge. »Ein Hauch ungesagter Worte« stand auf dem Etikett.

Wie der wohl wirkte? Immerhin war es ein Duft aus der Kategorie »Flüchtige Düfte« und keiner der ewigen. Wirklich gefährlich konnte es also nicht werden. Ich schnappte ihn mir und hielt den gelblichen Flakon ins Licht. Die Flüssigkeit darin sprudelte heftig, als wollte sie heraus. Ob mir der Flakon verraten konnte, was zwischen den Briefzeilen von C. noch so alles gestanden hatte? Oder auch woher das Meteorpulver kam? Ich griff nach dem Einschreiben und legte es auf den Tresen.

Kurz dachte ich darüber nach, ob ich den Flakon wirklich öffnen sollte. Eigentlich hatte ich mir geschworen, keine neuen Düfte alleine auszuprobieren. Andererseits: Wenn das, was C. da geschrieben hatte, wahr war, mussten wir handeln. Und zwar sofort. Außerdem klangen ein paar *ungesagte Worte* nicht übermäßig gefährlich.

Ich beschloss, es einfach zu versuchen, und zog den Korken.

Der Duft hatte es ungewöhnlich eilig, aus der Flasche zu kommen, und nebelte mich in Sekundenschnelle ein. Sofort ließ ich ein paar der Tropfen auf das Papier fallen – auf den Briefkopf, aber auch über den Rest, genau dort, wo C. etwas über diese Residenz der Ewigen schrieb. Dann stopfte ich den Korken wieder zurück in den Flakon, damit nicht gleich der gesamte Inhalt leer war.

Ich wartete. Erst mal passierte gar nichts und ich blickte nur in die gelben Duftschwaden, die sich durch den Raum bewegten und sich dabei zu Wirbeln und Luftstrudeln formten. Sie sahen ein bisschen aus wie rasende Gewitterwolken am Himmel.

Die Luft jedoch roch lediglich nach Mandarine und Fichtenholz. Selbst nach einigen Momenten verblasste das intensive Gelb nicht, wie es sonst immer passierte, wenn man einen Flakon wieder schloss. Der »Hauch ungesagter Worte« bewegte sich einfach in Luftstrudeln weiter. Ich wollte schon aufgeben und mir sagen, dass dieser Duft eben nichts anderes konnte, als ungesagte Worte ungesagt zu lassen, als sich aus den bunten Strudeln plötzlich ein Buchstabe formte.

Ganz deutlich stieg ein luftiges »B« vor mir empor. Es verpuffte und gleich darauf erschien ein »L«, das sich aber auch wieder auflöste und in ein »U« verwandelte. So ging es weiter und ich hatte keine Zeit, mir ein Blatt Papier und einen Stift zu suchen. Ich musste mir alles merken, also versuchte ich, die Buchstaben gleich im Kopf miteinander zu verbinden. Ein »T« folgte auf ein »S«, dann kam ein »B« und ein »U«, das sich in ein »N« und ein »D« verwandelte und mit einem »E« endete.

»BLUTSBUNDE«, hörte ich mich selbst die Buchstaben laut aussprechen. Hä? *Blutsbunde*? Was sollte das denn? Hieß das nicht eigentlich Blutsbande? Und selbst wenn – was sollte das bitte bedeuten? War das ein alberner Spaßduft von Daan de Bruijn, der einem Worte vorschlug, die man noch nie gesagt hatte? Mannomann! Verärgert faltete ich den Brief von C. wieder zusammen und stellte den blöden »Hauch ungesagter Worte« zurück.

Das war definitiv der sinnloseste aller Flakons, die ich je geöffnet hatte. Genervt polterte ich aus der Duftapotheke.

10

Wütend stapfte ich zu Hanne hoch ins Gewächshaus und erzählte ihr alles. Aber wie erwartet sah sie mich nur ratlos an, bis sie zu dem Schluss kam, dass man diesem C. nicht trauen konnte und wir besser auf Willem und Bonsky hören sollten – die wüssten schließlich, was zu tun war.

Ich wäre bei den Worten am liebsten in die Luft gegangen, schließlich waren es Mats, Benno und ich gewesen, die die Ewigen bislang in Schach gehalten hatten! Dass Hanne, Willem und auch Bonsky uns immer noch nichts zutrauten und eher versuchten, neue Probleme vor uns geheim zu halten, machte mich furchtbar wütend.

Während ich Hanne anfunkelte, fiel mir etwas ein, das ich fast vergessen hatte, weil es schon so lange her war.

Ich erinnerte mich, dass ich Hanne in den Herbstferien bei etwas in der Duftapotheke ertappt hatte, dass sie auch lieber vor mir geheim gehalten hätte.

Damals hatte ich sie dabei überrascht, wie sie den »Duft durch alle Zeiten« geöffnet hatte, der einen Moment aus der Vergangenheit kurzzeitig wiederaufleben lassen konnte. Ich hatte mit angesehen, wie Hanne inmitten von ein paar rosa Dunstschwaden einen sehr viel jüngeren Willem und einen genauso viel jüngeren Daan de Bruijn in einer längst vergangenen Zeit dabei beobachtet hatte, wie die beiden über den Ewigkeitsduft diskutierten. Bis heute wusste ich nicht, warum sie diesen Duft geöffnet und dabei so seltsam reagiert hatte. Nachdem Hanne mich damals bemerkt hatte, war sie ziemlich wütend geworden. Sie hatte mich richtig angeherrscht. Und das war sonst überhaupt nicht ihre Art.

Hanne konzentrierte sich längst wieder auf ihren Lavendelbusch und schnitt daran herum. Ich setzte mich neben sie auf eine Kiste und beschloss, sie mit meiner Frage zu überrumpeln.

»Was wolltest du eigentlich damals mit dem ›Duft durch alle Zeiten‹ herausfinden?«, fragte ich und ließ Hanne dabei nicht aus den Augen. Wie erwartet stockte sie und fing an zu haspeln.

»Was … habe … ich?«

»Damals, im Herbst«, schob ich hinterher. »Du erinnerst dich doch daran, als du Daan de Bruijn und Willem bei ihrem Gespräch über den ›Duft der Ewigkeit‹ zugesehen hast, oder nicht?«

»Ach, das war nichts Besonderes! Ich habe nur mal die gute alte Zeit wiederaufleben lassen wollen. Du weißt doch, wegen dem ›Duft des ewigen Vergessens‹, den mir Willem seinerzeit untergejubelt hat, habe ich so viele Erinnerungslücken, die ich ab und an mithilfe der Duftapotheke zu schließen versuche.«

Ich kniff die Augen zusammen. Es war nicht zu übersehen, dass Hanne mir etwas nicht erzählen wollte. »Du hast mir aber an dem Tag gesagt, dass du den ›Duft durch alle Zeiten‹ nur geöffnet hast, um zu prüfen, ob er überhaupt noch funktioniert«, raunte ich. »Außerdem hast du mit dem Duft eine Zeit heraufbeschworen, in der du selbst noch nicht mal geboren warst!«

Hanne lief rot an. »Also gut«, seufzte sie und lehnte sich mir gegenüber an das Hochbeet. »Ich wollte etwas herausfinden, worüber ich mir einerseits unklar war und wodurch ich euch andererseits nicht mit Wissensfetzen beunruhigen wollte.«

Na also! »Und was war das genau?«

»Ich wollte etwas über Willems Motivation herausfinden. Darüber, warum er mir den ›Duft des ewigen Vergessens‹ verabreicht hat. Es ist mir lange schwergefallen, es zu verstehen.« Hanne sah mich jetzt direkt an und in ihrem Blick lag etwas so ehrlich Trauriges, dass ich wusste, dass sie mir nichts mehr vormachte.

»Weißt du, Luzie, ich bin dabei auf etwas gestoßen, das mich verwirrt hat«, fuhr sie fort und sah mich fast gequält an. »Ich wollte es für mich behalten, weil es, nun ja, euch sicher sehr mitnehmen würde, aber …«

»Erzähl es mir trotzdem«, drängte ich, weil ich wirklich genug davon hatte, all diese Geheimnisse in meinem Kopf umherzuwälzen.

»Dieser grauenvolle ›Lieblose Duft‹, den Willem damals Mats' Vater verabreicht hat …«, fing Hanne an. »Ich habe mich lange gefragt, was Willem solche Angst gemacht haben muss, dass er zu so etwas Schrecklichem in der Lage war.«

Ich nickte schwer. Mittlerweile wussten wir natürlich, dass die Baronin von Schönblom Willems Tochter und seinen Enkel Edgar gefangen gehalten und Willem auf diese Art erpresst hatte.

»Mir fiel damals kein Grund ein, warum er bei Mats' Vater nicht einfach denselben Duft wie bei mir angewendet hatte, sondern einen so furchtbaren«, redete Hanne weiter. »Ganz sicher bin ich mir immer noch nicht, aber ich bin auf einiges gestoßen, was Syrell de Richemont betrifft.«

Sofort war ich hellwach. »Und was war es?«

Hanne verzog ihr Gesicht. »Mithilfe der Zeitverschiebungsdüfte habe ich ein Gespräch mit angehört, das auch Mats' Vater damals belauscht haben muss. Es war ein Gespräch zwischen Willem und der Baronin von Schönblom. Früher hat sie ihn noch oft im Gewächshaus besucht. Dabei ging es um einen Plan, alle, die nicht zu den sogenannten *Bessergeborenen* gehören, mit dem ›Lieblosen Duft‹ außer Gefecht zu setzen. Ich weiß noch, was die Baronin damals sagte: ›Wer nicht liebt, ist leichter lenkbar.‹« Hanne strich sich ein paar Locken aus dem Gesicht und ich bemerkte ihre vielen Sorgenfalten.

Ihre Worte wummerten immer wieder durch meinen Kopf. Die Ewigen hatten damals alle Menschen, die nicht zu ihnen gehörten, mit dem »Lieblosen Duft« in Berührung bringen wollen? Das war ja furchtbar!

»Aber was hätten die Ewigen denn davon, wenn die Menschen aufhören würden zu lieben?«, fragte ich etwas atemlos.

»Ach Luzie ... Ich schätze, es ist eine Möglichkeit, die Empathie unter den Menschen und ihr Mitgefühl füreinander zu zerstören. Wer nicht liebt, kann andere sicher leichter leiden sehen. Die Ewigen könnten die Werte einer Gesellschaft, in der nur Rang und Geld und Stand deinen Wert als Mensch bestimmten, viel leichter durchsetzen. Wenn wir kein Mitgefühl mehr haben, würden wir so eine Gesellschaftsform bestimmt leichter akzeptieren. Ohne so einen Duft wäre es sehr schwer, die Menschen dazu zu bringen, nach dieser grausamen, veralteten Werteordnung zu leben.« Sie seufzte und wagte es kaum noch, mich anzusehen. »Es ist schrecklich, aber ich gehe davon aus, sie wollten Mats' Vater gar nicht persönlich schaden, sie haben ihn lediglich spontan ausgewählt, um die Auswirkungen des ›Lieblosen Duftes‹ zu testen. Er war quasi zur falschen Zeit am falschen Ort und wurde dadurch zum Versuchskaninchen der Ewigen.«

»Und das ist es, was Syrell de Richemont plant? Allen Menschen die Liebe zu nehmen?«, fragte ich und hörte, wie dünn meine Stimme klang. »Wieso hast du uns das bloß nicht früher erzählt?«

Hanne winkte ab. »Vielleicht hätte ich das tun sollen, nur was hätte es geändert, außer Mats noch mehr Schmerz zu-

zufügen? Wie gesagt, es ist nur etwas, das vor Ewigkeiten mal hier besprochen wurde. Wer weiß, was sich inzwischen alles getan hat. Aber der Plan ist ohnehin hinfällig. Denn ohne Meteorpulver ...« Plötzlich stockte sie und ihre Augen weiteten sich, als sie wieder an den Brief dachte, der noch in meiner Hand lag: »Oje, wir müssen wirklich hoffen, dass dieser C. dir nur eine Falle stellen will. Wenn sie tatsächlich Meteor besäßen, dann ...«

Hanne ließ den Satz ins Leere laufen und ich richtete mich auf. Ich sah über die Lavendelbüsche hinweg zu den vielen unterschiedlichen Pflanzen des Gewächshauses und wusste, dass ich irgendetwas tun musste.

Immerhin war ich die Erbin der Duftapotheke.

Und ich war dafür verantwortlich, sie zu beschützen.

11

Nach meinem Gespräch mit Hanne ging ich zu Mats rüber. Ich musste ihm so schnell wie möglich den Brief von diesem C. zeigen. Aber Mats war noch immer nicht zurück aus der Schule, also hinterließ ich eine Nachricht bei seiner Mutter und ging zerknirscht nach Hause.

In der Küche deckten Ma und Benno gerade den Tisch.

»Ist schon Abendessenzeit?«, wunderte ich mich, weil es gerade mal fünf Uhr war.

»Wir dachten, wir machen uns heute einen gemütlichen Abend zusammen!«, flötete Ma und mir dämmerte, dass irgendwas los sein musste. Diesen Tonfall bekam Ma nur, wenn sie ein schlechtes Gewissen hatte.

Auch wenn mir gerade gar nicht nach einem gemütlichen Abend zumute war, ging ich in die Küche und rutschte auf einen der Küchenstühle. Benno hopste herum und legte für jeden mehrere Messer, Gabeln und Löffel in allen möglichen Größen neben die drei Teller auf den Tisch.

»Was gibt es denn heute?«, fragte ich und sah zu meinem Bruder, der seine Vorfreude aufs Abendessen nicht verbergen konnte.

Benno kicherte aufgeregt. »Pizza! Ma hat Pizza mitgebracht!«

Ma öffnete die duftenden Kartons und flötete dabei immer noch, während sie von der netten Pizzeria zwei Straßen weiter erzählte. Und dieser Tonfall war viel zu verdächtig.

Ich sah ratlos zu Benno. »Kuchengabel, Suppenlöffel? Welches der sechs Bestecke neben meinem Teller soll ich denn benutzen?«

Benno wollte gerade in sein erstes Pizzastück beißen, das er sich vor den Mund hielt. Verwundert schaute er auf seine Hand, dann auf die vielen Gabeln, Löffel und Messer, die er für uns bereitgelegt hatte. Schnell traf er eine neue Entscheidung. »Ist nur für den Nachtisch!«, sagte er und biss in das Pizzastück hinein.

»Es gibt Nachtisch?« Ich schaute Ma an, die nur die Schultern hochzog.

»Ich hab Pudding gekauft.«

Okay, jetzt war ich mir sicher, dass es zum Pudding noch etwas dazu gab, was Mas flötigen Tonfall erklären würde.

Und so war es auch. Pünktlich zum Pudding rückte Ma mit der Sprache raus: Sie hatte einen neuen Auftrag bekommen, der so fantastisch war, dass sie ihn wirklich nicht absagen konnte. Es ging um das Deckengemälde in irgendeiner Kirche, das erneuert werden sollte. Laut Ma war das einer dieser fantastischen Aufträge, an die man nur ganz selten kam. Ma würde als Chefrestauratorin die Wiederherstellung des Deckengemäldes irgendwelcher Engel und Himmelschöre in eigener Regie führen dürfen.

Ich wartete gespannt auf den Haken an der Sache, der uns heute Pizza und Pudding beschert hatte.

»Hanne wird sich die nächsten Tage um euch kümmern«, murmelte Ma etwas kleinlaut. »Leider lässt sich mein Auftrag nicht auf die Woche verschieben, in der euer Vater wieder von seiner Klassenfahrt zurück ist. Ich habe alles versucht, aber die Gelder sind bewilligt und es soll gleich losgehen.«

Benno sah Ma schockiert an. »Du fährst weg?«

Oje, das saß. »Benno!«, sagte ich streng, bevor Ma ins Stottern kam. »Es sind doch nur ein paar Tage, bis Pa zurück ist. So lange passen Hanne und ich auf dich auf. Das wird lustig!«

Ich schaute zu Ma und hatte das Gefühl, einen Stein von ihrem Herzen plumpsen zu hören. Kurz überlegte ich, dann grinste ich Benno an. »Außerdem bringt Ma, bis sie wegfährt, natürlich jeden Abend Pizza und Pudding mit!« Zwinkernd drehte ich mich zu Ma, der die Kinnlade runterklappte. Doch bevor sie ein Argument dagegen vorbringen konnte, klingelte es an der Tür.

»Ich geh!«, rief Benno und raste los.

Eine Minute später kam Mats hinter Benno in die Küche.

»Einen schönen guten Abend, Frau Alvenstein«, sagte er so übermäßig höflich, wie er es immer machte.

»Hi, Mats«, grüßte Ma zurück. »Magst du etwas vom Pudding? Ein kleines bisschen ist noch übrig.«

»Äh … nein, danke. Wir essen auch gleich. Ich wollte Luzie nur kurz …«

Das Quietschen der Stuhlbeine, das entstand, als ich meinen Stuhl über die Fliesen schob, schnitt Mats das Wort ab.

»Kommst du mit hoch?«, fragte ich und zog Mats auch gleich hinter mir her, bevor er mir überhaupt antworten konnte.

»Mats?«, rief Benno ihm nach. »Ich hab mir ein neues Dinospiel ausgedacht. Ich zeig es dir gleich, ja?«

»Klar, Kumpel!«, rief Mats meinen kleinen Bruder zu, bevor ich ihn die Treppe in den ersten Stock hochschob.

»Was ist denn los?«, fragte er. »Meine Mom meinte, ich soll mich ganz superdringend bei dir melden?«

Ich nickte, schob ihn in mein Zimmer und schloss die Tür hinter uns. Sofort fing ich an, ihm von C. zu erzählen und davon, was Hanne mir über Syrell de Richemont und die zeitverkrümmenden Düfte verraten hatte. Ich wiederholte alles, angefangen bei den *Bessergeborenen,* über Syrells Plan einer neuen alten Weltordnung und darüber, wie er sie durchsetzen wollte. Nach kurzem Zögern erzählte ich Mats sogar, was der »Lieblose Duft« damit zu tun hatte und warum sein Vater ihn hatte einatmen müssen.

Doch bevor diese neuen Informationen Mats nur wieder herunterzogen, hielt ich ihm den Brief von C. unter die Nase. Dabei stieg mir wieder dieser seltsam vertraute Parfümduft in die Nase. Aber jetzt roch ich noch etwas anderes, das aus dem Papier aufstieg. Es roch nach Angst und Abscheu. Natürlich roch das außer mir niemand. Das war so eine Sache, die man nur bemerkte, wenn man eine Sentifleur war.

Nur was bedeuteten diese Gefühle? Verabscheute C. tatsächlich die Ewigen? Oder … *uns*?

Mats überflog den Brief und wollte vor lauter Schreck gleich aus der Tür stürmen, genau wie ich es vorhin gemacht hatte. Doch ich hielt ihn am Arm fest.

»Unser Meteor ist da, wo es immer ist. Es fehlt kein Krümelchen«, beruhigte ich ihn und setzte mich auf die Bettkante. »Entweder ist es wirklich eine Falle oder dieser Syrell hat irgendwo neues Meteorpulver gefunden.«

Mats blies die Backen auf. »Wenn das stimmt, dann könnten sie die vielen Duftapotheken bauen, die wir auf den Plänen der Baronin von Schönblom gesehen haben.«

Ich wollte mir das gar nicht vorstellen und schüttelte vor lauter Ratlosigkeit den Kopf.

Da nahm Mats den Werbeflyer von meinem Schreibtisch, auf den Bonsky mir seine Warnung gekritzelt hatte. Ich hatte ihn längst vergessen.

Mats überflog die hektisch niedergeschriebenen Worte darauf, dann drehte er den Flyer herum. »Und Bonsky hat sonst nichts zu dir gesagt?«, fragte er.

Ein zweites Mal schüttelte ich den Kopf. »Er war stumm wie immer.«

Im selben Moment, als ich das sagte, fiel mit etwas Eigenartiges ein. Ich lehnte mich zu Mats und schaute noch einmal genauer auf den Flyer herab.

Plötzlich wurde mir ganz kalt.

Und dann heiß.

Die ganze Zeit war ich davon ausgegangen, dass Bonsky den Flyer nur zufällig in seiner Tasche gehabt und ihn statt eines leeren Zettels benutzt hatte, um mir die Nachricht über die Ewigen zu überreichen.

Doch das hier war nicht *irgendein* Flyer.

Es war ein Flyer, der die neue Ancien-Duftreihe bewarb.

»Das war kein Zufall«, platzte es aus mir heraus. Am liebsten hätte ich mir die Hand auf die Stirn geschlagen, weil ich so blind gewesen war!

Mats zog die Augenbrauen zusammen. »Was?«

In Windeseile zog ich den Brief von C. aus dem Briefumschlag und roch daran. Jetzt wusste ich, welcher Geruch das war! Hastig ging ich zur Kommode und griff mir den Ancien-Raumduft, den Elsa Peters mir geschenkt hatte. Erst in diesem Moment wurde mir klar, dass Ancien so etwas wie »das Altehrwürdige« bedeuten musste. Auch das passte perfekt!

Ich schraubte den Flakon auf und griff mir ein Blatt Papier von meinem Schreibtisch. Mit ein paar Tropfen beträufelte ich es, wedelte damit durch die Luft und hielt es mir danach unter die Nase. Das war exakt derselbe Geruch. Kein Zweifel!

»Riechst du das?« Ich hielt auch Mats abwechselnd das Papier und den Brief unter die Nase.

»Uah, ist das süß!« Mats verzog das Gesicht. »Wie viele Flaschen hat dieser C. bitte davon bei sich aufgestellt, wenn der Brief so heftig danach riecht?«

Ich hob nur die Schulter und legte beides wieder weg.

»Oder aber …«, Mats hielt inne, »… C. wollte, dass wir den Geruch bemerken, und er hat den Brief absichtlich mit diesem Ancien-Duft beträufelt?« Er stand auf, zog sein Smartphone aus der Hosentasche und ich sah ihm dabei zu, wie er im Browser *Éternité* eingab.

Auf der Webseite des Duftkonzerns scrollte Mats die Markenpalette der verschiedenen Produkte durch, die die Firma von Syrell de Richemont herstellte. Und siehe da, der Ancien-Duft war dabei. Einen Moment lang sah ich Mats sprachlos an, der genauso erschrocken zurückschaute.

»Wollen wir wetten, wo der Firmensitz liegt?«, fragte er schließlich und suchte im Impressum nach der Firmenadresse.

Noch bevor die Seite zu Ende geladen hatte, sprach ich es aus: »Paris.«

»Ganz genau.« Mats hielt mir das Display seines Smartphones unter die Nase. »Und der Poststempel auf C.s Brief ist auch aus Paris!«

»Was für ein Mist! Dann ist C. also wirklich einer von Syrells Leuten.« Auf meinen Armen breitete sich eine Gänsehaut aus. »Andererseits könnte es auch sein, dass C. zwar für Syrell arbeitet, aber trotzdem versucht, etwas Schlimmes zu verhindern.«

Mats holte einmal tief Luft. »Das finden wir nur raus, wenn wir dort hinfahren und es nachprüfen. Vom Abwarten wird es jedenfalls nicht besser.«

»Wahrscheinlich nicht.« Bei dem Gedanken daran, in die Firma von Syrell de Richemont gehen zu müssen, wurde mir ganz schlecht. Vom Anwesen der Baronin waren wir nur geradeso wieder weggekommen … Wie sollten wir uns bei einem riesigen Dufthersteller zurechtfinden? Und auch noch einem, der den Ewigen gehörte!

»Dann ist jedenfalls jetzt auch klar, warum dir Bonsky diesen Flyer zugesteckt hat.« Mats lächelte mich an. »Der dachte anscheinend, wir kommen da sofort drauf.«

»Ja, da hast du recht.« Ich stockte. Andererseits … dass Bonsky uns hatte helfen wollen, bedeutete noch lange nicht, dass dieser C. uns nicht in eine dicke, fette Falle lockte. Egal. Wir hatten gar keine andere Wahl. Ich blickte vorsichtig zu Mats. »Und? Fährst du … mit mir nach Paris?«

Mats' Lächeln wuchs. »Ich dachte schon, du fragst nie.«

12

Erst mal brauchten wir ein paar gute Pläne: einen dafür, wie wir nach Paris und in die Ewige Residenz kommen sollten, trotz Schule, Eltern und so gut wie keinem Geld. Und einen anderen dafür, wie wir es überhaupt schaffen sollten, Syrell de Richemont davon abzuhalten, all diese neuen Duftapotheken zu eröffnen.

Zuallererst mussten wir aber irgendwie nach Frankreich kommen. Gut war zwar, dass meine Eltern beide weg sein würden, trotzdem hatten Mats' Mutter und Hanne sicherlich ein wachsames Auge auf uns. Außerdem erwartete Ma von mir, dass ich mich um Benno kümmerte. Wie sollten wir da einfach mal so verschwinden? Und dann brauchten wir natürlich noch eine Ausrede für die Schule.

»Wir könnten der Schule ausrichten lassen, dass wir krank sind«, schlug Mats vor. »Das wird frühestens nach drei Tagen überprüft. Erst danach brauchen wir eine ärztliche Freistellung.«

Ich seufzte. »Die wir nicht bekommen werden.«

»Wahrscheinlich nicht. Das heißt also, wir haben nur diese drei Tage für Paris.« Mats lächelte schief. »Viel schwieriger wird es, meiner Mom vorzumachen, dass ich zu Hause bin, ohne zu Hause zu sein.«

»Vielleicht könnte dich Leon ja decken?«, fragte ich vorsichtig, weil ich nur zu gut wusste, dass die beiden Brüder nicht gerade ein Herz und eine Seele waren.

»Pfff!«, machte Mats nur. »Der freut sich doch, wenn er mich verpfeifen kann.«

»Meinst du wirklich?« Ganz so schlimm schätzte ich Leon auch wieder nicht ein, aber ich kannte ihn natürlich nicht so gut wie Mats.

»Wir könnten meiner Mom und Hanne erzählen, dass uns die Schule kurzfristig für drei Projekttage irgendwo in die Pampa schickt«, grübelte Mats nach einem Alternativplan. »Da müssten wir mitfahren. Und in der Schule lassen wir ausrichten, dass wir krank sind und mit Fieber im Bett liegen. Drei Tage lang kommen wir bestimmt damit durch.«

Das war ja ausgebufft, dachte ich und schluckte. Das schrie förmlich danach, dass wir auffliegen würden. Und wenn ich daran dachte, wie wütend Pa nach der Sache in Amsterdam gewesen war …

»Bestimmt fällt uns noch was anderes ein«, sagte ich zu Mats. Alle absichtlich anzulügen, gefiel mir überhaupt nicht.

»Und was?« Mats hob beide Brauen. »Glaubst du, *deine* Eltern lassen dich mitten in der Schulzeit mal kurz nach Paris abdampfen? Also meine Mom erlaubt das niemals. Und die Wahrheit können wir ihnen wohl schlecht sagen, oder?«

Der Punkt ging an ihn.

»Wir könnten Hanne bitten, dass sie uns hilft«, schlug ich vor, doch ein Blick von Mats genügte, um zu wissen, dass sie das nicht tun würde. Hanne würde darauf bestehen, dass wir hierblieben. In Sicherheit.

»Du hast recht. Hanne erlaubt das niemals«, gab ich zu. »Trotzdem. Egal wie, wir müssen so schnell wie möglich nach Paris und diesen Syrell aufhalten! Wer weiß, was der alles in seine Éternité-Raumdüfte reinpanscht, wenn er erst seine Duftapotheken gebaut hat!«

Mir wurde ganz übel bei dem Gedanken an das, was Hanne mir über den »Lieblosen Duft« erzählt hatte. Und dieser Ancien-Duft ... je mehr ich darüber nachdachte, desto fester war ich davon überzeugt, dass Syrell den beliebten Raumduft dazu benutzen würde, seinen Plan in die Tat umzusetzen. Die Raumdüfte standen schließlich überall herum, in Wohnungen, in Geschäften, in Restaurants. Niemand würde dann mehr herausfinden können, wer den Duft eingeatmet hatte und wer nicht.

»Okay«, sagte Mats. »Immerhin wissen wir von C., wo Richemont wohnt und dass es dort einen Raum gibt, der *Die Ewige Residenz* genannt wird. Das klingt so, als ob dort – zumindest theoretisch – eine Duftapotheke sein könnte.«

»Wo, wenn nicht da«, stimmte ich zu und seufzte. »Uns

fehlt nur noch eine Idee, wie wir da rein- und ans Meteor rankommen.«

Denn das erschien mir wie eine nahezu unmögliche Aufgabe.

Mats strich sich nachdenklich durch seine Locken. »Dafür fällt uns schon noch etwas ein«, sagte er und lächelte mich aufmunternd an. »Jetzt schauen wir erst einmal, dass wir von hier wegkommen.«

Während Ma damit beschäftigt war, Benno seine Gutenachtgeschichte vorzulesen, schlichen Mats und ich uns noch mal in die Duftapotheke hinunter. Schließlich gab es nichts, was uns besser beschützen konnte als die magischen Düfte aus unserer Apotheke.

Unten angekommen, warfen die Gaslampen wie immer ihr gelbes Licht auf uns. Langsam gingen wir an den Flakons in den Regalen entlang und diskutierten darüber, was davon uns am besten helfen würde.

Nach einigem Hin und Her einigten wir uns auf eine mächtige Duftsammlung, mit der ich meinen Koffer befüllte. Ausgewählt hatten wir zum Beispiel das »Stinkende Odeur«. Ein simpler, aber sehr wirkungsvoller Duft, der eine teuflisch stinkende Schutzblase um einen herum bildete. Wirklich absolut niemand kam einem dann noch nah. Doch auch Düfte wie die »Zeitlose Note«, die die Zeit für eine Weile einfror, oder das »15-Minuten-zurück-Aroma«, packten wir ein.

Mit dem Gefühl, super vorbereitet zu sein, klappte ich den Koffer zu und Mats verabschiedete sich. Zuletzt griff ich mir das handschriftliche Rezept von Daan de Bruijn mit seinen Notizen, die er mir geschickt hatte, damit ich den »Endlichkeitsduft« reparierte. Vielleicht konnte ich ja unterwegs doch noch Fortschritte machen. Ich steckte das Rezept zu den fünfzig Euro in ein Umhängetäschchen, das ich mir unter meinem T-Shirt um den Hals hängte.

Zurück in meinem Zimmer, packte ich mir noch ein paar Wechselsachen plus Zahnbürste ein und stopfte alles zusammen mit meinem Duftkoffer in einen Rucksack. Mit Bauchschmerzen ging ich ins Bett und versuchte, schnell einzuschlafen.

Am nächsten Morgen wartete ich so lange, bis Ma ins Auto gestiegen und zu ihrem Deckengemäldeauftrag aufgebrochen war und sich Hanne darum kümmern musste, dass Benno noch Zähne putzte, bevor sie ihn pünktlich zum Kindergarten bringen konnte. Das war jeden Morgen richtig harte Arbeit, mit der ich zum Glück nie etwas zu tun hatte. Freiwillig putzte Benno nämlich keine Zähne, weshalb es regelmäßig Streit zu Hause gab. Davon wusste Hanne natürlich nichts und war somit voll und ganz damit beschäftigt, mit meinem kleinen Bruder über die Wichtigkeit der Zahnpflege zu diskutieren.

Sehr schnell und während des größten Chaosquengelns meines Bruders erklärte ich Hanne, dass ich mit meinem

Projektteam einen Ausflug machen würde, Ma davon natürlich wusste, wohl leider nur vergessen hatte, es ihr zu sagen, und dass ich ja schon am Wochenende zurück wäre.

Gut fühlte es sich überhaupt nicht an, Hanne anzulügen. Und in jeder anderen Situation, in der Hanne auch nur eine Minute Zeit gehabt hätte, darüber nachzudenken, hätte sie es bestimmt niemals zugelassen, dass ich einfach für drei Tage verschwand. Aber auf die Art kam ich immerhin erst mal hier weg.

Während des Gesprächs vermied ich jeden Blickkontakt mit Benno. Was wahrscheinlich nicht gerade unauffällig rüberkam, aber Hanne bemerkte es glücklicherweise trotzdem nicht. Sie war mit Bennos Zähneputztheater komplett ausgelastet und hätte mir in diesem Moment wahrscheinlich alles erlaubt.

Schnell drückte ich meinem Bruder einen dicken Kuss auf die Backe und sagte ihm, dass ich ihn lieb hatte. Dann verdrückte ich mich, so schnell ich konnte, Richtung Bushaltestelle. Bennos verdatterter Blick und das Wissen, dass ich ihn gerade angelogen hatte, fraßen sich dabei unangenehm in meinen Magen.

Erst als mich Mats an der Bushaltestelle mit einem Lächeln begrüßte, löste ein neues Gefühl mein schlechtes Gewissen ab. Ich würde drei Tage allein mit Mats nach Paris fahren. Oh mein Gott, *so* hatte ich darüber ja noch gar nicht nachgedacht! Meine Knie fühlten sich plötzlich an wie Gummi. Ich drehte mich schnell zum Bushalteschild mit den Abfahrtszeiten, damit Mats bloß nichts bemerkte.

»Der kommt in fünf Minuten«, sagte er nur und schien

meinen kurzen Aufregungsanfall nicht zu bemerken. »Wir liegen super in der Zeit.«

»Hat deine Ma dir die Geschichte abgekauft?«, fragte ich.

Mats wiegte seinen Kopf hin und her. »Meine Mom schon, aber Leon nicht. Ich musste ihm mein Taschengeld der nächsten drei Wochen versprechen, nur damit er mit den verräterischen Fragen vor Mom aufhört. Aber egal, wird schon schiefgehen. Wenn wir im Bus sitzen, rufen wir im Sekretariat der Schule an und melden uns krank, okay?«

»Okay«, sagte ich und stieg von einem Fuß auf den anderen. In mir tobte jetzt ein ganzes Aufregungsfeuerwerk. So viele Dinge schossen mir durch den Kopf, so viele Probleme und Schwierigkeiten drängten an die Oberfläche, jetzt, da es losgehen sollte. Was, wenn wir Syrells neue Duftapotheke doch nicht fanden? Oder wenn C. wirklich versuchte, uns in eine Falle zu locken? Und was, wenn Benno heute Abend zu weinen anfing und Hanne sich nicht gut genug um ihn kümmerte? Und was machten wir überhaupt erst, wenn die Jugendherberge, die Mats für uns rausgesucht hatte, uns nicht aufnahm, weil wir noch zu jung waren? Was dann? Mir wurde fast schwindelig vor lauter Sorgen!

Zum Glück kam der Bus wirklich nach fünf Minuten und als ich in meinen Sitz sank, ließ ich die Landschaft an mir vorbeirauschen, in dem Wissen, dass es jetzt kein Zurück mehr gab.

13

Es dauerte eine kleine Ewigkeit, bis der Busfahrer ankündigte, es seien nur noch zehn Minuten bis Paris.

Nachdem wir uns zuvor mit einem Anruf in der Schule krankgemeldet hatten, hatte Mats nur das Nötigste mit mir geredet und sich ansonsten seine Kopfhörer über die Ohren geschoben. In Momenten wie diesen zog er sich meistens in sich zurück und auch wenn ich gerne jemanden gehabt hätte, mit dem ich meine Sorgen teilen könnte, ließ ich ihn in Ruhe und konzentrierte mich auf das, was nun vor uns lag.

Als Erstes wollten wir in Paris in die Jugendherberge fahren und dort unsere Sachen abladen, damit wir uns so schnell wie möglich zu der Adresse aufmachen konnten, die uns C. geschickt hatte. Dort mussten wir dann Syrell davon überzeugen, dass wir Daan de Bruijns Erben waren.

Mats hatte den Plan ausgeheckt, dass wir vorgaben, Daan wolle ein Geschäft mit Syrell abschließen. Er wollte, dass wir so taten, als wären wir Daans Mitarbeiter und als hätten auch wir einen neuen unglaublichen Duft entwickelt. Und diesen wollten wir nun Syrell im Tausch gegen etwas Meteorpulver anbieten. So könnten wir herausbekommen, ob er überhaupt welches besaß, und vielleicht auch, wo er es aufbewahrte.

Eine Sache war mir trotzdem immer noch nicht klar. Syrell hatte zwar bestimmt alle Apparaturen, Zutaten und angeblich sogar neues Meteor zusammen, um eine Duftapotheke aufzubauen, nur wer, bitte, sollte die magischen Düfte darin herstellen? Bislang brauchte man dafür immer einen richtigen Duftapotheker und außer Daan de Bruijn, Willem, Hanne und mir gab es da niemanden.

Ich strich mit der Hand über die Hülle meines Duftkoffers und hoffte, dass unser Plan funktionierte. Wir hatten extra auch ein paar Flakons eingepackt, wie »Ein Hauch Mitgefühl« oder den »Duft der Langsamkeit«, für den Fall, dass Syrell de Richemont uns unsere Geschichte – und die falschen Namen, die wir uns ausgedacht hatten – nicht abkaufte. Beides würde uns zumindest etwas Zeit verschaffen.

Für den Fall, dass wir in die Residenz nicht hineinkommen würden, wollten wir C. suchen, in der Hoffnung, dass wir ihn irgendwo bei Éternité finden würden.

So weit unser Plan.

Zwar hatte ich das Gefühl, wir nahmen mit nur halb garen Informationen ein viel zu großes Risiko auf uns, aber ich wusste auch, dass wir jetzt unbedingt handeln mussten. Mehr hatten wir einfach nicht.

Ich schaute weiterhin stumm aus dem Fenster und meine Augen wurden immer größer, als wir schließlich in die Stadt hineinfuhren. Paris war so groß und beeindruckend. Rechts und links ragten weiße Hausfassaden mit dunklen Balkonbrüstungen vor den Fenstern auf und die Sonne ließ die Steinbauten noch heller strahlen. Ich mochte diese Stadt sofort und reckte meinen Hals, um einen Blick auf die Seine zu erhaschen, den breiten Fluss, der mitten durch Paris floss und die Stadt wie ein großes Tortenstück zu durchschneiden schien. Dagegen wirkte die Spree, die ich aus Berlin kannte, fast popelig. Aufgeregt lehnte ich mich in meinen Sitz und hielt Ausschau nach dem Eiffelturm.

Als der Bus hielt und wir ausstiegen, war es schon später Nachmittag. Als Erstes fiel mir der Geruch auf. Großstädte rochen völlig anders als kleine Dörfer und Paris begrüßte uns mit einer Mischung aus vom Autodampf gewärmten Steinen, frischen Baguettes, schweren Parfüms und allgemeinem Großstadtmief.

»Also dann!« Mats zog sich seine Kopfhörer herunter, hob seinen rechten Mundwinkel und deutete die Straße hinab, vorbei an den Straßencafés und Bäckereien. »Ladies first.«

Die Jugendherberge war voll und in unserem Achtpersonenzimmer roch es nach Schweiß, Käsesocken und fehlendem Sauerstoff. Scheinbar machten gerade alle neunten und zehnten Klassen ihre Kursfahrten nach Paris. Wir quetschten uns zwischen den vielen Teenagern hindurch und besetzten das letzte leere Doppelstockbett in einem Zimmer mit noch sechs anderen Mitbewohnern. Mir war jetzt schon klar, dass ich die Nächte hier nicht viel schlafen würde.

Immerhin überließ mir Mats die obere Matratze. Wahrscheinlich hatte er meinen kleinlauten Blick gesehen, als ich zu den großen Jungs und Mädchen rübergeschielt hatte, die sich um uns herum gegenseitig ärgerten. Aber das war nun mal der einzige Ort, den wir uns zum Übernachten in Paris leisten konnten. Und es war ja nur für zwei Nächte.

Wir verstauten unsere Klamotten, Zahnbürsten und das bisschen, was wir uns für die Reise eingepackt hatten, in unseren Spinden und machten uns gleich davon. Meinen Duftkoffer nahm ich natürlich mit, den würde ich keine Sekunde aus den Augen lassen.

Da kam mir noch ein anderer Gedanke. Ein Gedanke, der mir in der ganzen Aufbruchshektik schon einige Male gekommen war, den ich aber immer wieder verdrängt hatte. »Wir sollten Daan de Bruijn anrufen«, schlug ich vor, als wir vor dem Eingang der Jugendherberge standen. Schließlich hatte Daan versprochen, uns nicht mehr mit den Problemen, die die magischen Düfte hervorrufen können, alleinzulassen. Er hatte versprochen, an unserer Seite zu stehen.

Und doch spürte ich jedes Mal, wenn ich ihn anrief, wie

sehr er darum kämpfen musste, sich nicht einfach wieder zurückzuziehen und all den Schmerz auszublenden, den er mit der Duftapotheke in Verbindung brachte.

»Bist du dir sicher?«, fragte Mats, der offensichtlich sofort verstand, woran ich dachte.

Ich nickte. »Er wird wissen wollen, dass die Ewigen womöglich eigenes Meteorpulver gefunden haben.«

Mats zückte sein Handy. Wir hörten es bestimmt fünfzehnmal tuten, bis der alte Duftapotheker aus Utrecht endlich sein Telefon abnahm. Während Daan uns begrüßte, hatte ich sofort wieder das riesige Hausboot vor Augen, das so verwinkelt war, dass man sich darauf verlaufen konnte. Wahrscheinlich saß er gerade in einem der knarzenden Korbsessel und hatte die Beine übereinandergeschlagen. Dabei schaute er bestimmt dem Kanalwasser von Utrecht beim Herumschwappen zu und hielt den Hörer seines altmodischen Drehscheibentelefons in der Hand.

Mats erzählte ihm, was in den letzten Tagen alles passiert war und was wir herausgefunden hatten. Nur, dass wir in Paris waren, behielt er lieber für sich. Der Lautsprecher des Handys war angestellt, trotzdem musste ich mich tief übers Telefon beugen, um Daans Stimme im Stadtlärm von Paris überhaupt hören zu können.

»Können Sie sich vorstellen, dass es auf der Welt noch andere Meteorquellen gibt?«, rückte Mats schließlich mit der eigentlich wichtigsten Frage heraus. Wir hielten beide vor Spannung den Atem an.

»Rein theoretisch ist das natürlich möglich«, antwortete Daan, hörte sich dabei aber unschlüssig an. »Schließlich ist der Meteoritblock, den ich entdeckt habe, vor langer Zeit aus dem Weltall auf unsere Erde gesaust. Er ist wortwörtlich vom Himmel gefallen. Ich habe lange nach weiteren Funden gesucht, aber auch wenn ich haufenweise Meteoriten entdeckt habe, so war keiner jemals dabei, der in seiner Zusammensetzung unserem Meteor glich. Das war ein einzigartiger Fund und es würde mich außerordentlich wundern, wenn ausgerechnet Syrell de Richemont einen zweiten dieser Art entdeckt hätte, nachdem ich die halbe Weltkugel danach abgesucht habe.«

»Sie meinen, Syrell hat vielleicht gar kein neues Meteorpulver gefunden?«, fragte ich.

»Doch, doch, mein Kind. Möglich ist das schon.« Daan räusperte sich und ich hörte sein Unbehagen durch den Hörer. »Allerdings befürchte ich eher, dass Syrell die Reste meines eigenen Fundes aufgespürt hat. Das wäre zwar furchtbar, denn ich hatte sie besonders sorgfältig versteckt und verschlossen, doch es ist wohl die wahrscheinlichere Möglichkeit.«

»Was? Welche Reste denn?«, haspelte Mats. »Sie hatten Teile des Meteors *versteckt*? Wo denn?«

»Weit weg. Ich habe sie vergraben lassen, damit sie niemand außer mir jemals mehr findet und verwendet.« Daan seufzte tief. »Ich werde mich gleich daranmachen, meine Kontaktpersonen im Amazonas anzurufen und Nachprüfungen anstellen lassen, ob dort etwas Ungewöhnliches vorgefallen ist. Sollte sich jemand an meinem Meteor zu schaffen gemacht haben, dann werde ich es erfahren und dann wissen wir wenigstens –«

»Das ist nicht Ihr Ernst, oder?«, unterbrach ich Daan und spürte die gleiche Wut in mir hochkochen, die ich auch schon auf Hanne und Willem und Bonsky hatte. »Wieso erzählen Sie uns das alles erst jetzt? Sie hatten uns doch versichert, dass unser Glas Meteorpulver in der Duftapotheke das letzte ist, das es noch gibt!«

»Ich hatte nicht erwartet, also … dass es jemand jemals finden könnte.« Daan holte tief Luft. »Es tut mir leid – ehrlich. Ich werde versuchen herauszufinden, was geschehen ist, und mich wieder bei euch melden.«

Ich presste die Lippen aufeinander und hielt mich davon ab, ihn mit all den Fragen zu bombardieren, die mir seit Wochen im Kopf umhergeisterten. *Wieso helfen Sie mir nicht, meine Fähigkeit besser zu verstehen? Wieso bringen Sie mir nicht bei, was es heißt, eine Sentifleur zu sein? Warum haben Sie all diese Geheimnisse vor mir?*

Nachdem Daan sich hastig von uns verabschiedet hatte, schaltete Mats sein Handy aus und sah mich ernst an. »Wäre nett gewesen, wenn er uns das früher erzählt hätte. Immerhin haben wir Blut und Wasser geschwitzt bei den Ewigen, um ihnen die paar Reste wieder abzunehmen.«

Ich verzog bloß den Mund und zwang mich, meinen Ärger über den alten Duftapotheker herunterzuschlucken. Am besten hörte ich damit auf, ständig zu hoffen, dass er sich mehr für uns einsetzte. Irgendwann würde es mich dann vielleicht auch nicht mehr so enttäuschen, dass er es einfach nicht tat.

14

Okay …« Mats versuchte, sich wieder auf das zu konzentrieren, was gerade am wichtigsten war, und klappte einen Stadtplan von Paris auseinander. Den hatte er auf dem Weg zur Jugendherberge gekauft und mehrere Adressen darauf markiert. Einmal die der Firma Éternité, die der Ewigen Residenz und natürlich auch die unserer Jugendherberge. Zusätzlich hatte er Wege und Routen in roten Strichen eingezeichnet. Laufen konnten wir natürlich nicht von A nach B, dafür war Paris zu groß. Wir mussten die Metro, also die Pariser U-Bahn nehmen. Aber das war für mich als ehemaliges Großstadtkind wirklich das kleinste Problem.

Mats hingegen fand die ewig langen Rolltreppen unter der Erde, das Gewusel auf den U-Bahnsteigen und den Wirrwarr der Fahrpläne wesentlich nervenaufreibender. Im Stillen überlegte ich, ob das vielleicht sogar seine erste U-Bahn-Fahrt war, traute mich aber nicht zu fragen. Immerhin hatte er mich auch nicht in Verlegenheit gebracht, als mir in unserem Jugendherbergszimmer beim Anblick der Sechzehnjährigen um uns herum der blanke Horror im Gesicht gestanden hatte.

Ich mochte die Fahrt durch Paris. Mal davon abgesehen, dass alles noch ein bisschen größer wirkte, als ich es gewohnt war, war die Pariser Metro gar nicht so viel anders als die Berliner U-Bahn. Auch hier redete niemand mit einem, außer vielleicht den Straßenzeitungsverkäufern. Und fast an jeder Station kam irgendjemand in den Waggon, der Musik machte oder einfach nur mit einem Becher in der Hand um Kleingeld bat. Mats starrte ständig auf seinen Metroplan, um sich zu vergewissern, dass wir keine

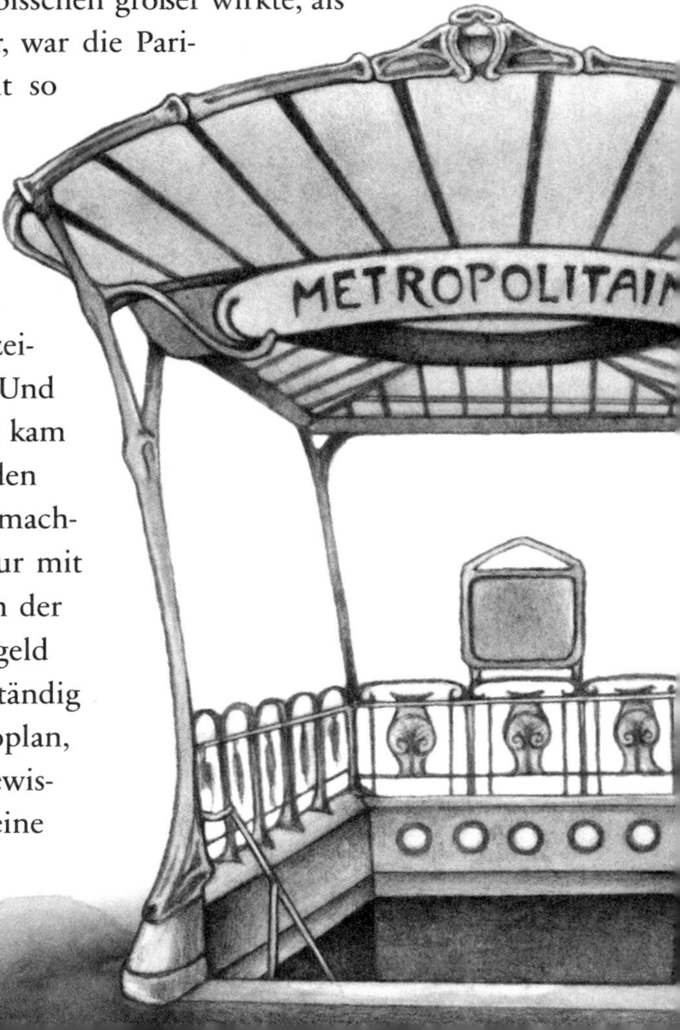

Station zu weit fuhren und auch an der richtigen Station wieder ausstiegen.

Als wir endlich ankamen und uns zurück an die frische Luft drängten, sah Paris völlig anders aus als dort, von wo wir losgefahren waren. Um uns herum ragten beeindruckende Hausfassaden mit verschnörkelten Balkonbrüstungen in die Höhe. Im Schaufenster einer Patisserie lagen winzige, fein dekorierte Törtchen wie in einer Puppenstube und aus dem Café gegenüber zog ein Mischmasch aus Tabak und gerösteten Kaffeebohnen zu uns. Das Paris hier wirkte schick und ein bisschen bildete ich mir ein, dass alles um mich herum nach Geld und Reichtum roch, was wahrscheinlich völliger Quatsch war.

Wieder hielt ich Ausschau nach dem Eiffelturm und diesmal entdeckte ich ihn auch. Mächtig ragte die Spitze aus Metallstreben über den Häusern in den Himmel hinauf.

Mats interessierte das alles überhaupt nicht. Er lotste mich einfach weiter an den vornehmen Hauseingängen entlang. Laut seinem Stadtplan waren es auch nur noch ein paar Straßen bis zu der Adresse, die C. uns aufgeschrieben hatte.

»Warte mal!« Mats hielt mich am Arm fest. Er zog mich dichter an eine Hauswand und zeigte auf ein Pärchen, das etwas von uns entfernt um eine Ecke bog. Ich verstand sofort, was er meinte. Die zwei waren seltsam gekleidet, nicht nur altmodisch, sondern sie erinnerten fast an Museumspuppen. Die Frau trug, genau wie die Baronin von Schönblom, ein Kleid, das vermutlich vor hundert Jahren Mode gewesen war … und auch der Anzug des Mannes sah eher aus wie ein Faschingskostüm.

»Hinterher!«, zischte ich und winkte Mats weiter, nachdem die beiden an der nächsten Ecke abgebogen waren.

Vorsichtig schauten wir ihnen nach. Die zwei liefen schnell und ich hatte das Gefühl, dass sie sich in alle Richtungen umschauten, bevor sie vor einem Hauseingang stehen blieben, klingelten und darin verschwanden.

»Da muss es sein!« Sofort war ich hellwach und fühlte, wie mein Herz anfing zu hämmern. Eilig liefen wir Richtung Hauseingang und mir zog der erdig muffige Geruch in die Nase, den ich mittlerweile so gut kannte. Er verriet die Ewigen immer, ganz egal wie gut sie sich auch tarnten.

Ich warf Mats einen unsicheren Blick zu. »Glaubst du wirklich, dadrin ist eine neue Duftapotheke?«

Mats schaute in alle Richtungen und schien sich zu vergewissern, dass uns niemand beobachtete. »Die Adresse stimmt mit der überein, die C. uns geschickt hat.«

Zögerlich gingen wir auf den prunkvollen Hauseingang zu. Vor jedem Fenster waren die typischen verschnörkelten Eisenbalustraden angebracht und die Eingangstür ähnelte mehr der Pforte eines Schlosses als einem normalen Hauseingang.

Vorsichtig lugten wir durch das Eisengitter. Dahinter sah man einen gepflasterten Innenhof und im angrenzenden Gebäude dahinter sah ich an der Tür im Erdgeschoss tatsächlich das Schild eines Ladengeschäfts hängen. Mats ließ sich von dem ganzen Prunk nur wenig einschüchtern und studierte das vergoldete Klingelschild neben uns.

Ich drückte mich neben ihn und las nur zwei Dinge. Vom ersten bis vierten Stock stand der Name *DE RICHEMONT* in die goldenen Schildchen graviert. Nur am untersten Schild, das zum Erdgeschoss gehören musste, stand etwas anderes: *LA RÉSIDENCE ÉTERNELLE.* Ich las die Worte mindestens zweimal, bevor ich Mats in die Seite stieß und auf das Klingelschild zeigte. Ganz sicher gehörte es zum Ladenlokal mit den bodentiefen Fenstern, das sich hinter Vorhängen vor neugierigen Blicken schützte.

»La résidence éternelle?«, las Mats und hob die Augenbrauen. »Das heißt ›die ewige Residenz‹, oder?«

»Würde ich sagen.« Ich nickte und drückte mich so weit ans Gitter, wie ich nur konnte. Im Innenhof standen mächtige Tontöpfe, in denen Schmucksträucher wuchsen.

Während ich mich noch weiter vorbeugte und so aussehen musste, als versuchte ich, mich durch die Eisenstäbe des Tores zu quetschen, drang mir ein Windhauch aus muffiger Erde in die Nase. Ich hustete und schüttelte mich, weil mich der Geruch so unerwartet erwischt hatte. Doch schon im nächsten Moment wurde mir klar, dass der Geruch nicht aus dem Innenhof gekommen war, sondern aus der anderen Richtung. Ich griff nach Mats' Hand, während der Gestank mir fast den Atem nahm. Ich hörte Kleider rascheln und spürte, dass plötzlich jemand hinter uns stand.

Während ich noch überlegte, was wir jetzt tun sollten, drückte Mats einfach auf das Klingelschild zur »Ewigen Residenz«.

Keine zwei Atemzüge später surrte der Türsummer und das Tor sprang unter meinem Gewicht auf. Ich stolperte vorwärts und stand im Innenhof. Vor Schreck verschluckte ich mich fast und drehte mich zu Mats um, der jetzt so aussah, als ob er sich wegen seiner übereilten Tat doch unsicher war. Die Schritte hinter uns wurden immer lauter. Kurz darauf fiel das Tor zu und klackte ins Türschloss. Wir saßen also im Innenhof fest. Und wir waren nicht allein.

Für einen Augenblick hatte ich Angst, es könnte die Baronin von Schönblom sein. In Zeitlupe drehte ich mich um und schielte durch meine Haare nach hinten. Aber Gott sei Dank war es nicht die Baronin, die hinter uns eingetreten war. Nein – es war eine Frau, die ich noch nie gesehen hatte. Ihren Kleidern und dem Geruch nach zu urteilen, war sie ganz eindeutig eine Ewige.

Auch sie schien zur Residenz zu wollen, jedoch ließ sie einen höflichen Abstand zu uns und wartete offenbar, bis wir eingelassen wurden. Bei dem Gedanken daran, wer uns wohl das Tor geöffnet hatte und uns hinter der spaltbreit geöffneten Eingangstür im Erdgeschoss erwartete, hielt ich die Luft an. Jetzt gab es kein Zurück mehr. Mit feuchtnassen Händen ging ich weiter, doch hinter dem Türspalt war nur Schwärze zu sehen.

Mats stellte sich schräg neben mich, als ob er mir Rückendeckung geben wollte, und schob mich sacht vorwärts. Ich bildete mir ein, seinen aufgeregten Atem zu hören, aber wahrscheinlich war es nur mein eigener. In meiner Brust hämmerte mein unentschlossenes Herz, das sich fragte, ob wir gerade nicht einen riesigen Fehler machten, weil wir völlig leichtsinnig in etwas hineintapsten, aus dem wir vielleicht nicht mehr herauskamen. Was, wenn die Ewigen unsere Gesichter kannten? Was, wenn sie unsere erfundene Geschichte nicht glaubten? Niemand würde uns hier befreien können, schließlich wusste niemand, wo wir gerade waren. Hoffentlich funktionierte unser Plan auch. Ich wollte mir gar nicht vorstellen, was passierte, wenn nicht.

Weil meine Unentschlossenheit dazu führte, dass ich einfach gar keine Entscheidung traf, sah ich Mats nur mit angehaltenem Atem dabei zu, wie er an die leicht geöffnete Eingangstür klopfte.

Sofort ging die Eingangstür ganz auf und ich fand mich Auge in Auge mit einem alten Mann, der uns mit ernster Miene musterte.

15

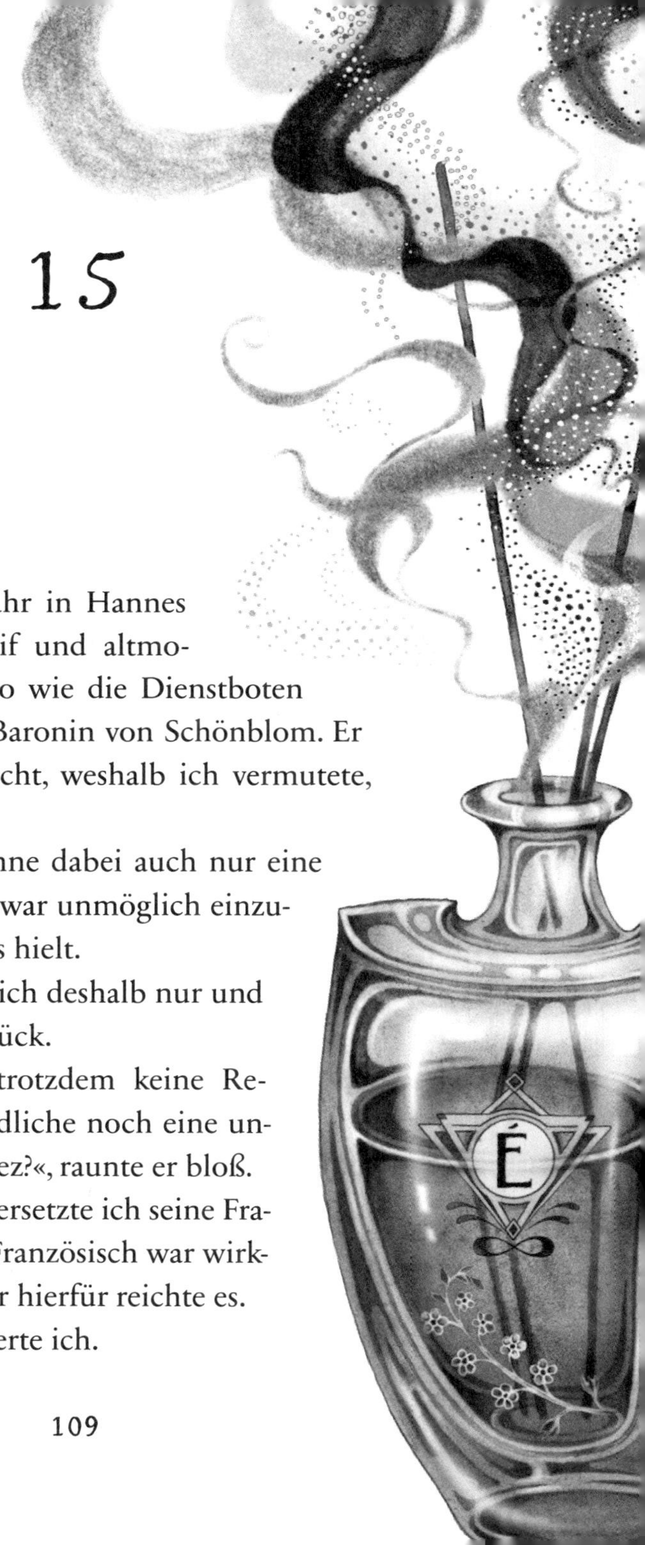

Der Mann war ungefähr in Hannes Alter und auffällig steif und altmodisch gekleidet, genauso wie die Dienstboten auf dem Anwesen der Baronin von Schönblom. Er verbeugte sich ganz leicht, weshalb ich vermutete, dass er der Butler war.

»Bonsoir«, sagte er, ohne dabei auch nur eine Miene zu verziehen. Es war unmöglich einzuschätzen, was er von uns hielt.

»Bonsoir«, sagte auch ich deshalb nur und nickte genauso steif zurück.

Sein Gesicht zeigte trotzdem keine Regung, weder eine freundliche noch eine unfreundliche. »Vous désirez?«, raunte er bloß.

Was wünschen Sie?, übersetzte ich seine Frage in Gedanken. Mein Französisch war wirklich nicht das beste, aber hierfür reichte es.

»Äh … alors …«, stotterte ich.

Aus dem Inneren des Hauses hörte ich Absätze auf den Steinfliesen klappern und lauter werden. »Qui est là?«, rief eine helle Frauenstimme durch die Dunkelheit des Flures. Der Butler drehte sich ruckartig um und beugte wieder sein Gesicht, während die Frau, zu der die Stimme gehörte, näher kam.

»Mademoiselle«, sagte er und trat beiseite, sodass vor uns nur noch der dunkle Flur lag, in dem sich die Umrisse einer zierlichen Person abzeichneten, die uns nun entgegenkam.

Die Tür öffnete sich weiter und dann stand ein Mädchen vor uns. Ich schätzte, sie war ungefähr im gleichen Alter wie die Teenager in unserer Jugendherberge, wahrscheinlich irgendwas um die sechzehn. Nur mit dem Unterschied, dass man diesem Mädchen sofort ansah, dass es bestimmt niemals in einer Jugendherberge schlafen würde. Alles an ihr schrie nach Reichtum. Sie sah ein bisschen aus wie die Herzoginnen und Adelstöchter auf den Fotos aus den Klatschmagazinen, die immer in Wartezimmern bei Ärzten herumlagen. Ich musste zugeben: Sie war wahnsinnig hübsch. Ihre langen schwarzen Haare fielen mir als Erstes auf. Sie glänzten wie Seide und waren so glatt, als hätte sie jemand gebügelt.

»Comment puis-je vous aider?«, fragte das Mädchen weiter und ich war erleichtert, dass sie langsam und deutlich sprach, als wüsste sie schon, dass wir keine Franzosen waren.

»Bonjour, äh, nous … voulons …«, stammelte Mats. Er setzte noch zwei Mal an, dann sah er verzweifelt zu mir. Tja, daran, dass wir beide keine sonderlichen Sprachtalente waren, hatten wir bei unserem ausgeklügelten Plan wohl nicht gedacht.

Trotzdem streckte ich meine Schultern durch und ging näher auf das Mädchen zu, um alle Reste meiner Französischkenntnisse zusammenzukramen. Doch da fragte sie schon: »Seid ihr aus Deutschland?«

Ich nickte und zwang mich zu einem dankbaren Lächeln. Hatte sie das etwa an unserem Akzent bemerkt? Sie jedenfalls sprach nahezu lupenreines Deutsch, was mich wiederum kaum verwunderte. Wahrscheinlich hatte ein Mädchen wie sie Dutzende Privatlehrer!

»Sind wir hier richtig in der ›Ewigen Residenz‹?«, fragte Mats.

»Aber natürlich!« Das Mädchen lächelte uns überrascht an und schien sich über Mats' Frage ehrlich zu freuen.

Meine Gedanken rasten durcheinander. Also entschloss ich mich dazu, mich einfach nur stur an unseren Plan zu halten. »Daan de Bruijn schickt uns«, erklärte ich. »Wir arbeiten für seine neue Duftapotheke und er möchte, dass wir Herrn de Richemont etwas anbieten.« Ich blickte das Mädchen direkt an. »Einen besonderen Duft, den er exklusiv für die Ewigen zubereitet hat.«

»Daan de Bruijn? Wirklich? Mon dieu, wie aufregend! Ich bin ein großer Fan des alten Duftmeisters! Wie schön, dass er neue Mitglieder zu uns schickt – wir hatten schon alle Hoffnung verloren.« Mit einem Funkeln in den Augen sah sie mich an, bevor sie sich zur Seite lehnte und mir anschließend einen Zettel und einen goldenen Füller reichte. »Bitte einmal noch das Passwort aufschreiben.«

Passwort? Ich verstand nur Bahnhof. Man brauchte ein Passwort, um hier reinzukommen? Ich blickte zu Mats, der leider genauso verzweifelt aussah, wie ich mich fühlte.

»Wenn Monsieur de Bruijn euch schickt, muss er euch das Passwort verraten haben, n'est-ce pas?«, fügte das Mädchen fröhlich hinzu.

Ich drehte den Füller in meiner Hand. Dabei fiel mir ein eingraviertes Logo auf, das aus einem »É« bestand und das mir auf einmal bekannt vorkam. Das war doch das Logo von Éternité! Das, was auf allen Raumduftflakons der Firma war. Was könnte also das Passwort sein? *Ewigkeit?* Oder … vielleicht *Ancien?* So wie der Duft?

Plötzlich erinnerte ich mich an den Geruch von Mandarine und Fichtenholz und gleichzeitig an dieses seltsame Wort. Das Wort, das sich dank des Dufts »Ein Hauch ungesagter Worte« in der Duftapotheke in einzelnen Buchstaben in der Luft zusammengesetzt hatte. Wieso musste ich denn jetzt ausgerechnet daran denken? Vielleicht weil ich an dem Tag so dringend nach Antworten gesucht hatte? Und die Duftapotheke mir dieses Wort gegeben hatte, als ich mit dem Brief über die »Ewige Residenz« zu ihr gekommen war? Wie hieß es noch mal? Blutsbande? Nein, nur so ähnlich. Es war ein Wort, das es entweder nicht gab oder das sehr alt war: *Blutsbunde.* Genau, das war es!

Fast hatte ich das Gefühl, als würde die Duftapotheke über all die vielen Kilometer hinweg zu mir flüstern. Als ob der Hauch von Mandarine und Fichtenholz noch immer in meiner Nase lag und mir sagte, dass ich dem Duft vertrauen sollte.

Ich kam mir vor wie fremdgesteuert, als ich den goldenen Füller hob und »Blutsbunde« auf das Papier schrieb. Mats neben mir schwieg genauso angespannt wie ich, während das Mädchen den Zettel betrachtete.

Doch im nächsten Moment nickte sie, entzündete ein Streichholz und verbrannte den Zettel wieder, bevor sie ihn in einen Eisenkübel auf dem Boden in der Diele warf. Ich beobachtete das Ganze fassungslos, auch wenn es natürlich bestens zu den Ewigen und ihren komischen Angewohnheiten passte.

Hatte das wirklich funktioniert?

»Kommt!« Auf dem Gesicht des Mädchens breitete sich das hellste Lächeln aus, das mir je begegnet war.

Etwas gequält lächelte ich zurück und atmete vor lauter Erleichterung über meinen Glückstreffer aus. Hoffentlich war es kein Fehler von mir gewesen, uns hier hineinzubringen!

Sie winkte uns einen düsteren Flur entlang. Die Frau, die hinter uns gewartet hatte, musste also noch weiter warten. Aber ein Blick zurück bestätigte mir, dass sie das keinesfalls zu stören schien. In die Ewige Residenz wurden scheinbar keine Gäste gleichzeitig eingelassen. Oder war das vielleicht nur in unserem Fall so? Wie ein stechender Pfeil schoss mir ein neuer Gedanke durch den Kopf und ließ mich zusammenzucken. Was, wenn ich gar nicht das richtige Passwort aufgeschrieben hatte, sondern sie uns nur ertappt hatte und uns jetzt irgendwo einsperrte? Vor Schreck wollte ich Mats am Ärmel zurückzerren, doch im gleichen Moment drehte sich das Mädchen im Laufen zu uns um. »Wie sind eure Namen?«

Mats und Luzie, wollte ich vor lauter Aufregung sofort sagen, doch Mats rettete mich zum Glück.

»Sie heißt Maja. Und ich bin Florian«, log er, ohne mit der Wimper zu zucken.

»Bon. Ich bin Elodie de Richemont!« Sie nickte mir zu, als wüsste sie etwas, das ich auch wissen sollte. »So junge neue Mitglieder wie euch gab es noch nie.« Dann drehte sie sich wieder zurück und ging weiter voraus. »Monsieur de Bruijn hat wirklich einen perfekten Moment auserwählt, euch zu uns zu schicken. Ein paar der Gäste sind bereits angekommen. Das Treffen beginnt allerdings erst morgen Abend. Wir haben also noch ein bisschen Zeit, über euer Angebot zu reden.«

Ein *Treffen?* Ich sah zu Mats, der ebenfalls seine Augenbrauen zusammenschob.

Irgendwo öffnete sich eine Tür und undeutliche Stimmen drangen aus dem Raum dahinter. Keine Minute später rauschten die zwei Ewigen, denen wir hierher gefolgt waren und die kurz vor uns in der Ewigen Residenz verschwunden waren, an uns vorbei. Begleitet wurden sie von einer altbekannten Duftwolke. Dem Geruch, der verriet, dass jemand den »Duft der Ewigkeit« benutzte und damit sein Leben künstlich verlängerte. Ich atmete erst wieder, als sie an uns vorbei und wir ein gutes Stück weitergelaufen waren. Undeutlich hörte ich, wie der Butler sie verabschiedete.

Wir traten in einen großen Salon ein, der noch prunkvoller wirkte, als der der Baronin von Schönblom – was eigentlich schwer vorstellbar war. Die Samtsofas und Sessel wurden von mächtigen Gemälden an den Wänden umringt. Und auch die goldenen Rahmen hingen genau wie auf dem Anwesen der Baronin über Seidentapeten.

»Nehmt Platz!«, sagte Elodie und zeigte in Richtung der Samtsessel. »Ich werde Bescheid geben, dass ihr da seid! Leider muss ich mich um die weiteren neu ankommenden Gäste kümmern. Aber wir sehen uns später. Ich freue mich, euch kennenzulernen! Auf jüngere Mitglieder warte ich schon *ewig*.« Sie zwinkerte mir belustigt über ihren kleinen Scherz zu, bevor sie durch eine Flügeltür verschwand.

Dann war diese Elodie also auch eine Ewige. Irgendwie hatte ich das gar nicht erwartet. Sie umwehte nämlich nicht der typische Ewigengeruch, zumindest nahm ich ihn kaum an ihr wahr. Vielleicht hatte sie einen Weg gefunden, den Gestank verschwinden zu lassen? Sie roch nämlich nur nach einem sehr angenehmen blumigen Duftgemisch. Und auch ihre Augen waren schillernd grün und kein bisschen farblos, wie es sonst bei den Ewigen immer der Fall war. Aber das konnte man natürlich auch leicht unter gefärbten Kontaktlinsen verbergen.

»Was jetzt?«, riss mich Mats aus meinen Gedanken.

»Keine Ahnung«, gestand ich. »Wir haben es wirklich hier reingeschafft, oder?«

»Ja, haben wir!« Mats lächelte mich an. »Gut gemacht, Luzie. Ich dachte kurz, wir sind geliefert. Jetzt müssen sie uns nur noch unsere Geschichte abkaufen.«

»Hoffentlich schaffen wir es dann auch wieder hier raus«, sagte ich nur und schaute mich im Raum um. Immer mehr beschlich mich das Gefühl, den Ewigen hier drin völlig ausgeliefert zu sein.

Mats beugte sich zu mir. »Wenigstens weiß hier niemand, wer wir sind. Die kennen nur Daan. Das ist unser Vorteil …«

Da betrat ein Mann den Salon und bei seinem Anblick verstummte Mats abrupt.

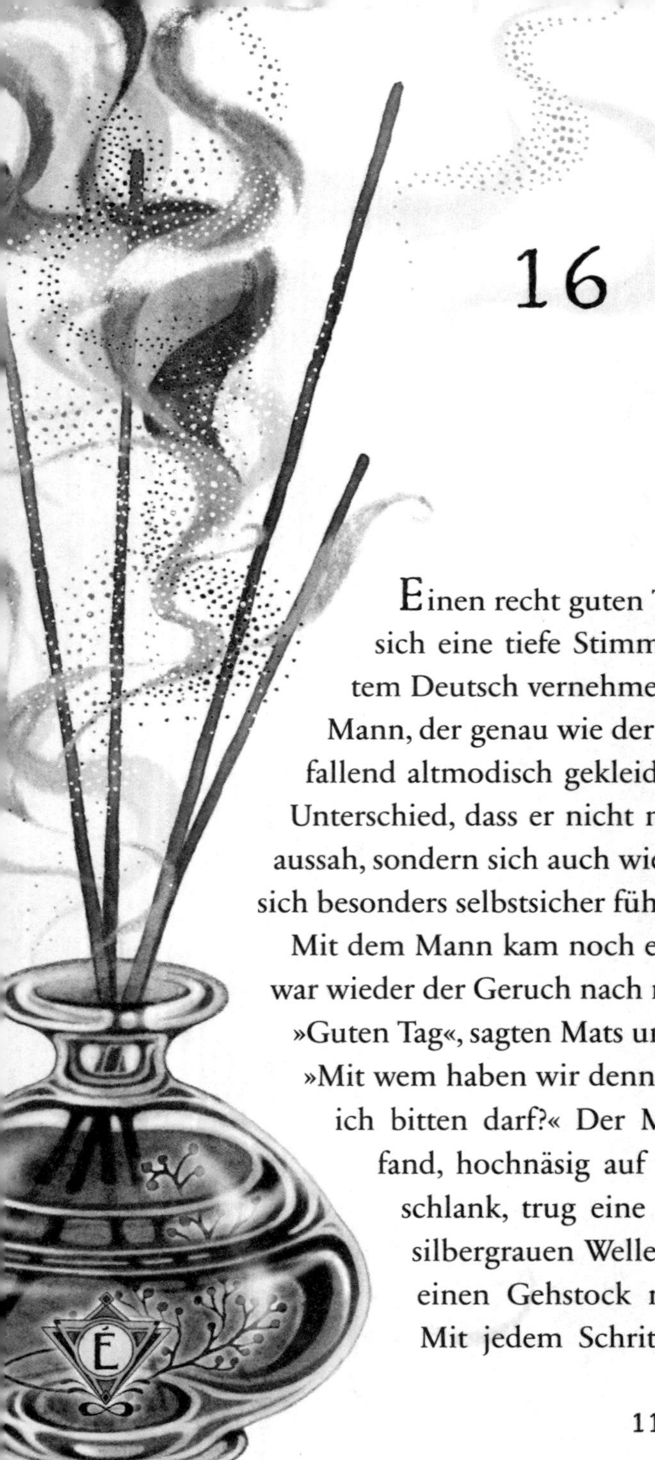

16

Einen recht guten Tag wünsche ich«, ließ sich eine tiefe Stimme in ebenfalls perfektem Deutsch vernehmen. Sie gehörte zu dem Mann, der genau wie der Butler an der Tür auffallend altmodisch gekleidet war. Bloß mit dem Unterschied, dass er nicht nur sehr viel eleganter aussah, sondern sich auch wie jemand bewegte, der sich besonders selbstsicher fühlte.

Mit dem Mann kam noch etwas in den Raum. Es war wieder der Geruch nach modriger Erde.

»Guten Tag«, sagten Mats und ich gleichzeitig.

»Mit wem haben wir denn das Vergnügen, wenn ich bitten darf?« Der Mann blickte, wie ich fand, hochnäsig auf uns hinunter. Er war schlank, trug eine Frisur aus drapierten silbergrauen Wellen und stützte sich auf einen Gehstock mit goldenem Knauf. Mit jedem Schritt, den er näher kam, klopfte der Stock auf das Parkett, als wollte er uns zurechtweisen.

»Florian Neumann«, sagte Mats und zeigte dann auf mich. »Und das ist meine Freundin Maja Schmidt.«

Bei den Wörtern *meine Freundin* wurde mir für einen Moment ganz flatterig ums Herz. *Meine Freundin!* Das klang so anders als: *Das ist Luzie.*

»Soso. Neumann und Schmidt.« Der Mann zog seine Worte lang wie einen Kaugummi. Mit ein paar letzten bedrohlichen *Tocks* seines Stockes stand er vor uns. »Wer ich bin, wisst ihr dann ja.«

»Monsieur de Richemont?«, fragte ich vorsichtshalber.

Der Mann schnalzte nur leicht genervt mit der Zunge, was meine Frage offensichtlich mit einem *Ja* beantworten sollte.

»Nun denn, aus welchen Gründen dürfen wir euch hier begrüßen? Noch dazu in diesem … nun ja …«, er sah etwas missbilligend auf meine leicht schmutzigen Turnschuhe, »… sehr dezenten Aufzug.«

Ich schluckte und wusste kaum, was ich sagen sollte. Syrell musterte uns, als wären wir es nicht wert, dass man uns ins Gesicht sah. »Mir wurde übermittelt, Monsieur de Bruijn lässt euch schicken. Wie kommen wir zu der plötzlichen Ehre? Meines Wissens nach wollte er all die Jahre nichts von unseren Treffen hören.«

Mats räusperte sich. »Nun ja, er wäre selbst gekommen, aber leider strengt ihn das Reisen mittlerweile zu sehr an. Er möchte uns Ihnen aber trotzdem gern vorstellen. Und er möchte vor allem etwas bei Ihnen *bestellen.* Als Dankeschön bringen wir einen neuen und besonders ungewöhnlichen Duft aus Herrn de Bruijns Duftlabor für Sie mit.«

Mir klappte die Kinnlade herunter. Mats war echt ein Weltmeister im Bluffen. Als wäre es ein Kinderspiel, griff er einfach meinen Trick von gerade auf und pokerte damit wie kein anderer. Ich verkniff mir ein Lächeln. Wir waren wirklich ein ziemlich gutes Team!

»Soso!« Ein spitzes Lachen hallte durch den Salon. »Monsieur de Bruijn entwirft also wieder neue Düfte – und nicht nur das, er möchte etwas aus *meiner* Duftapotheke bestellen? Dass ich das noch erleben darf.« Syrell schaute prüfend an uns hoch und herunter. Unter seinem Blick fühlte ich mich noch unwohler in meiner Haut. »Und in welchem Verhältnis steht ihr zwei zu Monsieur de Bruijn?«

»Wir arbeiten für ihn«, pokerte Mats weiter. Syrells Blick machte ihm offensichtlich weniger aus als mir. »Er möchte, dass wir sein Duftlabor eines Tages übernehmen.«

Bevor Syrell eine abfällige Bemerkung dazu fallen lassen konnte, kam Elodie zurück. »Sie kannten das Passwort, Vater! Sei nicht immer so misstrauisch. Es tut gut, auch mal in jüngere Gesichter schauen zu können. Ein paar mehr Erben können wir dringend gebrauchen. Davon haben wir ja nicht gerade viele.«

Ich hatte also richtiggelegen mit dem Passwort. Puh! Mir fiel ein Stein vom Herzen und trotzdem fragte ich mich, warum Elodie so freundlich zu uns war. Erst jetzt wurde mir richtig bewusst, dass sie Syrells Tochter sein musste, und jetzt sah ich auch die Ähnlichkeit in den strengen, feinen Gesichtszügen der beiden.

»Setzen wir uns!«, rief sie.

»Nun, mich interessiert trotzdem ungemein, was de Bruijn euch aufgetragen hat, ihm mitzubringen!« Syrell sah neugieriger aus, als ich erwartet hatte. Andererseits war Daan de Bruijn eine Legende unter den Ewigen – er hatte schließlich ihren Ewigkeitsduft überhaupt erst hergestellt. Wie Syrell wohl zu ihm stand? Daan hatte jedenfalls keinen Ton über Syrell verloren, als wir ihn nach ihm gefragt hatten, sondern behauptet, er würde ihn kaum kennen. Alles, was Daan uns gesagt hatte, war, dass wir uns von Syrell fernhalten sollten. Andererseits würde es mich nicht wundern, wenn der alte Duftapotheker uns auch hierüber so einiges nicht erzählt hatte.

»Herr de Bruijn hätte gern, dass Sie ihm etwas Meteorpulver verkaufen«, erklärte Mats ruhig. »Er ist überaus begeistert, dass Sie offenbar neue Ressourcen gefunden haben. Außerdem hat er gehört, dass Sie eine neue Duftapotheke gründen wollen. Herr de Bruijn würde sich freuen, sich mit Ihnen darüber auszutauschen. Sie wissen schon, so unter Kollegen.«

»Soso. Unter *Kollegen?*« Syrell lehnte sich sichtlich amüsiert zurück. Dabei lag sein Blick wieder klebrig auf mir. »Ihr schmeichelt mir, was mich dazu bringt, euch kein Wort zu glauben. Ich hatte seit Jahren keinen Kontakt mehr zu Monsieur de Bruijn. Er hat jegliche Anfrage meinerseits konsequent ignoriert und wann immer wir ihn aufgesucht haben, hat er uns verhöhnt. Und ausgerechnet jetzt schickt er seine zwei kleinen *Praktikanten* vorbei?«

»Wir sind keine Praktikanten«, antwortete ich ein bisschen zu ärgerlich und hob mein Kinn nach oben. »Wir sind seine Erb…« Ich biss mir fest auf die Zunge. Fast wäre mir die Wahrheit herausgerutscht. »Wir sind seine Mitarbeiter. Und Daan de Bruijn würde sich freuen, wenn Sie uns in Ihrer Duftapotheke empfangen würden.«

Syrell de Richemont fixierte mich weiter aus zusammengekniffenen Augen. Wie ein Raubtier auf der Lauer sah er aus und ich hatte keine Ahnung, was in ihm vorging. Ein paar Sekunden lang sagte er nichts, dann erhob er sich schwungvoll, tockte mit seinem Gehstock aufs Parkett und nickte uns zu. »Wir werden sehen. Für heute seid ihr uns willkommen. Alles Weitere entscheide ich später.« Ohne ein weiteres Wort verließ er den Salon.

Ich schaute fragend zu Elodie, die ebenfalls aufstand.

»Er ist von Natur aus etwas misstrauisch.« Entschuldigend hob sie die Hände. »Er mag keine Überraschungen, er hasst sie sogar. Wir werden also abwarten müssen.« Doch gleich darauf strahlte Elodie wieder wie eine angeknipste Glühbirne. »Bleibt bitte zum Abendessen! Ich lasse euch zwei Gästezimmer herrichten, in denen ihr es euch bequem machen könnt, bis sich Vater entschieden hat. Morgen Abend ist das Treffen, ich werde ihn bitten, euch dazu einzuladen. Ihr werdet sehen – Vater braucht nur das Gefühl, die Zügel selbst in der Hand zu halten, dann ist er ganz umgänglich.« Mit diesen Worten ging auch Elodie aus dem Salon und winkte uns noch einmal zu. »Wartet, bis Magda euch abholt und euch in eure Zimmer führt. Abendessen ist um sechs. Macht euch frisch und … *bitte* … zieht etwas Anständiges an, bon?«

»Wir hatten gar nicht vor, länger zu bleiben«, haspelte ich, völlig überfahren von der Vorstellung, hier bleiben zu müssen. »Und etwas anderes zum Anziehen haben wir auch nicht dabei.«

»Nicht?« Elodie warf mir einen seltsamen Blick zu. »Ihr kommt in die Ewige Residenz und habt nichts Vernünftiges zum Anziehen dabei? Wie eigenartig ihr seid!« Doch sofort leuchtete ihr Strahlen wieder auf. »Ich regele das, keine Sorge! Magda wird euch etwas heraussuchen. In diesem Aufzug könnt ihr wirklich unter gar keinen Umständen zu Tisch kommen.« Ohne ein *Tschüss* oder *Bis später* verließ auch Elodie den Salon.

Ich blinzelte und ließ das alles sacken. Dass Syrell mit Vorsicht zu genießen war, war mir so klar wie nichts anderes. Aber was ich von Elodie halten sollte, wusste ich noch nicht. Sie verhielt sich kein bisschen wie alle anderen Ewigen. Vielleicht wollte sie uns ja wirklich nur helfen?

»Was hältst du davon?«, fragte ich Mats, der Elodie verstohlen hinterhersah.

Es dauerte einen Moment, bis er meine Frage wahrgenommen hatte. »Äh … also, ich finde, sie ist echt nett«, sagte er nur. »Hätte schlechter laufen können.«

»Ja, stimmt«, gab ich zu. »Aber was hältst du von der ganzen Situation? Glaubst du, sie haben uns unsere Geschichte abgekauft? Und glaubst du, wir können Elodie vertrauen? Meinst du, wir sollten wirklich hier übernachten? Was, wenn die uns nicht in Gästezimmern unterbringen, sondern … keine Ahnung … in einem Kerker?«

Mats schüttelte den Kopf. »Ich glaube, da müssen wir uns

keine Sorgen machen. Syrell war neugierig und will bestimmt wissen, was wir ihm zu bieten haben. Und wenn sie wollten, hätten sie uns längst sonst was antun können. Oder hast du einen besseren Plan?«

Ich verzog den Mund und musste zugeben, dass ich keinen besseren Plan hatte. Wir waren so weit gekommen – wenn wir jetzt umkehrten, würden wir niemals herausfinden, was Syrell vorhatte.

17

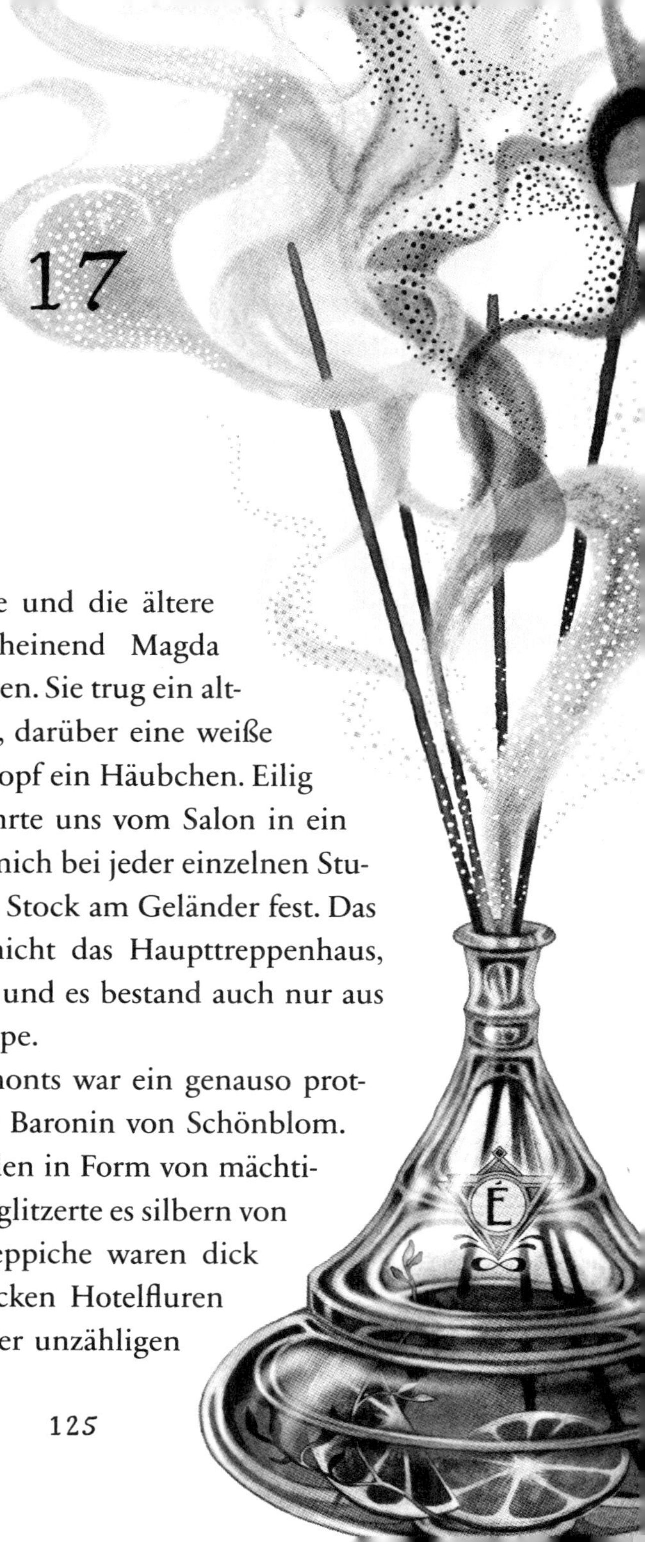

Es dauerte nicht lange und die ältere Dienstmagd, die anscheinend Magda hieß, bat uns, ihr zu folgen. Sie trug ein altmodisches Arbeitskleid, darüber eine weiße Schürze und auf dem Kopf ein Häubchen. Eilig ging sie voraus und führte uns vom Salon in ein Treppenhaus. Ich hielt mich bei jeder einzelnen Stufe hinauf in den dritten Stock am Geländer fest. Das hier war ganz sicher nicht das Haupttreppenhaus, dafür war es zu schmal und es bestand auch nur aus einer engen Wendeltreppe.

Das Haus der Richemonts war ein genauso protziger Palast wie der der Baronin von Schönblom. Überall funkelte es golden in Form von mächtigen Bilderrahmen oder glitzerte es silbern von Kerzenständern. Die Teppiche waren dick und weich wie in schicken Hotelfluren und das dunkle Holz der unzähligen

Schränkchen und Tischchen glänzte unter mehreren Politurschichten.

Mittlerweile kannte ich mich mit den Grundrissen hochherrschaftlicher Häuser ein bisschen aus. Genug zumindest, um zu bemerken, dass wir über einen hinteren Treppenaufgang hochgeschleust wurden.

Ich fühlte mich wie unter Strom und war mittlerweile auf alles Mögliche vorbereitet. Das Einzige, das mich beruhigte, war Mats, der dicht neben mir lief. Falls Magda uns tatsächlich irgendwo einsperren wollte, würden wir sofort reagieren. Immerhin hatte ich meinen Duftkoffer im Rucksack und ein paar sehr mächtige Flakons dabei. So einfach würden uns die Ewigen nicht hineinlegen können!

Doch die Dienstmagd führte uns im dritten Stock nur zurück in den Hauptflur und an mehreren Türen entlang, bis sie erst Mats und dann mir eins der Zimmer zuwies. Die Türen der zwei nebeneinanderliegenden Zimmer standen offen und sie sahen tatsächlich nur nach zwei sehr vornehmen Gästezimmern aus.

»Ich habe Ihnen etwas zum Ankleiden bereitgelegt«, sagte Magda und hielt die ganze Zeit über, während sie sprach, ihren Blick gesenkt.

Wir bedankten uns bei ihr und warteten, bis sie verschwunden war. Dann gingen wir vorsichtig in unsere jeweiligen Zimmer hinein.

Vor mir stand ein riesiges Himmelbett. Darauf lagen wirklich Klamotten bereit. Oder nein … von »Klamotten« konnte bei diesem Traum aus Rüschen und schwerer Spitze keine Rede sein. Ich ging näher, um zu überprüfen, ob ich nicht halluzinierte. Doch – da lag wirklich ein Abendkleid, das aussah, als wäre es aus einem Märchenfilm.

»Ma… äh … Floooorian?«, rief ich mit leicht belegter Stimme. Als er durch die Tür zu mir kam, hielt ich das Kleid in die Höhe. »Soll das ein Scherz sein?«

Mats grinste. »Also dass die Ewigen einen Knall haben, wussten wir ja schon vorher. Auf meinem Bett liegt ein Frack aus Uropazeiten.«

Ungläubig begutachtete ich, was noch unter dem Kleid auf dem Bett bereitlag. Es war … ein Korsett.

»Spinnen die jetzt völlig?« Ich hob das Ding hoch und hielt es Mats empört vors Gesicht.

Ich sah ihm an, wie er versuchte, ein noch viel breiteres Grinsen zu unterdrücken, leider gelang es ihm nur schlecht. »Es wird dir bestimmt großartig stehen«, sagte er und biss sich auf die Unterlippe.

»Das ist nicht lustig!«, rief ich. »Die erwarten doch nicht wirklich, dass ich mich freiwillig in dieses blöde Teil einschnüre?«

Mats zuckte die Schultern. »Zieh es einfach nicht so fest zu. Eine andere Wahl haben wir doch gar nicht.« Dann kramte er sein Handy hervor. »Und zu viel Zeit solltest du dir damit auch nicht lassen. Es ist ja schon halb sechs. Besser wir machen uns für dieses Abenddinner fertig.« Er hob die Hand zum Abschied und verbeugte sich, wie es der Butler vorhin getan hatte. »Entschuldige mich, Mademoiselle Schmidt, ich habe mich ebenfalls in meine überfeine Robe zu quetschen.«

Und damit war er weg.

Ich hielt immer noch das dumme Korsett in die Luft und schnaubte säuerlich. Also gut, versuchen wir es, sagte ich mir und schloss meine Zimmertür.

Es war leichter gesagt als getan, sich dieses Abendkleid überzuwerfen. Immerhin bestand es aus mehreren Schichten Unter- und Überkleider, Bändchen und Schnürchen, sogar ein paar Stecknadeln lagen bereit, mit denen man was auch immer feststecken sollte. Irgendwie schaffte ich es aber tatsächlich, alle Kleiderschichten in der richtigen Reihenfolge überzuziehen und auch die passenden Bändchen miteinander zu verknoten. Nur beim Zuschnüren des Korsetts verzweifelte ich. Schließlich hatte ich keine Kammerzofe, die mir auf dem Rücken eine Schleife binden konnte, und Mats wollte ich nicht fragen. Es war schon peinlich genug gewesen, dass er es gesehen hatte. Also beschloss ich einfach, kein Korsett zu tragen. Das Teil war bestimmt eh schrecklich ungemütlich! Damit mir niemand auf die Schliche kam, schob ich das Ding einfach unters Bett und betrachtete mich im Spiegel.

Das … war nicht das, womit ich gerechnet hatte. Ich drehte mich einmal hin und her und musste mir leise eingestehen, dass dieser hellblaue Berg aus schillerndem Stoff und Rüschen um mich herum doch nicht so schlecht aussah, wie ich vermutet hatte. Wie eine echte Prinzessin, dachte ich, gluckste leise und drehte mich einmal um die eigene Achse.

So gut es mit den Stoffbergen ging, setzte ich mich aufs Bett und zog meinen Duftkoffer aus dem Rucksack. Besser, ich steckte mir noch einen helfenden Duft ein, nur für den Fall der Fälle.

Bevor ich mich entscheiden konnte, klopfte es an die Tür.

»Bist du fertig?«, fragte Mats.

»Gerade so!«, rief ich und stopfte mir schnell die »Zeitlose Note« in eine meiner Rocktäschchen. Den Duftkoffer verstaute ich fürs Erste im Kleiderschrank.

Als ich Mats die Tür öffnete, verschlug es mir für einen Moment den Atem. Mats trug wirklich einen Frack plus Hut. Zwar sah er damit ein bisschen aus, als wollte er zum Fasching aufbrechen, andererseits wirkte er auch so ganz und gar … anders. Irgendwie erwachsener. Zögerlich winkte ich ihn ins Zimmer und schloss wieder die Tür.

Mats pfiff übertrieben, was mich leider sofort zum Erröten brachte. »Sehr schick«, sagte er und grinste. »Und sehr … *rüschig!* Du siehst aus wie eine Disneyprinzessin, nur ein bisschen … angestaubter.«

Ich seufzte und versuchte, mich zurück aufs Bett zu setzen, ohne dabei die Unmengen an Stoff und Seide zu zerknittern. »Warum setzt du dich nicht auch kurz?«, fragte ich. »Ein paar Minuten haben wir doch noch.«

Mats lehnte sich gegen einen der Pfosten des Himmelbetts und lächelte schief.

»Was ist?«, fragte ich.

Ich sah auf seine Anzughose und musste jetzt ebenfalls grinsen. Die Hosenbeine waren so eng geschnitten, dass sie an manchen Stellen Falten warfen.

»Die Hose ist wohl ein bisschen *unbequem?*«, fragte ich und verkniff mir mein Kichern.

»Ein bisschen«, nuschelte Mats. »Ich bete schon die ganze Zeit, dass es nicht heftig *Ratsch* macht, wenn ich mich nachher hinsetzen soll. Das fühlt sich an wie altmodische Leggings. Nur mit dem Unterschied, dass sie nicht aus Stretch sind.« Mats rollte mit den Augen. »Die armen Männer früher, echt!«

»Das ist gar nichts gegen ein Korsett«, sagte ich nur und sah, wie Mats etwas verstohlen auf mein Kleid schielte.

»Ich hab es nicht angezogen«, beruhigte ich ihn. »Es reicht ja, wenn sich einer von uns nicht richtig bewegen kann!«

Endlich lachte Mats und half mir dabei, mich mit dem ganzen Stoff wieder vom Bett hochzuziehen.

»Am besten, wir gehen nach unten in den Salon«, schlug er vor. »Irgendwer wird es uns dann schon sagen, wo wir hinmüssen.«

»Etooooder ...«, ich zwinkerte, »... wir schauen uns vorher ein bisschen um. Möglicherweise finden wir so ja heraus, wo die geheime Duftapotheke der Richemonts ist. Durchs Haus zu schleichen, wird in dem Aufzug nicht so einfach werden, aber einen Versuch ist es wert, oder?«

Mats grinste zurück. »Ein bisschen knapp bis zum Dinner, aber wir sind ja auch nicht zum Essen hergekommen!« Damit drehte er um und spähte in den Flur.

»Ich tippe aufs Untergeschoss«, überlegte ich. »Da muss sich Syrell wegen Schaulustigen keine Sorge machen. Unsere Duftapotheke liegt schließlich auch gut versteckt unter der Villa Evie.«

Bevor ich mich mit meinem Kleid durch die Tür zwängen konnte, hielt mich Mats am Arm zurück und warf mir einen ernsten Blick zu. »Pass auf dich auf, ja? Wir bleiben immer zusammen. Ich traue diesem Syrell nicht einen Zentimeter über den Weg.«

»Keine Sorge, ich auch nicht.« Ich lächelte ihn an und schlich mich in den Flur hinaus.

»So schlecht steht dir das Kleid übrigens gar nicht«, sagte Mats noch beiläufig, während er an mir vorbeiging.

Perplex sah ich ihm hinterher, doch schon lief er um die Ecke, also beeilte ich mich hinterherzukommen.

So leise wie möglich liefen wir durch die Flure und pirschten uns die Dienstbotentreppe Richtung Erdgeschoss hinunter. Es war still im Haus. Bestimmt waren alle seit Stunden mit dem An- und Umziehen beschäftigt.

Mit jedem Stockwerk wurde die Stille ein Stückchen weniger still. Dafür nahm der modrig erdige Geruch wieder zu. Einen Vorteil hatte das allerdings: Immerhin würden wir die Ewigen zuerst riechen, bevor wir ihnen über den Weg liefen.

Von den Fluren und Räumen hörten wir immer mehr Stimmen und Geräusche. Viele kamen sicher von den Angestellten der Richemonts, die gerade das Dinner vorbereiteten. Hoffentlich bemerkte niemand, wie wir hier herumstromerten!

Ein leises *Pling* ließ mich zusammenzucken. Auch Mats blieb wie angewurzelt stehen. Dann zog er sein Handy hervor und winkte mich näher.

Uff! Ich atmete aus und lugte auf die Nachricht, die Mats gerade bekommen hatte.

»Es ist tatsächlich weg«, hauchte er ungläubig.

»Was ist weg?«

»Das Meteor!«

»Das Meteor?« Meine Stimme überschlug sich fast, als ich verstand, was er meinte. Daan de Bruijn hatte sich bei uns gemeldet. »Das, das Daan im Amazonas vergraben hat?«

Mats nickte nur. »Er schreibt, dass ihm berichtet wurde, dass ein französischer Adliger großflächige Ausgrabungen in der Region hat durchführen lassen.« Mats steckte sein Telefon zurück. »Nach allem, was wir wissen, kann das nur Syrell gewesen sein.«

»Okay … Mist.« Ich versuchte, langsam und regelmäßig zu atmen. Das war schlimm – furchtbar sogar. Aber auf eine Art und Weise überraschte es mich auch nicht mehr. Es machte mich nur noch wütend, dass nicht nur Daan, sondern auch Willem und Hanne uns Informationen vorenthielten. Sie unterschätzten die Ewigen – selbst nach allem, was uns bereits passiert war!

»Wie gut, dass wir hier sind«, sagte Mats und versuchte, ein aufmunterndes Lächeln auf seine Lippen zu bringen. »Immerhin wissen wir jetzt, dass wir uns die Tickets nach Paris nicht umsonst gekauft haben.«

Angespannt lächelte ich zurück, weil sich die Verantwortung, die auf unseren Schultern lag, plötzlich erdrückend anfühlte. »Wir sollten besser ganz schnell die Duftapotheke finden!«

Im Erdgeschoss endete unsere Dienstbotentreppe und wir mussten uns einen anderen Weg in ein mögliches Kellergeschoss suchen. Mats schlich sich langsam eine Diele vorwärts, die wir noch nicht kannten.

Wo konnte sich Syrells neue Duftapotheke bloß befinden – gut versteckt vor unerwünschten Blicken? Immerhin hatte er mir nicht widersprochen, als ich ihn gebeten hatte, sie uns zu zeigen.

Die Stimmen wurden immer lauter. Hinter dem nächsten Flur, in den wir abbogen, lag eine Empfangshalle. Eine mächtige Treppe führte von dort in die höheren Stockwerke. Okay, das war also der Aufgang für die Herrschaften – der vornehme Teil des Hauses.

»Wo lang jetzt?«, flüsterte ich Mats zu.

Doch noch bevor er mir antworten konnte, öffnete sich eine der Flügeltüren, die in die Empfangshalle führten.

»Was macht ihr hier?« Elodies Stimme klang verwundert, aber nicht wirklich feindselig, was mich beruhigte. Mit klackenden Schuhsolen kam sie aus einem der Räume auf uns zu.

»Äh ... wir wollten uns nur ein bisschen euer Haus angucken«, stotterte ich. »Es ist wirklich ... beeindruckend!«

Auf Elodies Gesicht breitete sich gleich wieder ihr Glühbirnenstrahlen aus. »Ja. Das ist es in der Tat. Die Ewige Residenz ist einzigartig auf der Welt. Kommt mit, ein bisschen Zeit haben wir noch vor dem Dinner. Ich zeige euch etwas, das euch umhauen wird!«

18

Wir liefen Elodie hinterher, bogen in zwei weitere Flure ab und öffneten noch mehr Türen, bis wir in einen galerieartigen Raum eintraten, der mir endlos vorkam. Er war vollgestellt mit antiken Vitrinen, in denen Tausende Parfümfläschchen ausgestellt waren. Lauter kleine Lampen beleuchteten die Flakons wie Ausstellungsstücke in einem Museum.

»Vaters Privatsammlung!«, sagte Elodie und ich hörte bei den Worten ihren ganzen Stolz aus ihr herausbrechen.

»Privatsammlung?«, fragte Mats. »Was genau sammelt dein Vater?«

Elodie lächelte Mats so breit an, als hätte sie nur auf diese Frage gewartet, und winkte uns ihr hinter. »Ich zeig es euch!«

Ich konnte nur mit offenem Mund folgen. Noch nie in meinem Leben hatte ich so ein Mädchen kennengelernt. Ihr Lächeln leuchtete nicht nur ansteckend, es ließ mich auch all meinen Ärger vergessen. Nicht mal die hübschen, angesagten Mädchen aus meiner Klasse waren wie Elodie. Und auch wenn es mir schwerfiel, das zuzugeben: An ihr war alles perfekt. Durch und durch. Sie war diese Sorte Mädchen, die immer und von allen angehimmelt wurde. Ganz egal, was sie auch tat.

Elodie lief vor uns an den Glasvitrinen entlang. »Mein Vater ist besessen von Parfüms. Er hat es sich zum Ziel gemacht, die besten Düfte hier in diesem Raum zu sammeln.« Sie blieb vor einer der Vitrinen stehen und öffnete sie. »Vater ist jemand, der die Geschichte der Düfte für unsere Nachwelt aufbewahren will.«

Es standen so viele Parfümfläschchen darin, dass ich erst gar nicht wusste, wo ich zuerst hinsehen sollte. Die Flakons wirkten mindestens so alt wie die aus unserer Duftapotheke, wenn nicht sogar noch älter. Meine Augen flogen über die Etiketten, auf denen französische Namen standen, die ich größtenteils nicht verstand.

Eine Sache jedoch war anders als in unserer Duftapotheke: Die Flakons waren nicht aus durchsichtigem Glas. Nein, diese Fläschchen verrieten nichts über den Inhalt, nichts über die Beschaffenheit der Düfte – ob es darin sprudelte, glitzerte oder ganz still war. Wir konnten also unmöglich feststellen, ob das hier Duftapothekendüfte waren oder nur ganz normale Parfüms.

»Das ist einer meiner Lieblingsdüfte!« Elodie nahm einen weißen Flakon aus der Vitrine, öffnete den Verschluss und hielt ihn mir unter die Nase. Ich zuckte zurück, weil ich nicht wusste, *was* sie mir da hinhielt – Was, wenn sie mich angreifen wollte? Doch schon stieg mir ein zarter Duft nach Jasmin in die Nase und ich entspannte mich. Das hier war kein magischer Duft, sondern ein ganz gewöhnlicher, da war ich mir sicher. Und doch hatte Elodie recht: Es war einer der besten Düfte, den ich je gerochen hatte.

Ich lächelte zurück und nickte. »Wie heißt der?«

»Jasminfrühling«, antwortete sie verträumt und roch selbst daran. »Wobei ich mir den Namen ausgedacht habe, weil das Originaletikett fehlte, als Vater den Flakon erworben hat.« Elodie schaute mich eine Sekunde lang an, dann fragte sie: »Und, was außer Jasmin ist da noch drin? Erkennst du es?«

Ich sog den Duft tief ein und spürte, wie er durch mich hindurchströmte. »Hauptsächlich besteht er aus Jasminblüten, aber auch ein wenig Kardamom und Süßholz ist dabei.«

Elodie nickte anerkennend und stellte den Flakon zurück, bevor sie weiter an den Vitrinen entlangschlenderte. Hier und da holte sie weitere Düfte heraus, an denen wir drei gemeinsam rochen. Bei den meisten Düften roch sie Zutaten, auf die ich selbst nie so schnell gekommen wäre, was mich nicht nur mächtig beeindruckte, sondern auch überraschte. Wie konnte sie darin besser sein als ich? So was war mir noch nie passiert.

Selbst Mats starrte Elodie die ganze Zeit an, als wäre sie das Faszinierendste, das er je gesehen hatte – und sicher hätte mich das geärgert, wenn es mir nicht genauso gegangen wäre.

Offensichtlich spürte Elodie, worüber ich nachdachte. Wahrscheinlich hatte sie es sogar darauf angelegt, mich zu beeindrucken. »Ich weiß, was du jetzt denkst, Maja«, sagte sie zu mir.

»Äh … ja, ich bin ziemlich baff. Wie kannst du das alles riechen?«, gab ich zu. »Dazu braucht man doch … also …« Ich brach mitten im Satz ab, weil ich plötzlich gar nicht mehr wusste, was ich denken oder sagen sollte.

»Man kann so etwas nur, wenn man ein außergewöhnliches und seltenes Talent besitzt«, führte Elodie meinen Satz zu Ende. »Eins, das uns wohl wie Schwestern verbindet. Wir beide sind uns sehr ähnlich.«

Ich schluckte und starrte sie wortlos an. Wie konnte ich *diesem* Mädchen ähnlich sein?

Als ich zu Mats sah, waren auch seine Augen groß geworden. Er dachte wohl dasselbe wie ich.

Mir wurde ganz schwindelig. »Dann bist du auch eine …«

»Sentifleur, genau!« Elodie lachte glücklich auf. »Seit du an unserer Haustür geklingelt und von Daan de Bruijn erzählt hast – da konnte ich an nichts anderes mehr denken! Ich musste euch einfach auf die Probe stellen. Warum sonst sollte de Bruijn euch so jung bei sich anstellen? Und – ganz ehrlich – ich konnte den Tag nicht erwarten, endlich jemanden kennenzulernen, der so ist wie ich!« Elodie machte eine bedeutungsvolle Pause. »Du und ich, wir sind die Meisterinnen der Düfte, Maja.«

»*Meisterinnen?*«

»Und Schwestern!«, fügte Elodie hinzu und lachte.

In meinem Kopf polterten unterschiedliche Meinungen

durcheinander. Elodie war eine Ewige, selbst wenn man es weder ihren Augen ansah noch an ihr roch – trotzdem war sie eine von denen, da bestand kein Zweifel. Und nicht nur das, sie gehörte sogar zu den allermächtigsten und einflussreichsten Ewigen, die es gab. Sie war Syrell de Richemonts Tochter und der war so nett, wie ein Monster eben nett war. Wie konnten wir wie Schwestern sein? Jemandem wie ihr könnte ich doch niemals vertrauen. Andererseits, niemand konnte etwas für die Familie, in die er hineingeboren wurde. Auch Elodie nicht. Aber trotzdem …

»Wieso riecht man an dir nicht den ›Duft der Ewigkeit‹?«, fragte Mats mit ernster Miene. »Hat das etwas damit zu tun, dass du eine Sentifleur bist?«

Elodie warf Mats einen amüsierten Blick zu. »Natürlich! Es liegt daran, dass sich die Düfte *mir* anpassen, nicht ich *ihnen.* Wie ich bereits sagte: Wir sind Meisterinnen der Düfte und das bedeutet, wir können sie lenken und beherrschen.«

Gleichzeitig griff Elodie meine Hände. »Wir könnten so viel voneinander lernen, Maja. Das ist ein unglaublicher Glücksfall! So wie es aussieht, sind wir die *einzigen*, die letzten Sentifleurs, die es gibt. Wer weiß schon, wann dieses Talent jemals wieder auftritt. Vielleicht bleiben wir beide auf *ewig* die einzigen.«

»Wir sind doch gar nicht die einzigen«, sagte ich irritiert. »Immerhin war Daan de Bruijn auch ein Sentifleur. Weißt du das gar nicht?«

»Natürlich! Er *war* einer.« Elodie sah für einen Moment fast traurig aus. »Aber er hat sein Talent verloren. Leider. Du kannst dir kaum vorstellen, wie gern ich ihn einmal dazu befragt hätte. Bestimmt hat er dir alles darüber erzählt, was es bedeutet, eine Sentifleur zu sein, oder?«

Ganz sicher nicht, dachte ich im Stillen und spürte wieder, wie sehr es mich enttäuschte, dass Daan nie mit mir über mein Talent gesprochen hatte, und wie alleingelassen ich mich damit immer wieder fühlte. Ich sah zu Mats, dem ebenfalls die Worte fehlten. Ich hätte ihn so gerne gefragt, was er von alldem hielt. Mir fiel es zu schwer, meine Gedanken zu sortieren.

Schon immer hatte ich mir heimlich eine große Schwester gewünscht, ganz besonders eine, die wusste, wie sich das anfühlte und wie schwierig es war, *Gefühle* riechen zu können. Eine, die wusste, dass man deshalb manchmal dreimal so viel empfand wie andere. Das konnte unendlich anstrengend sein und es war wirklich nicht immer leicht, damit umzugehen. Es war eine großartige Vorstellung, jemanden an der Seite zu haben, dem es genauso ging. Jemanden, der einen vollkommen verstand.

Und doch war dieser Jemand eine Ewige. Syrell de Richemonts Tochter! Wie sollte ich mit Elodie befreundet sein? In mir kamen Zweifel auf. Was und wem sollte ich glauben? Andererseits waren nicht alle Ewigen gleich. Daan, Willem oder auch Hannes Gärtnerfreund Friedrich Blüm waren keine schlechten Menschen, ich mochte sie und vertraute ihnen. Vielleicht war auch Elodie eine, der ich vertrauen konnte?

»Ich sehe es vor mir!« Elodie ging einen Schritt auf mich zu. »Zusammen könnten wir unser Talent perfektionieren! Lass uns unser Wissen und Können teilen und es dadurch noch größer werden lassen. Es ist eine riesige Chance, dass wir uns gefunden haben.«

Wieder sah ich zu Mats, der mir einen unschlüssigen Blick zuwarf.

Elodies Blick dagegen war voller ehrlicher Hoffnung. »Schließ dich uns an! Gemeinsam können wir so viel erreichen. Wir haben hier alles, was wir brauchen, um den Menschen Gutes zu tun. Wir haben bald nicht nur unsere Duftapotheken, sondern noch viel mehr. Wir haben Vaters Firma und den neuen Ancien-Duft, der sich bereits überall auf der Welt verbreitet und den wir nur zu nutzen brauchen.«

Sofort war ich hellwach. »Was? Ihr wollt diesen Duft … *nutzen*?«, raunte ich. »Für was?«

Elodies Augenbrauen zogen sich zusammen und sie schien plötzlich nicht zu verstehen, was los war. »Nun ja … die Menschen brauchen unsere Hilfe …«

»Die Hilfe der Ewigen?«, unterbrach ich sie. »Ist das dein Ernst?«

»Natürlich!« Elodie sah zwischen Mats und mir hin und her und wirkte für einen Moment verwirrt. »Die Menschen haben in den letzten hundert Jahren so viel verloren. Sie sind durcheinander, verunsichert, sie brauchen wieder klare Regeln, nach denen sie leben können. Schau doch nur, was alles auf der Welt den Bach heruntergeht. Die Menschen brauchen die Unterstützung der Ewigen *und* der Duftapotheke. Verstehst du nicht, dass wir ihnen nur helfen können, wenn sie nichts davon wissen? Die Duftapotheke ist die Lösung. Und wir beide sind ihre Meisterinnen. Außer uns gibt es niemanden. Nur wir beide können die Welt verändern. Nur wir! Wenn wir zusammenarbeiten.«

»Das ist doch verrückt«, hörte ich Mats Elodie widersprechen. »Du kannst nicht die Leute – zu was auch immer – zwingen und das dann als Hilfe verkaufen! So funktioniert das nicht.«

Aber Elodie drehte sich weder zu Mats um noch reagierte sie darauf, was er zu ihr sagte. Konzentriert schaute sie mich weiter an. »Schließt du dich uns an? Es gibt nur ein *Ja* oder ein *Nein.* Es gibt kein *Vielleicht!*«

Ich presste meine Lippen aufeinander und schwieg. Ein paar Sekunden standen wir wortlos und angespannt voreinander. Die Glückswelle, die vor wenigen Minuten in mir aufgestiegen war, als ich von Elodies Talent erfahren hatte, verebbte in mir zu einer Pfütze. Ich würde keine Schwester haben, weil Elodie nicht meine Schwester sein konnte. Uns trennten Welten. Und wenn mir genau in diesen Sekunden etwas völlig klar wurde, dann, dass Elodie und ich nicht unterschiedlicher hätten sein können. Wir hatten nichts gemeinsam, außer dass wir beide Sentifleurs waren.

Aber das reichte nicht.

»Nein«, sagte ich langsam und sah, wie Elodies Lächeln einfror.

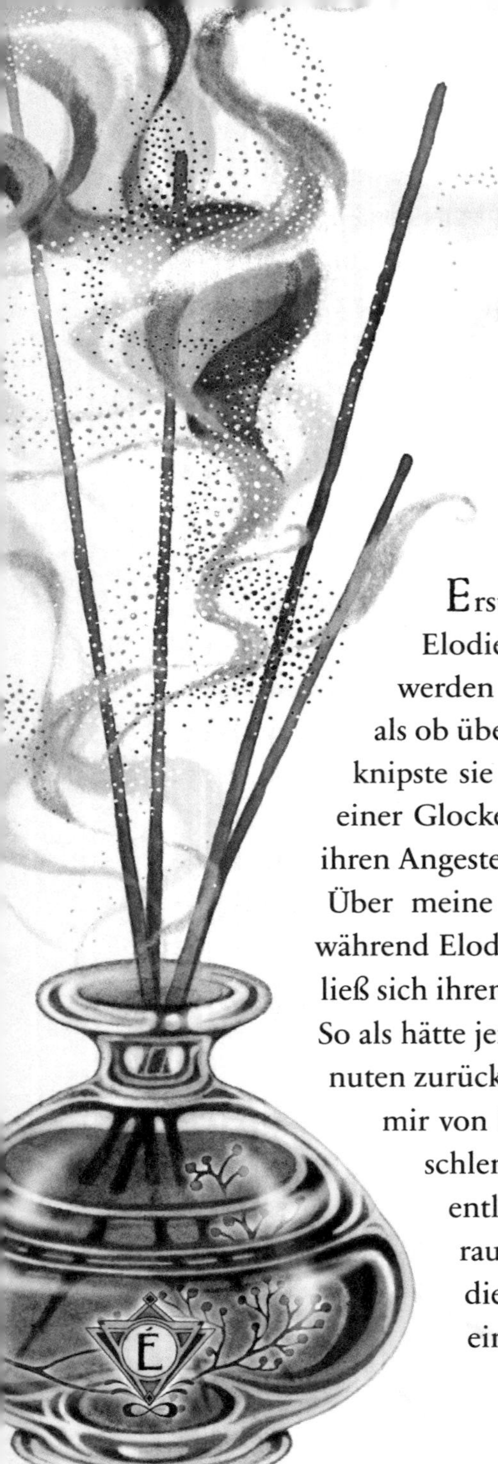

19

Erst nach einem langen Moment fand Elodie ihre Haltung wieder. »Bon. Wir werden sehen.« Sie drehte sich zu Mats, als ob überhaupt nichts gewesen wäre. Dann knipste sie ihr Strahlen an und klingelte mit einer Glocke, mit der sie wahrscheinlich nach ihren Angestellten rief.

Über meine Arme zog sich eine Gänsehaut, während Elodie sich den Flakons zuwendete. Sie ließ sich ihren Ärger überhaupt nicht anmerken. So als hätte jemand die Zeit einfach ein paar Minuten zurückgespult zu dem Moment, bevor sie mir von ihrem Plan erzählt hatte. Langsam schlenderte sie weiter an den Vitrinen entlang, und zog einige Flakons heraus. Mir wurde ganz komisch, als sie die Flaschen öffnete. Was, wenn doch ein gefährlicher Duft darunter war?

»Wie ist eigentlich Monsieur de Bruijn so?«, fragte Elodie gut gelaunt.

Ich blinzelte und musste einen Moment über die Frage nachdenken. »Äh … ganz nett«, presste ich hervor.

»*Ganz nett?*« Elodie lachte über meine Antwort und ich war mir plötzlich unsicher, ob sie über mich lachte oder nur dachte, ich hätte einen Witz gemacht.

»Daan de Bruijn, der Begründer der allerersten Duftapotheke. Der, ohne den es keine Duftapotheken geben würde!« Sie sah mich herablassend an. »Er muss doch ein bisschen mehr als nur ›ganz nett‹ sein?«

Ich nickte und suchte nach Worten. »Ja, klar. Natürlich ist Daan de Bruijn ein sehr beeindruckender Mann …«

»Und weiter?«, fragte Elodie. »Wie ist er so? Ich meine, als was für eine Art Mensch würdest du ihn beschreiben? Hat er Ähnlichkeit mit Vater?«

Ich kniff kurz die Lippen aufeinander, weil Daan und Syrell de Richemont so gar keine Ähnlichkeit miteinander hatten.

»Daan ist eher der Typ ›einsamer Wolf‹«, sprang Mats ein. »Er ist gern allein, lebt zurückgezogen und so.«

»Ah! Und wo genau lebt er?«, hakte Elodie nach.

Oje, was sollten wir dazu sagen? Unmöglich durften wir Elodie Daans Versteck verraten, egal, wie wichtig es war, dass wir unsere Geschichte mit dem Dufthandel aufrechterhielten.

Während ich unschlüssig schwieg, roch Elodie an einem weiteren Flakon, verschloss ihn wieder und hakte sich plötzlich bei Mats unter, der neben ihr zum Stehen gekommen war. Ich ging ein paar Schritte hinter ihnen und beäugte, wie nah sie sich an Mats drückte. Musste das sein? Er würde ihr schon nicht weglaufen!

Mats' Blick lag wiederum auf Elodie und ich glaubte meinen Augen kaum, als ich sah, wie er sie auf einmal anlächelte.

»Vater sammelt die verrücktesten Düfte jeglicher Art«, erzählte Elodie Mats. »Dafür geht er gerne auch mal auf lange Reisen, weißt du, Florian? Hättest du nicht auch Lust, einmal um die ganze Welt zu fliegen?«

»Ähm ... na ja ... schon.« Mats wirkte etwas bedröppelt.

Gerade als ich etwas zu den Reiseplänen der beiden sagen wollte, öffnete sich hinter mir die Flügeltür und der Butler trat ein. »Mademoiselle? Sie wünschen?«, fragte er und verbeugte sich knapp.

»Ah, da sind Sie ja!«, trällerte Elodie. »Bitte geleiten Sie Mademoiselle Schmidt schon einmal in die Empfangshalle. Das Dinner findet doch gleich statt und Vater möchte natürlich unseren Ehrengast persönlich zu Tisch führen. So ist es schließlich Tradition.«

Ich drehte mich panisch zu Mats, der jedoch nur verständnislos zu mir zurücksah.

»Monsieur Neumann werde ich in den Salon führen!« Mit einem Nicken in Richtung des Butlers beendete Elodie ihre Anweisung. Dann warf sie mir ein Lächeln zu, das mit einem Mal gar nicht mehr so freundlich wirkte. »Keine Sorge, Maja. Ich werde gut auf deinen Freund aufpassen.«

Ich blieb, wo ich war, fest entschlossen, auf keinen Fall von Mats' Seite zu weichen, doch da schob mich der Butler bereits aus dem Raum und führte mich in die Empfangshalle, in der er mich anwies, kurz zu warten.

Was sollte das denn jetzt?

Versuchte Elodie etwa, mich eifersüchtig zu machen?

Es dauerte nicht lange und ein Glockenbimmeln rief zum Dinner. Auf der Treppe zum ersten Stock hörte ich ein *Tock, tock, tock* lauter werden, bis Syrell de Richemont mit erhobenem Kinn die Stufen herunterkam.

»Es freut mich zu sehen, dass das Fräulein mittlerweile standesgemäß gekleidet ist«, näselte er.

Ich sagte nichts darauf, sondern wartete, bis er auf der letzten Stufe angekommen war und auf mich zukam. Herrisch hielt er mir seine Armbeuge hin, in die ich mich einhaken sollte.

Also gut, es nützte nichts. Fürs Erste musste ich ihre Spiele wohl mitspielen.

Brav legte ich meinen Arm in Syrells und wappnete mich für die Wolke aus Ewigkeitsduft, die mich jeden Moment begrüßen würde, sobald wir im Esszimmer ankämen.

Zum Takt des *Tock, tock, tock* folgte ich ihm in einen Saal, der auch nicht kleiner war als der Salon der Syrells. Bislang hatte ich es geschafft, die Luft einfach anzuhalten, doch jetzt konnte ich nicht mehr. Wider Erwarten war der Raum jedoch voll von schweren Düften aus Kräutern und süßlichen Blumennoten, die alles einhüllten. Natürlich roch ich den Ewigengeruch trotzdem durch die Parfüms hindurch, aber es half tatsächlich, es besser zu ertragen. Ganz besonders bei dem Gedanken daran, dass wir gleich gemeinsam etwas essen würden.

Hinter uns kamen nun auch Elodie und Mats in den Salon, und als er mir zunickte, atmete ich erleichtert aus. Anscheinend war alles gut.

Ein bestimmt zehn Meter langer Tisch stand in der Mitte des Raumes, der mich nicht nur wegen des langen Holztisches an einen Rittersaal erinnerte. Vor den Fenstern hingen zugezogene dunkelviolette Vorhänge. Die Wände waren mit quadratischen Holzplatten verkleidet, in die Gemälde von Burgfräuleins, Reitturnieren und irgendwelchen Helden geschnitzt waren. Darüber hingen geknüpfte Teppiche mit eingestickten Bildern, die ich ebenfalls nur aus Geschichtsbüchern kannte. Der Raum wirkte dadurch sehr düster. Nur die vielen Kerzenleuchter erhellten den Saal und ließen ihn dadurch zwar gemütlich, aber auch ein bisschen gruselig wirken.

Ich spürte, wie sich alles in mir anspannte. Hoffentlich war niemand von den Ewigen aus Amsterdam hier und erkannte uns. Schließlich hatten wir vor ein paar Monaten noch mächtig Ärger mit ihnen gehabt. Ich wollte mir gar nicht vorstellen, was passieren würde, wenn man uns hier entdeckte. Die Baronin von Schönblom musste schrecklich wütend auf uns sein. Schließlich hatten wir ihr nicht nur das Meteorpulver abgenommen und sie daran gehindert, neuen Ewigkeitsduft herzustellen, sondern waren ihrer Meinung nach sicher auch schuld daran, dass ihr Anwesen Feuer gefangen hatte.

Die ganze Zeit über fragte ich mich schon, woher die Ewigen nun ihren Ewigkeitsduft bezogen. Entweder hatten sie alle genug davon gehortet, aus der Zeit, als Willem noch die Duftapotheke unter der Villa Evie geführt hatte, oder Syrell de Richemont stellte wirklich längst selbst welchen her und vertrieb ihn.

Im Raum standen ungefähr fünf Personen. Ich kam mit gesenktem Kopf näher. Mein Herz hämmerte in meiner Brust. Fast traute ich mich nicht, zu den Leuten aufzusehen, doch keiner rührte sich. Stattdessen bildete sich eine Art Gang unter den wenigen Anwesenden, durch den Syrell de Richemont wie ein König auf seinen Thron zuschritt. Er stellte Mats und mich der Tischrunde vor, erklärte, dass wir aus Deutschland kamen und somit heute Deutsch gesprochen würde, wies mir einen Platz zu und setzte sich selbst ans Kopfende. Daraufhin ließen sich auch alle anderen auf ihre zugewiesenen Plätze sinken und ich folgte Mats und Elodie zu unseren Stühlen. Mir wurde ganz heiß, als ich mich zusammen mit Mats zwischen Elodie und ihren Vater setzte.

Ein Paar, zwei Männer und eine einzelne Frau, die ich alle zum Glück noch nie gesehen hatte, warteten nicht nur bereits auf das Abendessen, sondern wahrscheinlich auch auf den Hausherrn. Es war nicht zu fassen, wie sich all diese Leute aufbrezelten, als wären sie Prinzen und Prinzessinnen. Ich stieß Mats mit meinem Fuß an und wartete nur darauf, dass er sich mit mir darüber lustig machte, aber als er zu mir sah, schüttelte er nur ernst den Kopf und verzog ansonsten keine Miene.

Doch ich sah, wie sein Blick immer wieder zu Elodie glitt, und ich spürte, wie sich ein dunkles Gefühl in mir breitmachte. Seine Augen klebten förmlich an ihr. Genau wie Syrell de Richemonts Blick mir und meinen Bewegungen folgte. Allerdings war Syrells Blick im Gegensatz zu Mats' angsteinflößend und beunruhigend. Er beobachtete mich wie eine Raubkatze ihre Beute. Meine Handflächen schwitzten, aber ich versuchte, mir nichts anmerken zu lassen.

Nachdem alle steif auf ihren Stühlen saßen, klingelte es noch einmal, die Flügeltür öffnete sich und einer der Dienstboten verbeugte sich so tief in Syrells Richtung, als müsste er sich dafür entschuldigen, überhaupt auf der Welt zu sein.

Als er sich wieder erhob, sagte er: »Die Baronin ist eingetroffen.«

20

Mein Herzschlag setzte aus und ich sah wieder zu Mats. Weil der immer noch mit Elodie-Anglotzen beschäftigt war, trat ich ihm unter dem Tisch gegen das Schienbein, damit er endlich begriff, was los war.

»Die Baronin!«, zischte ich Mats zu und duckte mich, so gut ich konnte, ohne dass es alle mitbekamen.

Verzweifelt sah ich mich um. Wenn mit »Baronin« die Baronin von Schönblom gemeint war, dann würde sie uns sofort auffliegen lassen, sobald sie uns erkannte! Wir waren geliefert. Was machte ich nur?

Die Tür öffnete sich weiter und eine Person, eingehüllt in mehrere Lagen Seidenstoff, schritt durch den Raum auf uns zu. Ich senkte mein Gesicht, so tief ich konnte, genau wie der Diener es gemacht hatte. Meine Haare ließ ich mir zusätzlich wie einen Vorhang ins Gesicht fallen. Ich tastete nach dem Flakon, den ich mir in meine Rocktasche gestopft hatte, und zog ihn heimlich hervor. Das war das Einzige, womit ich mich verteidigen konnte, wenn es sein musste. Hoffentlich war die »Zeitlose Note« auch stark genug für diesen riesigen Raum, sonst waren wir geliefert.

Aus dem Augenwinkel sah ich die neue Person auf Syrell zuschreiten und mit gesenktem Kopf einen tiefen und langen Knicks machen.

»Ich bitte vielmals um Entschuldigung für die Verspätung! Das Personal heutzutage ist einfach nicht mehr, was es einmal war. Nach meiner Heimreise werde ich alsbald einen Ersatz für meinen Fahrer suchen, damit ein solches Ärgernis kein weiteres Mal vorkommt.«

Oh Gott, das war sie wirklich, die Baronin von Schönblom! Allerdings sprach sie mit einem freundlichen Tonfall, den ich so von ihr noch nie gehört hatte. Sonst herrschte sie alle um sich herum nur an.

»Bitte!« Mit einem Kopfnicken bedeutete Syrell ihr, wieder aufsehen zu können. »Setzen Sie sich, meine Gute. Die Straßen sind heutzutage für unsereins schwierig zu passieren, ich weiß. Niemand macht mehr angemessen für uns Platz.«

Die Baronin setzte sich zum Glück weit genug von uns entfernt. Von hier aus konnte ich nicht einmal ihr Gesicht sehen, was uns zumindest ein bisschen Zeit schenkte.

Die Stimmung im Raum war so steif, dass man Rückenschmerzen davon bekam. Alle schienen darauf zu warten, dass Syrell das Gespräch eröffnete. Der Diener kam wieder herein, gefolgt von weiteren Bediensteten, die anfingen, das Essen zu servieren. Für den Anfang wurden Suppenteller an den Tisch gebracht und Wein und Wasser eingeschenkt.

Das Einzige, an das ich jedoch denken konnte, war: Wir mussten hier weg! Und das, so schnell es ging, bevor uns die Baronin erkannte und alles zu spät war. Unsere falschen Namen würden uns überhaupt nichts helfen, wenn sie uns erst mal zu Gesicht bekam. In Gedanken malte ich mir schon aus, wie wir hier festsitzen würden – so wie Helene und Edgar, Willems Tochter und Enkel, die von der Baronin jahrelang auf ihrem Anwesen eingesperrt worden waren.

Ich warf Mats einen weiteren Blick zu, aber er reagierte einfach nicht mehr darauf. Noch einmal trat ich ihm auf den Fuß, leider ohne Wirkung.

Was war denn nur los mit ihm? Mats lugte inzwischen ununterbrochen zu Elodie. Die ganze Zeit. Als ob sie mit einem Mal zum Zentrum seines Lebens geworden war.

Hinter meinem Haarvorhang schaute ich mich um. Da erhob Syrell auf einmal die Stimme.

»Meine Freunde, liebe Gleichgesinnte, liebe Ewige«, erklärte er. »Ich heiße Sie an meiner Tafel recht herzlich willkommen und eröffne das Abendessen mit großer Vorfreude auf unser anschließendes Zusammenkommen in der Ewigen Residenz …«

Syrell redete weiter, doch vor lauter Wut über Mats' Verhalten bekam ich nichts mehr davon mit. Und als Elodie Mats irgendetwas über das Wetter erzählte und Mats mit einem eifrigen Nicken zustimmte und erklärte, dass es zu dieser Jahreszeit sicherlich ratsam war, ein Schirmchen bei sich zu tragen, konnte ich nicht mehr.

»Mats!«, rief ich, und weil Syrell gerade eine Redepause eingelegt hatte, hallte meine Stimme regelrecht durch den Saal.

Sofort wurde alles still.

Ich wusste, ich hatte gleich zwei Fehler gemacht. Ich hatte Mats und nicht Florian gesagt. Und ich hatte dafür gesorgt, dass sich alle, aber auch *alle* Gäste nach vorne beugten. Keine Sekunde später kreischte die Baronin auf und starrte uns an. Sie hatte uns erkannt.

Wir mussten hier sofort raus!

»Es ist diese verdammte Göre!«, schrie die Baronin mit ihrer spitzen Stimme.

Reflexartig öffnete ich den Flakon in meiner Hand und stellte ihn unter dem Tisch auf den Boden. Gleichzeitig hielt ich mir, so fest ich konnte, die Nase zu und drückte auch eine Hand auf Mats' Gesicht, der sich erst zu wehren versuchte, dann aber doch still hielt, als er erkannte, was passierte.

Um mich herum färbte sich die Luft in Sekundenschnelle. Im gleichen Moment machte es jedoch *Tock* und Syrell stand am Ende des Tisches auf und öffnete ebenfalls einen Parfümflakon in seiner Hand. Verschiedenfarbige Wolken strömten an die Decke. Dunkelviolette aus Syrells Flakon und hellblaue aus meinem. Die Duftwolken tanzten umeinander herum und begannen, sich zu mischen. Aus Dunkelviolett und Hellblau wurde ein grelles Lila.

Oh Gott, die beiden Düfte schienen sich zu verbinden! Hoffentlich taten sie das nur mit ihren Farben und nicht auch mit ihren Wirkungsweisen. Was da alles passieren könnte!

Niemand im Raum bewegte sich. Um mich herum froren die Ewigen in ihren Bewegungen ein. Die Zeit blieb zwar nicht stehen, so wie es die »Zeitlose Note« normalerweise bewirkt hätte, aber immerhin hielt mein Duft alle an Ort und Stelle fest, als hätte er die Leute in Statuen verwandelt. Nur ihre Münder und Augen bewegten sich noch aufgeregt. Sogar Syrell stand bewegungslos da und kam nicht mehr vom Fleck. Was für ein Glück, dass ich den Duft unter dem Tisch geöffnet hatte und sich somit auch Syrell nicht schnell genug davor hatte schützen können.

Erleichterung durchströmte mich. Egal welchen Duft Syrell auch immer geöffnet hatte, er schwächte meinen Duft nur, verhinderte die Wirkung der »Zeitlosen Note« aber nicht und kam auch nicht dagegen an.

Ich schraubte meine Hand, so fest ich konnte, um Mats' und zerrte ihn nach vorne. Gleichzeitig versuchten auch alle anderen, von ihren Stühlen aufzuspringen, aber außer mir gelang es keinem. Nur ein Wirrwarr aus Stimmen brach aus.

Mit aller Kraft schleifte ich Mats nach draußen, raus aus den Duftwolken. Ich zog so lange kräftig an ihm, bis er mir schwerfällig folgte, obwohl er mehr als ich vom Duft abbekommen hatte. Aber schon nach wenigen Schritten sträubte er sich und kämpfte regelrecht gegen mich an!

»Wir müssen hier weg!«, schrie ich ihn an und versuchte, weiter vorwärtszukommen, ohne ihn loszulassen. Aber mein Zerren und Ziehen half gar nichts mehr. Als wir es durch die wabernden Dunstschwaden in die Eingangshalle geschafft hatten, blieb Mats stehen. Nicht mal das Kreischen der Baronin half, ihn aus seiner Starre zu lösen.

»Ich …« Mats schüttelte wieder den Kopf. »Ich kann nicht.«

»Du kannst nicht?«, fragte ich wie erstickt.

Mats sah schrecklich verwirrt aus, als würden zwei Pole ihn zu verschiedenen Seiten ziehen. »Luzie …«, presste er hervor, in seinen Augen leuchtete eine Mischung aus Furcht und Widerwillen.

»Warum habt ihr es denn so eilig?«, hörte ich eine Stimme hinter mir. Ruckartig drehte ich mich um und sah in Elodies Gesicht. Sie schleppte sich mühsam, aber mit zugehaltener Nase zur Eingangstür und versperrte sie. Offensichtlich hatte sie sich, genau wie ich, schnell gegen die »Zeitlose Note« gewappnet. Aber Elodie war eben auch eine Sentifleur, sicher hatte sie die Duftwirkung lange vor allen anderen bemerkt.

Da zog Mats plötzlich seine Hand aus meiner. Ich drehte mich erschrocken zu ihm um, aber er hatte nur Augen für Elodie.

»Wir müssen hier weg«, hauchte ich noch mal, weil ich seinen abweisenden Gesichtsausdruck kaum ertragen konnte.

»Ich bleibe hier, Luzie.« Mats klang, als wäre das alles völlig selbstverständlich – er gab sich ja noch nicht einmal mehr die Mühe, unseren Bluff aufrechtzuerhalten. »Ich werde nicht mit dir mitkommen.«

»Was?« Meine Stimme blieb mir fast im Hals stecken, so weh taten mir die Worte. Das konnte Mats doch nicht ernst meinen! »Das da war gerade die Baronin von Schönblom. Die macht uns fertig. Jetzt komm schon! Wir *können* nicht hierbleiben!«

Aber Mats zuckte lediglich mit den Schultern, als würde es hier nur um eine Kleinigkeit gehen, wie zum Beispiel welcher Film im Kino der bessere war. Oder ob Vanille- oder Schokoeis leckerer schmeckte.

»Natürlich könnt ihr hierbleiben, Luzie!«, warf nun Elodie ein. Als ich ertappt zu ihr sah, lächelte sie bloß. »Dachtest du wirklich, wir wissen nicht, wer du bist? Luzie Alvenstein, Erbin der Duftapotheke.«

»Aber …«, setzte ich an, doch Elodie winkte nur ab.

»Keine Sorge, eure kleine Lüge spielt keine Rolle. Ich *will*, dass ihr hier seid. Und in unserem Haus entscheiden wir Richemonts, wer hier zu Gast ist, und nicht die Baronin. Außerdem dachte ich, wir hätten uns gerade angefreundet! Wieso willst du jetzt so eilig verschwinden?«

»Angefreundet?« Gereizt drehte ich mich um. »Du hast irgendwas mit Mats gemacht. Glaubst du, ich bin blöd?«

Elodie kam langsam auf mich zu und legte mir ihre Hände auf die Schultern. »Ich habe gar nichts gemacht. Im Gegenteil: Ich bin deine Freundin. Vertrau mir ruhig!«

»Ganz sicher bist du nicht meine Freundin. Leute wie ihr, Leute wie die Baronin von Schönblom, sperren unschuldige Menschen bei sich ein. Oder weißt du gar nicht, was sie Willem Boers Tochter und deren Sohn jahrelang angetan hat?«

Elodie schüttelte den Kopf und ich war mir nicht sicher, ob es bedeuten sollte, dass sie tatsächlich nichts über die

Baronin wusste, oder ob sie das alles nur nicht so schlimm fand.

Ein Teil von mir machte sich Sorgen, dass die Ewigen jeden Moment aus ihrer Starre erwachten, aber das war nur noch ein leises Stimmchen in meinem Hinterkopf.

Ich drehte mich wieder zu Mats und legte so viel Flehen in meinen Blick, wie ich nur konnte. »Bitte komm mit mir!«

Doch Mats schüttelte erneut den Kopf. »Ich bleibe hier, Luzie. Auch wenn *du* es nicht tust.«

»Aber *wieso?*« Ich verstand die Welt nicht mehr.

»Ich gehöre hierher«, raunte er. Für einen Moment schauten seine braunen Augen Elodie auf eine Art an, auf die er mich sonst ansah: mit Wärme und Zuneigung und Freundschaft. »Hierher, zu … Elodie.«

In meinem Herzen machte etwas *Knack* und ich spürte, wie sich daran plötzlich etwas ganz kaputt anfühlte.

»Du … du kennst Elodie doch gar nicht«, flüsterte ich. Meine Worte waren so leise, dass ich sie selbst kaum hörte.

»Ich kenne sie.« Mats verzog keine Miene. »Elodie und ich sind Seelenverwandte. So was spürt man sofort, wenn man sich begegnet.«

Vor meinen Augen verschwamm alles und ich spürte einen riesigen Kloß in meinem Hals. Was sollte ich tun? Was ging hier vor sich?

Ein Teil in mir fragte sich, ob Mats die hübsche, perfekte Elodie nicht vielleicht einfach lieber mochte als die schüchterne farblose Luzie Alvenstein. Ich drehte mich zur Tür und wollte hinausstürmen, aber Elodie hielt mich fest.

»Bleib hier, Luzie! Wir brauchen dich. Auch wir sind

Seelenverwandte. Du und ich! Sieh es doch endlich ein.« Elodies Griff schraubte sich um meinen Oberarm wie eine Kneifzange. »Wir beide sind *Auserwählte.* Die letzten zwei Meisterinnen! *Wir* sind Daan de Bruijns Erben.«

»Spinnst du?«, schrie ich vor lauter Verzweiflung. »Was denn für bescheuerte Auserwählte? Und wieso *wir*? Daan de Bruijn hat Mats und mir die Duftapotheke übergeben. Was hast *du* plötzlich damit zu tun?«

Elodie fing wieder an mit ihrem Scheinwerferlächeln, aber das funktionierte bei mir nicht mehr.

»Luzie ... Ich bin die letzte unserer Art, die letzte Sentifleur, die du treffen wirst. Wir sind nicht nur Auserwählte, wir sind Bessergeborene. Du und ich, wir sind für Höheres bestimmt. Wir gehören zusammen. Um Mats geht es doch gar nicht. Ein einziges ›Ja‹ von dir und er ist wieder ganz dein. Aber dafür musst du mir helfen. Gemeinsam können wir so vieles ...«

Ich wollte das alles nicht hören! Also riss ich mich aus ihrem Griff und stürmte zur Tür. Ich wollte nur noch hier raus. Weg von Mats und diesem schrecklichen Gefühl in meinem Magen. Ich riss an der Klinke und rannte nach draußen, weiter durch den Innenhof zum Eingangstor. Mit aller Kraft rüttelte ich daran, aber natürlich war es abgeschlossen. Ich sah kaum etwas, weil mir die Tränen über die Wangen rollten und alles vor mir unscharf verschwamm.

Das konnte doch alles nicht wahr sein! Wie hatte ich nur so leichtsinnig sein können? Wie hatte ich glauben können, einfach mit Mats in die Höhle des Löwen zu marschieren und heil wieder rauszukommen?

In mir tobte ein Unwetter aus Traurigkeit. Wie ein Roboter zog ich mich am Eisentor hoch, schwang mich samt Rüschchenkleid darüber und sprang. Dabei riss ich mir die Handflächen auf und prallte mit dem Ellenbogen gegen den Asphalt, aber das war mir jetzt auch egal.

Ich dachte überhaupt nichts mehr. Ich machte mir keine Gedanken darüber, was ich als Nächstes tun könnte oder dass wir uns eigentlich vorgenommen hatten, in zwei Tagen Syrell das Meteor abzuknöpfen und seine Duftapotheke lahmzulegen. Ich wollte nur noch, dass dieses fiese Gefühl in meinem Magen endlich aufhörte, so wehzutun.

Ich rannte weiter, so schnell ich konnte, Hauptsache, weit weg von hier! Ich rannte, bis ich kaum noch Luft bekam und in der nächsten Metrostation in irgendeinen der Züge einstieg.

21

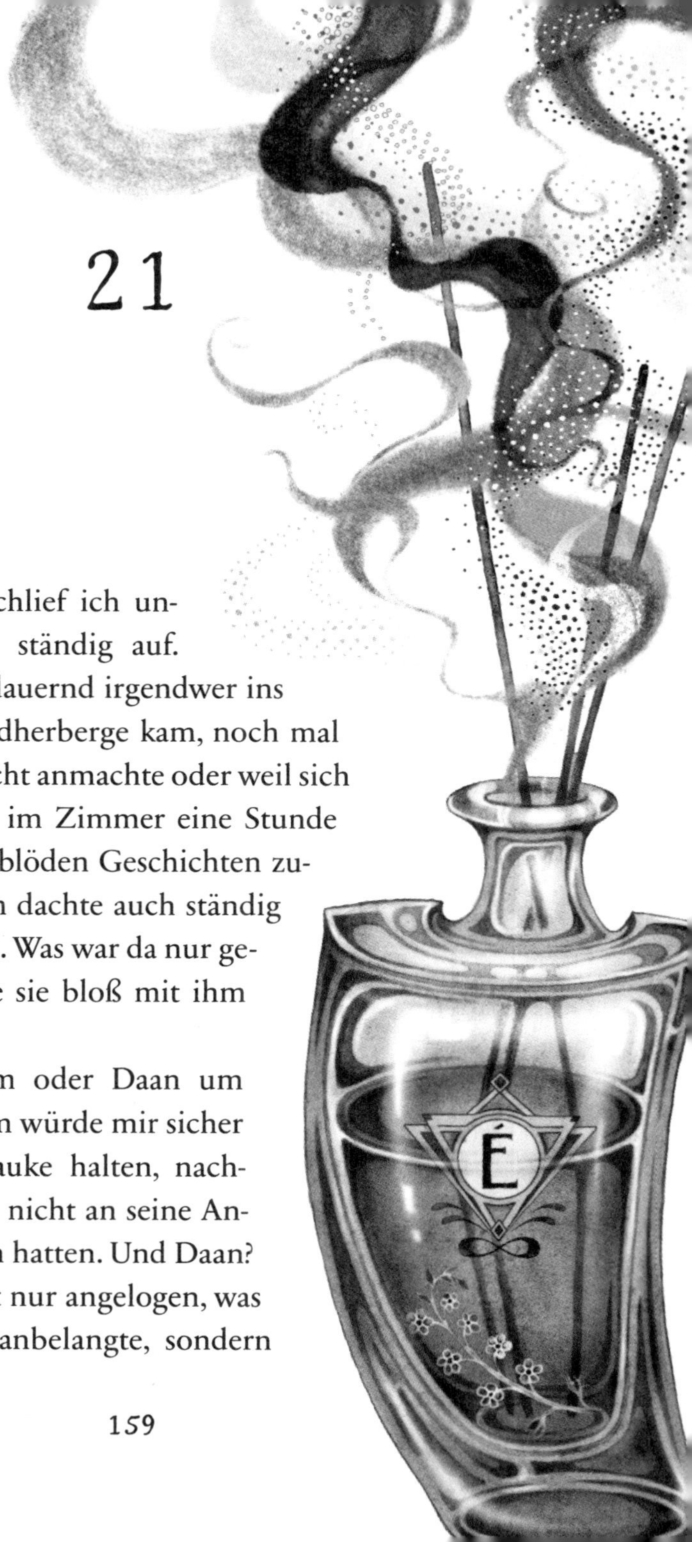

In dieser Nacht schlief ich unruhig und wachte ständig auf. Nicht nur, weil andauernd irgendwer ins Zimmer der Jugendherberge kam, noch mal aufs Klo musste, Licht anmachte oder weil sich zwei der Mädchen im Zimmer eine Stunde lang irgendwelche blöden Geschichten zuflüsterten. Nein, ich dachte auch ständig an Mats und Elodie. Was war da nur geschehen? Was hatte sie bloß mit ihm gemacht?

Sollte ich Willem oder Daan um Hilfe bitten? Willem würde mir sicher eine Riesenstandpauke halten, nachdem wir uns so gar nicht an seine Anweisungen gehalten hatten. Und Daan? Der hatte uns nicht nur angelogen, was das Meteorpulver anbelangte, sondern ließ mich auch sonst mit meinem Sentifleur-Talent und der Duftapotheke vollkommen allein. Und weil ich gerade weder eine Standpauke gebrauchen konnte noch eine weitere Enttäuschung von Daan, entschied ich mich dafür, keinen der beiden Männer anzurufen.

Als es endlich Morgen wurde, war ich zwar völlig gerädert, aber auch froh, aufstehen zu können und meine Sachen zusammenzupacken. Ich griff mir meinen Rucksack und verzog mich ins Bad über den Flur. Als Erstes spritzte ich mir kaltes Wasser ins Gesicht, um wenigstens das Gefühl zu haben, wieder einen klaren Gedanken fassen zu können. Viel half es nicht. Ich kramte meine Zahnbürste hervor und putzte mir wie ferngesteuert die Zähne. Dabei starrte ich in den verdreckten Spiegel und fand mich selbst bescheuert. Zwar trug ich nicht mehr dieses affige Kleid, aber meine Haare standen in alle Richtungen und ich hatte die dunkelsten Augenringe, die man nur haben konnte.

»Na super«, sagte ich zu mir selbst und spuckte die Zahnpasta aus. Gleichzeitig dachte ein Teil von mir: *Kein Wunder, dass er sich für diese blöde Ziege entschieden hat.*

So schnell ich konnte, fischte ich mir eine frische Jeans und einen Pullover aus meinem Rucksack. Das Kleid hatte ich gestern sofort in den Mülleimer des Zimmers gestopft. Das Teil wollte ich nie mehr sehen!

Als ich meinen Rucksack wieder in der Hand hatte, hielt ich vor Schreck die Luft an. Oh nein! Mein Duftkoffer lag ja noch in der Ewigen Residenz! Ich schnaubte durch die Nasenlöcher. Wenn ich irgendwas wirklich und auf gar keinen Fall wollte, dann, wieder dorthin zurückzumüssen.

Andererseits … ich konnte Mats doch nicht dort lassen. Irgendetwas hatte so gar nicht mit ihm gestimmt. Und selbst wenn er Elodie mehr mochte als mich oder wirklich glaubte, dass sie Seelenverwandte waren – ich konnte ihn doch nicht den Ewigen überlassen.

Unentschlossen lief ich Richtung Frühstücksraum. Ich brauchte unbedingt etwas zu trinken und etwas, das mich wach machte. Also polterte ich die Treppe hinunter und folgte dem Klappern der Teller und Tassen. Unten angekommen ging ich direkt auf die Kanne mit Orangensaft zu und goss mir ein großes Glas ein. Kurz überlegte ich, dann nahm ich mir noch eine der Tassen und goss mir einen Kaffee ein – den ersten Kaffee meines Lebens. Der würde mich hoffentlich aufwecken und mir beim Nachdenken helfen.

»Ich mag aber keinen Toast zur Marmelade. Ich esse das immer einzeln!«, hörte ich eine Stimme hinter mir, die mich trotz allem zum Schmunzeln brachte, weil sie mich so an meinen kleinen Bruder erinnerte.

»Erst mal nehme ich nur die Marmelade, und wenn ich danach noch mehr Hunger habe, vielleicht noch den Toast da. Aber nur vielleicht.«

Langsam drehte ich mich um, weil mir die Stimme nun doch *sehr* bekannt vorkam. Fassungslos starrte ich zu einem der Tische. Da saß wirklich mein kleiner Bruder neben einem großen Jungen, der wiederum mit dem Rücken zu mir saß. Ich rieb mir die Augen. Hatte ich nun völlig den Verstand verloren?

»Luzie!«, brüllte Benno plötzlich und sprang auf mich zu, den Mund zur Hälfte mit Marmelade verschmiert.

»B…Benno?«, stotterte ich. »Wie … warum … was machst du denn hier?«

Jetzt drehte sich auch der Junge am Tisch um und mir rutschte fast die Kaffeetasse aus der Hand. »Leon?!«

»Endlich, da seid ihr ja!« Mats' großer Bruder lächelte mich an, als wäre es völlig normal, dass wir uns hier trafen. Noch dazu mit Benno im Schlepptau.

»Wieso …?« Ich ging stammelnd auf den Tisch zu, während mein kleiner Bruder mir meinen Orangensaft abnahm und zum Tisch trug. »Wieso seid ihr hier?«

»Hanne hat sich erkältet und Mom und mich gebeten, ein bisschen auf Benno aufzupassen«, sagte Leon. »Aber weil meine Mom diese Woche Spätdienst im Krankenhaus hat, passe ich auf Benno auf.«

»Wieso seid ihr hier?«, wiederholte ich meine Frage sehr viel deutlicher.

Leon stöhnte. »Pass auf, Luzie. Ich bin nicht doof, okay?«

»*Wieso* seid ihr *hier*? Das ist doch keine so schwierige Frage!«

»Ach nein? Wieso bist *du* denn hier?«, konterte Leon und verschränkte die Arme. »Hanne hat mir gesagt, du wärst bei irgendeinem Schulprojekt oder so, und Mats hat mir genau den gleichen Quatsch erzählt. Wie gesagt, ich bin nicht doof!«

Ich ließ mich auf den freien Stuhl neben Benno fallen. »Ist kompliziert«, sagte ich nur und nahm einen Schluck aus meiner Kaffeetasse. Im nächsten Moment musste ich mich allerdings sehr beherrschen, nicht alles sofort im hohen Bogen über den Tisch zu spucken. Das Zeug schmeckte ja zum Abgewöhnen! Igitt! Wieso trank Ma das jeden Morgen *freiwillig*?

Leon grinste sein spezielles Leongrinsen. »Schmeckt's?«

»Kein bisschen«, nuschelte ich und schob die Tasse angewidert von mir weg. »Aber ich brauche was zum Wachwerden.«

»Du siehst schrecklich aus. Ist irgendwas passiert?« Leon sah hinter mich. »Und wo ist eigentlich mein Bruder?«

Ich verzog das Gesicht und schaute zu Benno. »Kann mir vielleicht erst mal jemand erklären, was ihr hier macht?«

»Also gut.« Leon holte einmal tief Luft und dann erzählte er mir, wie er Mats und mir auf die Schliche gekommen war. Seit der Sache mit der weißen Blume, die Mats ihrem Vater unter die Nase gehalten hatte, und seit dieser sich auf einmal wieder bei seinen Jungs meldete, grübelte Leon darüber nach, was genau passiert war. Er hatte mich und Bonsky gesehen, versucht, Hanne auszuquetschen und alle möglichen Leute über die Villa Evie befragt.

Er erzählte mir alles, bis zu dem Moment, als Mats seiner Mutter die Geschichte aufgetischt hatte, er müsse zu einem Schulausflug. Kurz darauf hatte auch noch Hanne Susan und Leon gebeten, auf Benno aufzupassen, weil sie glaubte, sich eine Grippe eingefangen zu haben.

Aus Benno wiederum konnte Leon eine Menge herausbekommen und er kam den Geheimnissen der Duftflakons zumindest ein bisschen auf die Schliche. Danach brauchte Leon nur noch die letzten Suchergebnisse in Mats' Computer anklicken und hatte in null Komma nichts unsere Reiseroute nach Paris zusammen.

Ich lehnte mich im Stuhl zurück und musste zugeben: Das war ganz schön beeindruckend.

Leon zwinkerte Benno zu. »Na, und weil niemand außer

mir Zeit hatte, auf Benno aufzupassen, und wir beide uns ganz gut verstehen, sind wir eben hergekommen, um zu sehen, was ihr für einen Unsinn in Paris ausheckt.«

»So ist es!«, bestätigte Benno und strahlte zurück.

Erst als ich ihm einen strengen Blick zuwarf, und fragte, warum er Ma nicht angerufen hatte, schaute er plötzlich stur auf seine Turnschuhe und tat so, als hätte er mit dem Ganzen überhaupt gar nichts zu tun.

Innerlich seufzte ich. Fünfjährigen durfte man eben keine Geheimnisse anvertrauen. Nicht mal, wenn sie sogar schon fast sechs waren.

»Und wo ist nun Mats?«, fragte Leon. »Pennt der noch?«

Ich suchte nach den richtigen Worten, aber stattdessen rollten mir nur Tränen über das Gesicht. Das war mir so peinlich, dass ich mich zur Seite drehte und versuchte, sie mir verstohlen wegzuwischen.

»Hey, Mädchen aus der Villa Evie – was ist denn los?«Leon sah mich auf einmal ganz besorgt an.

»Mats ist …« Ich schniefte. »Er ist … bei den Ewigen.«

Aber weil Leon natürlich nicht verstand, was ich damit sagen wollte, erklärte ich ihm nach und nach, was es mit der Villa Evie, dem »Duft der Ewigkeit« und schließlich auch den Ewigen auf sich hatte. Weil ich so müde war und dazu auch noch verzweifelt, erzählte ich Leon einfach alles genau so, wie es passiert war. Bis hin zu Elodie und meinem Verdacht, was sie mit Mats angestellt haben könnte. Wobei ich mir immer weniger sicher war.

Er hatte sie schließlich von Anfang an gemocht. Oder?

Als ich fertig war mit Erzählen, wunderte ich mich über

mich selbst. Hatte ich das alles gerade wirklich Leon erzählt? Ausgerechnet Leon? Eigentlich konnte ich ihn nicht mal besonders leiden. Er war mir immer viel zu eingebildet vorgekommen. Außerdem machte er ständig blöde Sprüche, die mich auf die Palme brachten. Die konnte er sich zwar auch jetzt nicht ganz verkneifen, hielt sich aber auffällig damit zurück.

»Wieso machst du das hier?«, fragte ich ihn deshalb. »Ich dachte, du verstehst dich nicht besonders mit Mats.«

Leon sah mich eine Sekunde lang an, ohne etwas zu sagen. Dann zuckte er mit den Schultern. »Stimmt, meistens haben wir Ärger miteinander. Trotzdem ist er mein Bruder. Und wenn er in Schwierigkeiten steckt, muss ich mich als großer Bruder drum kümmern.« Leon strich sich sichtlich angespannt durch die blonden Haare. »Ich mach mir Sorgen. Mats neigt nämlich dazu, sich selbst in Schwierigkeiten zu bringen. Ist dir vielleicht schon aufgefallen? Wenn er anfängt, unserer Mom Lügen zu erzählen, dann kann ich doch nicht weggucken und so tun, als würde ich nicht wissen, dass er dabei ist, Mist zu bauen. Egal wie sehr er mir manchmal auch auf den Geist geht, das hier ist was anderes. Ich lasse meinen kleinen Bruder nicht hängen. Und was du mir gerade erzählt hast ... das passt gar nicht zu ihm. Das ist nicht seine Art.«

Ich schluckte. Diese Seite von Leon kannte ich nicht. Das war ein ganz anderer Leon als der, der er sonst immer vorgab zu sein. Noch vor zwei Tagen hätte ich gewettet, Leon würde sich freuen, wenn Mats in der Patsche steckte.

Ich lächelte ihn an. »Weißt du, was? Ich bin echt froh, dass du da bist ...«

Leon verzog den Mund und sah auf einmal etwas überfordert aus. Bestimmt hatte er mit einer anderen Reaktion von mir gerechnet. Immerhin hatte er Benno mitgeschleift. Aber dafür bekam er jetzt auch noch eine Standpauke von mir, genau wie Benno, der ganz locker alles ausgeplappert hatte.

Als ich mit meiner Tirade fertig war, war Benno tiefer in seinen Stuhl gerutscht und sah mich mit seinen Kulleraugen an. »Sei nicht so streng, Luzie. Ich darf sonst auch dabei sein. Ohne meine Hilfe habt ihr doch gar keine Chance!«

»Aha?«, machte ich und musste das erste Mal seit gestern Abend lachen. »Und was sollten wir deiner Meinung nach nun tun?«

»Ist doch ganz einfach.« Benno schüttelte über meine dumme Frage nur den Kopf. »Wir gehen dahin, wo du gestern warst. Dann holen wir Mats und deinen Duftkoffer und fahren schnell wieder nach Hause!«

»Klingt tatsächlich ganz einfach«, sagte ich und auch Leon musste grinsen. »Also gut, versuchen wir es.« Ich griff mir Bennos Hand und stand auf. Zwar wusste ich, dass wir unmöglich ohne Weiteres in der Residenz auftauchen konnten – nicht, seit die Baronin uns enttarnt hatte –, aber das würde ich meinem kleinen Bruder nicht sagen.

Irgendetwas würde mir schon noch einfallen.

»Aber erst muss ich dir was zeigen.« Auch Leon schob seinen Stuhl zurück. »Danach knöpfe ich mir meinen Bruder vor und erzähl ihm mal was über Mädchen, das er offensichtlich noch nicht kapiert hat. Der braucht dringend Nachhilfeunterricht!«

22

Genau wie ich hatten auch Leon und Benno in der Jugendherberge geschlafen. Leon hatte schließlich Mats' Zimmerreservierung gefunden und war sich sicher gewesen, dass er uns abends hier treffen würde. Er erzählte mir, dass er zwar davon ausgegangen war, dass sich Mats und meine Reise nach seinem Auftauchen erledigt hätte und wir heute wieder zurückfahren würden, trotzdem wollte er mir dringend noch etwas zeigen.

»Ich hab in letzter Zeit viele alte Bücher gewälzt und mich zweimal mit eurer Hanne van Velden getroffen«, erklärte Leon. Etwas schief grinste er mich an. »Dass ihr mit der unter einer Decke steckt, kann ja nicht mal ein

Blinder übersehen. Jedenfalls ... Als ich auf ihrem Sofa saß und sie ein paar Kekse geholt hat, brauchte ich nur einen Blick auf ihre Papierzettel zu werfen, die sie auf dem Sofatisch herumliegen hatte.« Leon hob eine Augenbraue, als ob er mich herausfordern wollte. »Ich hab's endlich begriffen, worum es geht. Du bist eine ... wie war das? *Sentifleur!* Und das bedeutet, du kannst Düfte herstellen, die die Menschen extrem beeinflussen. Richtig?«

»Tiere auch!«, sagte Benno. »Die reagieren auch auf die Duftapothekendüfte.«

»Benno!«, raunte ich meinem Bruder warnend zu. Auch wenn Leon nun in unser Geheimnis eingeweiht war, hatte ich wirklich nicht das Bedürfnis, ihm gleich *alles* zu erzählen.

Aber mein kleiner Bruder hob nur die Hände. »Leon war schon in der Duftapotheke. Er hat sie entdeckt, als ihr weg wart.«

»Was?« Vor Schreck schloss ich kurz die Augen.

»Mach dir keine Sorgen, ich verrate keinem, wo sie liegt«, sagte Leon. »Aber da ist etwas, was ich dir zeigen muss. Ich habe es selbst noch nicht überprüft, nur davon gelesen. Es hat was mit diesem komischen Talent zu tun.«

»Du solltest Detektiv werden«, sagte ich.

»Und ihr solltet ein bisschen vorsichtiger sein, wenn ihr ein Geheimnis hüten wollt. Wenn ich das alles rauskriegen kann, können das auch andere!«

Da hatte er bestimmt recht. Aber darum konnten wir uns kümmern, wenn wir zu Hause waren. Jetzt mussten wir erst mal Mats dazu bringen, wieder normal zu werden, und

Syrell daran hindern, seinen furchtbaren Plan in die Tat umzusetzen.

Wir machten uns also zusammen auf den Weg und folgten Leon durch die geschäftigen Pariser Straßen, in denen die Leute gefühlt doppelt so schnell liefen, als ich es selbst aus Berlin gewöhnt war. Genau wie Mats hatte sich auch Leon einen Stadtplan besorgt und ganz altmodisch eine Route darin eingezeichnet, obwohl er garantiert auch ein Smartphone in der Tasche hatte.

Ich schmunzelte und folgte Leon, mit Benno an meiner Hand, die lange Metro-Rolltreppe hinunter. Erst weigerte Benno sich zwar und fand, es sei das absolut Allerletzte, mit fast sechs noch an meiner Hand gehen zu müssen, aber trotz allem war ich seine große Schwester und bestimmte hier die Spielregeln. Da konnte er jammern und meckern, so viel er wollte. Die Metro in Paris war zu voll, zu hektisch und es gab zu viele lange Rolltreppen, die tief in den Untergrund führten, als dass ich es riskieren würde, Benno hier aus den Augen zu verlieren.

Das eher unscheinbare Pariser Museum, in das Leon uns führte, lag in einem provisorisch abgetrennten Bereich einer Bibliothek. Dem Aussehen nach verirrten sich nicht gerade oft Besucher hierher.

In beeindruckend flüssigem Französisch fragte Leon den Museumswächter am Eingang, wo er den *Tapisserie* finden würde. Der alte Mann nuschelte seine Antwort so sehr, dass ich überhaupt nichts verstand, aber Leon schien zufrieden damit, bedankte sich und winkte uns hinter sich her.

Wir liefen an Glaskästen vorbei, in denen irgendwelche

uralten Bücher und Schriften ausgestellt lagen, bis Leon vor einem mächtigen Wandteppich stehen blieb, der halb von Motten und halb von den Jahrhunderten zerfressen schien.

Ein Baum war in den Teppich geknüpft und jeder Ast davon aufwendig mit einem Namen bestickt. Ich stand davor und wartete auf die Überraschung, die Leon mir gleich eröffnen würde, aber er starrte selbst nur suchend darauf.

»Es muss hier sein!«, sagte er mehr zu sich selbst und ging noch einen Schritt näher darauf zu.

»Ich hab keine Lust mehr. Meine Füße tun weh«, maulte Benno und setzte sich einfach auf den Boden vor den Wandteppich.

»Da!«, rief Leon zwei Minuten später in die Museumsstille. »Da steht's!« Er zog mich am Arm zu sich und zeigte auf einen der Namen.

Ich beugte mich weiter vor, weil ich kaum glauben konnte, was ich dort las. Doch unter einem der unzähligen Abzweigungen stand: *ALVENSTEIN.* Das war doch nicht zu glauben. Was machte denn mein Nachname auf diesem Uraltteppich? Jetzt stand ich selbst unter Strom und suchte die Namen und verästelten Zweige des Baumes weiter ab. Und da! Da stand *DE BRUIJN* – nicht weit entfernt von dem Ast mit den Alvensteins.

»Was ist das denn?«, fragte Benno und sah zu uns hoch.

»Ein Stammbaum«, erklärte ihm Leon, ohne den Blick vom Wandteppich zu nehmen. »Und ich denke, es ist ein Stammbaum der Familien, in denen das Sentifleur-Talent vererbt worden ist.«

Ich hielt die Luft an und drehte mich ruckartig zu Leon. »Woher willst du das wissen?«

Wieder schob sich das schiefe Grinsen auf sein Gesicht. »Ich hab dir doch gesagt, dass Hanne eine Menge Zettel auf ihrem Couchtisch liegen hatte. Die weiß offensichtlich mehr als Mats und du, hm?«

Ich spürte den alten Ärger der vergangenen Tage in mir hochkochen.

Was wusste Hanne denn noch alles, was sie uns verschwieg? Und warum tat sie das bloß? Dachte sie etwa, sie könnte uns nicht vertrauen?

Ich verdrängte meinen Frust und sah wieder zum Teppich nach oben. Kaum zu glauben: Das Sentifleur-Talent vererbte sich also tatsächlich. Ich war womöglich sogar mit Daan verwandt! Wenn auch über viele, viele Äste und Zweige hinweg. Er war mein … nein, ich konnte nicht einmal sagen, was er war. Irgendetwas, das mit »siebter Grad« aufhörte, vielleicht. Wenn überhaupt.

Hatte Daan das alles gewusst? Und Hanne? Hatte sie meiner Familie womöglich sogar deshalb die Villa so günstig verkauft? Mir fiel wieder ein, wie oft meine Eltern sich vor dem Umzug gefreut hatten, dass das alte Haus so preiswert zu haben war. Pa hatte sogar lange behauptet, das Ganze müsste irgendeinen Haken haben. Und nach unserem Umzug hatte Mats mir noch erzählt, dass Hanne vor uns nie jemanden in die Villa Evie hineingelassen hatte.

Was für ein seltsamer Zufall das alles war. Hanne hatte zu dieser Zeit nicht einmal selbst von der Duftapotheke gewusst – wie hätte sie so etwas steuern sollen? Ob unser Nachname wohl einfach unterbewusst etwas bei ihr ins Gedächtnis gerufen hatte?

Ich versuchte, mich zu erinnern. Natürlich konnte es auch sein, dass Ma einfach selbst auf die Villa Evie gestoßen war. Immerhin hatte sie eine Zeit lang Ahnenforschung betrieben.

Mein Blick wanderte weiter über die geknüpften Äste und Blätter auf dem Teppich. Ich suchte noch einen Namen und betete gleichzeitig, dass ich ihn nicht finden würde. Aber da stand er schon – und etwas in mir wurde ganz schwer. Klar und deutlich las ich: *DE RICHEMONT*.

Okay, keine Panik. Ich versuchte, meine Gedanken zu beruhigen, weil sie sofort anfingen, Achterbahn zu fahren. Denn jetzt wurde mir endgültig klar, warum Elodie von Anfang an so interessiert an mir gewesen war. Natürlich hatten sie und ihr Vater genau gewusst, wer Mats und ich waren. Vielleicht hatte Syrell uns überhaupt nur deshalb in sein Anwesen gelassen – weil er unsere falschen Namen und die falsche Geschichte geradewegs durchschaut hatte! Die Richemonts hatten sich mir gegenüber anders verhalten, als es die Baronin von Schönblom getan hatte, weil sie nicht wusste, was Elodie und Syrell über mich wussten: dass ich eine von ihnen war.

Elodie hatte das alles also längst über mich in Erfahrung gebracht, als Mats und ich bei ihnen aufgetaucht waren. Sie hatte uns genauso etwas vorgespielt wie wir ihr. Jetzt erst verstand ich auch Elodies Worte, die sie mir hinterhergerufen hatte. Dass wir Auserwählte seien und … Bessergeborene wären. Was für ein scheußliches Wort! Glaubten die Richemonts wirklich, sie seien bessere Menschen, nur weil ihr Nachname hier auf löchrigen uralten Stickereien zu lesen war?

Doch dann wurde mir schlagartig klar, was das noch bedeutete. Wenn es stimmte, was Elodie gesagt hatte und auch sie eine Sentifleur war, dann waren wir wirklich in Gefahr! Und nicht nur wir: *Alle*, wirklich absolut alle Menschen waren es!

Bisher hatte mich der Gedanke beruhigt, dass Syrell ein fähiger Duftapotheker fehlte, ohne den ihm alles Meteorpulver der Welt nicht viel nützte. Aber *so* war das natürlich etwas völlig anderes! Erst in diesem Moment wurde mir bewusst, wie gefährlich die Richemonts und ihr *Duftmuseum* wirklich waren. Sie waren tatsächlich in der Lage, ihre geplanten Duftapotheken, die Mats und ich auf den Plänen bei der Baronin gesehen hatten, aufzubauen. Im ganz großen Stil! Schließlich besaß Syrell de Richemont den Duftkonzern Éternité. Unsere Duftapotheke unter der Villa Evie war dagegen ein kleiner Freizeitraum.

Langsam ließ ich mich zu Benno auf den Boden sinken und schaute erst ihn und dann Leon an. »Wir können nicht einfach so bei den Ewigen reinmarschieren. Wir brauchen einen Plan. Einen *besseren* Plan. Und ich glaube, dafür müssen wir zu Éternité. Wir müssen endlich herausfinden, wer C. ist!«

»C.?« Leon sah mich fragend an und ich war fast erleichtert, dass er eben doch nicht alles wusste. Also winkte ich diesmal die zwei Jungs hinter mir her, in Richtung Museumsausgang.

Was wir jetzt tun mussten, gefiel mir gar nicht. Aber ich wusste auch, wir hatten gar keine andere Wahl.

23

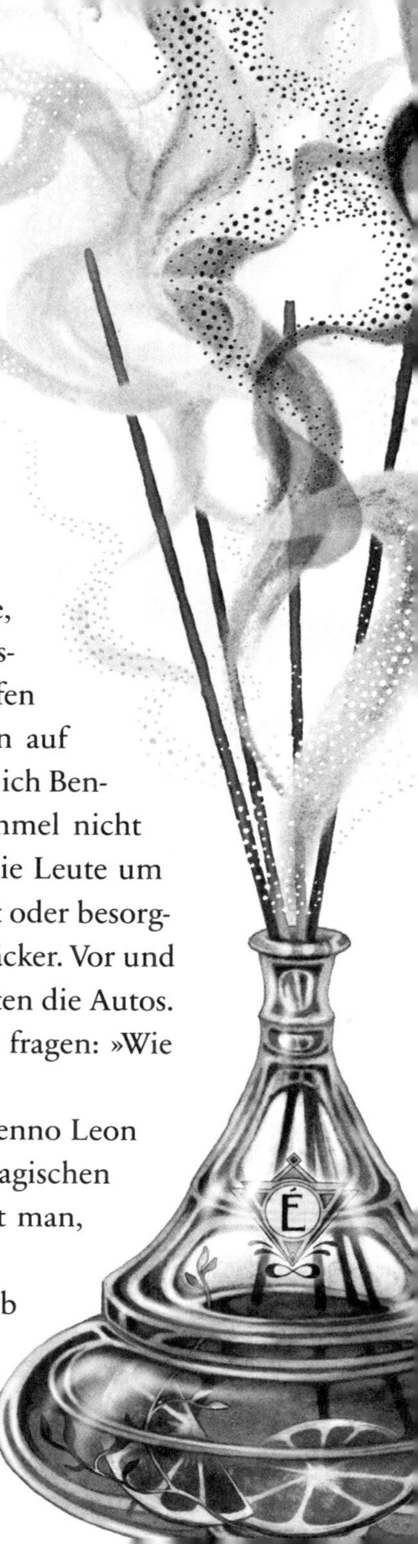

Das, was uns jetzt wirklich helfen würde, wäre ein funktionierender ›Endlichkeitsduft‹!«, rief ich Leon und Benno im Laufen zu, während wir uns an den Menschen auf den Straßen vorbeidrängten. Dabei hielt ich Bennos Hand fest, damit er mir im Getümmel nicht abhandenkam. Es war noch früh und die Leute um uns herum hasteten entweder zur Arbeit oder besorgten sich ein schnelles Frühstück beim Bäcker. Vor und hinter uns dampften die Busse und hupten die Autos.

Durch das Getümmel hörte ich Leon fragen: »Wie soll uns ein Duft denn jetzt helfen?«

»Das ist ein Aufhebeduft«, hörte ich Benno Leon stolz erklären. »Damit kann man alle magischen Düfte verschwinden lassen. Leider stirbt man, wenn man den Duft riecht!«

Leon griff nach meinem Arm und blieb stehen. »Was? Woran stirbt man?«

Ich hielt an und musste einem Passanten aus dem Weg gehen, bevor ich wieder vor Leon stand. »Uns fehlt die Zeit, dir das alles richtig zu erklären. Vertrau mir einfach! Der Endlichkeitsduft wäre die Rettung. Hast du schon mal was von dem Duftkonzern Éternité gehört? Nein? Das ist der Duftkonzern der Familie Richemont. Und die sind gerade dabei, neue Duftapotheken zu bauen. Dort stellen sie die gefährlichsten Düfte her und versuchen dann, sie unter die Leute zu bringen.«

»Was denn für gefährliche Düfte?« Leon wich ebenfalls einem Fußgänger aus. Er zog mich kurzerhand an den Rand eines Cafés, wo wir besser reden konnten.

Ich überlegte, ob ich Leon wirklich *alles* erzählen sollte. Aber dann dachte ich, es wäre nicht fair, ihm jetzt noch etwas vorzuenthalten. Immerhin war er hier, um mir zu helfen. »Das sind zum Beispiel solche Düfte, wie sie deinem Vater verabreicht wurden«, presste ich hervor. »Die Richemonts haben das alles schon vor langer Zeit geplant. Sie haben euren Vater als Testobjekt benutzt, um zu sehen, wie ein Duft wirkt, den sie benutzen wollen. Euer Dad ist ihretwegen verschwunden, verstehst du? Es war kein Unfall und es lag auch nicht an eurem Vater.«

Leon war mit einem Mal ganz bleich geworden. Wie auch damals bei Mats musste ihn die Nachricht ziemlich umhauen. Ich hoffte nur, dass er den Schreck diesmal schneller verdaute.

»Wir konnten die Wirkung zum Glück mit einem Spezialduft wieder auflösen. Aber das funktioniert nicht bei jedem Problem. Wenn es um die Ewigen geht, brauchen wir dringend einen neutralisierenden Duft! Und den versuche ich schon seit Längerem ohne seine Nebenwirkungen herzustellen. Aber leider …«, ich verzog den Mund, weil ich mich etwas schämte, dass ich das Problem einfach nicht gelöst bekam, »… weiß ich nicht, wie. Deshalb müssen wir zu jemandem gehen, der uns weiterhelfen kann, ja? Es ist jemand, der in der Duftfirma von Syrell de Richemont arbeitet. Der Name der Person beginnt mit C.« Ich sah zwischen Leon und Benno hin und her. »Also: Vertraut ihr mir?«

Benno nickte prompt und griff sich jetzt freiwillig meine Hand. »Logo!«

Allmählich verschwand die Blässe aus Leons Gesicht und er atmete tief durch. »Also gut, Mädchen mit dem Dufttalent. Sag mir, wo es hingehen soll, und ich bin dabei!«

Mir wurde sofort leichter ums Herz. »Hast du dein Smartphone dabei?«, fragte ich.

Leon griff in seine Hosentasche und zog eins heraus. »Klar! Wieso?«

»Such bitte mal nach *Éternité* und gib mir die Firmenadresse. Da müssen wir nämlich hin.«

Leon tippte auf seinem Handy herum und Benno tippte wiederum mich an. »Wieso müssen wir dahin? Wir wollen doch Mats und deinen Duftkoffer befreien?«

Ich drückte Bennos Hand ein bisschen fester. »Das auch, aber zuerst müssen wir mit jemandem sprechen, der uns helfen kann, damit wir Mats auch wirklich befreien können. Freiwillig wird der nämlich nicht mitkommen, befürchte ich. Das habe ich schon versucht.«

»Okay, ich weiß, wo wir hinmüssen.« Leon deutete auf das

Impressum der Firmenseite. Also machten wir uns auf den Weg zur nächsten Metro und fuhren Richtung Éternité.

Die Firma lag ein Stück außerhalb von Paris und wir mussten zweimal die Metro wechseln, bis wir endlich in der Nähe der Adresse angekommen waren. Hier sahen die Häuser ganz anders aus als in der Innenstadt. Es waren immer weniger Altbauten zu entdecken, dafür reihte sich ein hässlicher Neubaukasten an den nächsten.

Ein paar Straßen weiter standen wir schließlich vor einem ehemaligen Fabrikgelände. Die roten Backsteingebäude erinnerten mich an ein altes Krankenhaus oder irgendetwas in der Art. Es sah aus, als stünde es schon seit mehreren Hundert Jahren da, auch wenn es elegant renoviert worden war. Das Gebäude selbst war jedoch abgezäunt. An der Einfahrt gab es ein Pförtnerhäuschen.

»Hier müssen wir uns wahrscheinlich anmelden, um in die Fabrik zu kommen«, vermutete ich. Nur wie meldete man sich bei jemandem an, den man nicht kannte?

Ich sah zu Leon. Ein bisschen unwohl war mir, das hier mit ihm zusammen durchzuziehen, ohne ihm richtig erklärt zu haben, worum es genau ging. Andererseits: Irgendwie würden wir schon klarkommen. Schließlich hatte ich nur noch genau zwei Tage, in denen ich das Meteor finden und Syrells Duftapotheken lahmlegen musste, bevor er seine gefährlichen Düfte herstellen und unter die Leute bringen konnte. Für Zweifel blieb mir jetzt keine Zeit.

Deshalb drückte ich meine Schultern durch und ging auf das Pförtnerhäuschen zu. »Wir müssen ihn irgendwie ablenken«, sagte ich leise zu den Jungs. »Bestimmt hat er eine Telefonliste in seinem Häuschen. Dann können wir nachschauen, welcher Name mit C. beginnt.«

»Nee, das ist zu riskant«, meinte Leon. »Wenn das schiefgeht, ziehen wir nur unnötig Aufmerksamkeit auf uns.«

»Aber wie willst du den Pförtner überzeugen, dass er das Tor öffnet und uns reinlässt?«, fragte ich. »Wenn die uns schnappen und zu den Richemonts bringen, haben wir unsere Chance vergeigt.«

»Schon klar, aber …« Leon erstarrte mitten im Satz. Sein Blick glitt an mir vorbei und ich drehte mich ruckartig um. Ich erschreckte mich fast zu Tode, als ich in Bonskys Gesicht hinaufschaute. Der Riese hatte sich lautlos angeschlichen und stand direkt hinter mir. Wie immer gab er keinen Ton von sich.

Woher wusste er, dass wir in Paris waren? War er etwa hierhergefahren, als er von der Duftapotheke aufgebrochen war?

»Bonsky? Was machen Sie denn hier?«, fragte ich endlich, als ich meine Stimme wiederfand.

Bonsky hielt sich den Zeigefinger vor die Lippen. Dann zog er ein Notizbuch aus seiner Manteltasche, kritzelte mit einem Stift etwas darauf und hielt es mir vors Gesicht.

Willem schickt mich, las ich die krakeligen Buchstaben.

»Wirklich? Und wieso?« Verwirrt sah ich zu Bonsky hoch.

Wieder schrieb er etwas auf.

Um auf euch aufzupassen. Er dachte sich schon, dass ihr euch nicht raushalten könnt.

Noch bevor ich eine zweite Frage stellen konnte, kritzelte Bonsky weiter: *Ich bringe euch zu C.*

Dann steckte er das Buch ein und ging schnurstracks auf das Pförtnerhäuschen zu.

Ich war so überrumpelt, dass ich zu gar keiner Reaktion fähig war. Woher wusste Bonsky denn plötzlich von C.? Andererseits hatte er ja auch von den Ewigen und ihren Plänen gehört.

Leon folgte dem Riesen bereits. Klar, der hatte ihn ja auch noch nicht kennengelernt. Ich jedoch griff nach Bennos Hand und hielt sie unschlüssig in meiner fest. »Was meinst du?«, fragte ich meinen kleinen Bruder, der erstaunlich ruhig wirkte. »Können wir Bonsky trauen?«

»Nö«, sagte Benno und zog mich trotzdem weiter. »Aber wir müssen da rein! Weil ohne Mats fahren wir nicht nach Hause.«

Mir wurde ganz warm. Was hatte ich doch für einen mutigen kleinen Bruder. Und er hatte recht: Niemals könnte ich ohne Mats zurück in den Lavendelweg. Ohne ihn wäre die Duftapotheke in der Villa Evie nur leer und trostlos.

Als wir bei den beiden ankamen, lehnte sich Leon zu mir und flüsterte: »Der Typ kennt den Pförtner! Herr Bonsky hat wohl vor langer Zeit mal hier gearbeitet. Der bringt uns echt rein. Genial, oder?«

Tatsächlich: Der Pförtner schien Bonsky zu kennen und winkte uns durch. Das hohe Eisentor, das das Gelände umzäunte, öffnete sich und wir gingen hindurch. Hinter uns schob es sich surrend zu und klackte, als es sich verschloss. Ich hatte feuchte Hände vor lauter Nervosität.

Bonsky lief zielstrebig voraus zum Eingang, als wäre das hier ein Ort, an dem er sich zu Hause fühlte. Er führte uns in eine Empfangshalle, die ebenfalls wie der Eingangsbereich eines sehr eleganten Krankenhauses aussah, und winkte uns weiter in ein Treppenhaus. Nur wenige Mitarbeiter begegneten uns. Und die, die hier eilig durch die Gänge hasteten, achteten nicht weiter auf uns.

Das ganze Gebäude roch intensiv nach parfümierter Chemie, vor allem nach süßer Vanille, dem Hauptbestandteil des Ancien-Duftes. *Da kann man ja nur Kopfschmerzen kriegen,* dachte ich und widerstand dem Bedürfnis, mir die Nase zuzuhalten.

Bonsky lotste uns hinauf in den ersten Stock, vorbei an zahllosen Büroräumen, die alle gleich aussahen. Mit schnellen Schritten liefen wir einen Flur unter Neonleuchten entlang, dann einen weiteren, bis wir um eine Ecke bogen und wieder vor einem Bürovorraum ankamen. Eine unscheinbare Sekretärin mit halblangen blonden Haaren, randloser Brille und grauem Jackett saß an einer Art Empfangstresen und blickte uns erschrocken entgegen.

»Bonsky!«, hauchte sie, als wir eintraten und uns vor ihrem Schreibtisch aufbauten.

Erneut kritzelte der Riese etwas in sein Notizbuch, das wir allerdings diesmal nicht zu sehen bekamen, sondern nur die Sekretärin. Sie runzelte die Stirn und warf uns einen eigenartigen Blick zu, bevor sie aufstand und nickte.

»Hier entlang«, antwortete sie plötzlich auf Deutsch, auch wenn sie im Gegensatz zu Elodie dabei einen stark französischen Akzent hatte.

Zusammen gingen wir hinaus auf den Flur. Wieder bogen wir um ein paar Ecken, bis wir vor einem Fahrstuhl anhielten. Als sich die Türen aufschoben, lag vor uns eine Art Lastenfahrstuhl, groß, aus Metall, auch das passte zum Eindruck eines Krankenhauses. Nur dass im Fahrstuhl ein paar Kisten statt Krankenbetten transportiert wurden.

Die Frau drückte auf einen Schalter und winkte uns hinein, als sich die Fahrstuhltüren aufschoben. Neonlicht leuchtete auch hier unangenehm und grell auf uns herab und dieser Geruch, den ich vom Ancien-Raumduft kannte, zog mir in die Nase.

Die Frau drückte auf den untersten Knopf einer Anzeige und der Fahrstuhl sauste abwärts. Ich kam mir wie ein Lamm auf dem Weg zur Schlachtbank vor und drückte Benno fest an mich. Oder brachte uns diese Frau wirklich zu C.?

Nachdem der Fahrstuhl gehalten hatte, ging es weiter durch Flure, in denen der Geruch immer intensiver wurde. Niemand sagte ein Wort, bis die Frau uns in ein Labor führte. Hier drin standen jede Menge Aktenschränke und ich schreckte zusammen, als die Frau plötzlich hinter uns die Tür verschloss.

Dann drehte sie sich zu uns um, verschränkte die Arme vor der Brust und schnauzte: »Wieso ihr seid hergekommen?«

Im Augenwinkel sah ich, wie Bonsky mal wieder nach seinem Notizbuch griff, aber langsam hatte ich wirklich genug von seiner wortlosen Geheimnistuerei.

»Wir suchen C.!«, zischte ich mit einer Mischung aus Gereiztheit und Angst. »Oder was hat Ihnen Bonsky über uns gesagt?«

Die Frau lehnte sich seufzend gegen die geschlossene Tür und sah mich an. »Genau das hat er geschrieben: dass ihr sucht C.«

Auch ich verschränkte meine Arme vor der Brust und hielt ihrem Blick stand. »Und? Wo ist er?«

Einen Moment lang sagte niemand auch nur einen Ton.

»Nun … isch bin C.«, sagte die Frau schließlich und klang dabei unsagbar erschöpft. »Isch habe euch geschrieben. Isch bin es, die ihr sucht.«

24

C. hieß in Wahrheit Camille Moreau. Während sie uns erzählte, was sie über die Ewigen wusste, sah sie sich immer wieder in alle Richtungen um, als hätte sie Angst, dass irgendjemand unerwartet hereinkommen könnte.

Camille war die persönliche Sekretärin von Syrell de Richemont und hatte in den letzten Jahren offensichtlich mehr mitbekommen, als Richemont lieb sein musste. Aber sie hatte sich nichts anmerken lassen und ihr Wissen geheim gehalten.

»Aber … wie?«, fragte ich. »Wie konnten Sie all das über die Ewigen herausfinden?«

Camille schaute sich noch einmal um, dann holte sie tief Luft und fing an, mir mit ihrem charmanten Akzent zu antworten.

»Isch bekomme Informationen viele mit. Nischt gute Dinge. Was die Ewigen begreifen einfach nischt, ist die Technik von heute. Alle Informationen sind so viel leischter mitzulesen, als es man vermutet. Viele E-Mails von Monsieur Richemonts ich kann lesen, weil einfach er nischt versteht, wie er besser sischert seine elektronische Post. Zwar er versucht, seine Texte zu verschlüsseln, aber isch arbeite lange mittlerweile hier, deshalb ich kann so leicht erraten seine Codes.« Camille strich sich über die Stirn und sah wieder so misstrauisch zur Tür, als erwartete sie jeden Moment eine böse Überraschung. »Nur bisher glaubt niemand mir. Das alles klingt ja unglaublisch auch.«

»Was genau wissen Sie über das Meteorpulver, das Richemont gefunden haben soll?«, fragte ich.

»Isch weiß nischt genau, wo es befindet sisch. Isch weiß auch nischt, wie es aussieht oder was es kann. Aber isch weiß, dass eine Zutat es ist, die verändern kann alle Düfte. Und isch weiß, dass die Auswirkungen davon schrecklisch sind! Einen Duft haben sie getestet vor langer Zeit an einer Handvoll Menschen. Es war ein Duft, der konnte die Liebe in einem Menschen unterdrücken. Monsieur Richemont war höchst zufrieden mit dem Experiment.«

Ich schluckte. Sie redete von Mats' Vater, da war ich mir sicher. *Eine Handvoll Menschen* bedeutete aber auch, dass noch mehr dem »Lieblosen Duft« zum Opfer gefallen waren. Ich sah zu Leon, der wieder sehr blass um die Nase aussah. Gerne hätte ich ihm das hier erspart, aber alles kam immer wieder auf diese Duftexperimente zurück – und ich war mir sicher, dass Syrells Plan etwas damit zu tun hatte.

»Es war auch ein Herr Jansen dabei, richtig?«, fragte ich leise. »Bei den Testpersonen?«

Camille runzelte die Stirn. »Isch habe einmal gelesen den Namen nur. Jansen? Hm … bon, isch glaube, ja … so hieß einer der Männer. Nach dem Experiment hat versucht Monsieur Richemont, herzustellen einen Duft, in dem die Wirkung aus dem Test mit noch anderen und neuen Wirkungen gemischt werden sollte. Er hat den Duft weiterentwickelt. Isch befürschte, das wird ein ganz schrecklischer Duft! Ein Duft, der Menschen macht zu Marionetten!«

Wir alle hielten die Luft an bei dem Gedanken, was aus den Menschen werden würde, die diesen Duft einatmeten.

»Isch weiß nischt, was Monsieur Syrell will genau erreischen«, fuhr Camille fort, »aber ein Duft, der die Menschen nischt nur lieblos macht, sondern beeinflussbarer auch, wäre sehr gefährlisch. Monsieur Richemont will die alte Werteordnung wieder einführen. Also gesellschaftlischen Stand nach Geburt. Nur wer hochgeborenes Blut trägt in sich, weil er kommt aus einer adligen Familie, hat auch das Rescht, über andere zu bestimmen. Er nennt diese Leute ›Bessergeborene‹.«

»Das ist ja total krank«, stöhnte Leon und verzog angewidert das Gesicht. »Und wie will dieser *Monsieur Richemont* diesen Duft verbreiten?«

Camille wiegte unschlüssig ihren Kopf hin und her, doch sie musste gar nichts mehr sagen. Ich kannte die Antwort bereits.

»Mit seinen Raumdüften«, flüsterte ich und schüttelte fassungslos den Kopf. »Mats hat mir gesagt, dass die Dinger gerade *überall* sind. Und dreimal dürft ihr raten, was da bald mit reingemischt wird.«

Camille nickte mir zu. »Wenn der Duft sisch weiter verkauft so gut, er braucht nur die Fläschchen mit dem neuen Duft befüllen.«

Mir brummte der Schädel. Das Einzige, was das noch verhindern konnte, war, Syrell das Meteor abzunehmen und es endgültig und für alle Zeiten verschwinden zu lassen. Alles, was Syrell de Richemont für diesen Plan brauchte, war das schwarz glitzernde Pulver, das aus Gerüchen neue Wirklichkeiten schaffen konnte.

»Und Sie wissen wirklich nicht, wo das Pulver sein könnte?«, fragte ich ungeduldig.

»Nein. Leider, isch weiß nischt, wo es ist.« Camille rieb sich die Arme, als ob ihr kalt war, dabei waren die Räume hier unter der Erde gut beheizt. »Aber wenn ihr sagt mir, wonach isch muss suchen und wie es aussieht, dann wir haben eine Chance, es zu finden.«

»Es ist schwarz und glitzert ganz doll!«, platzte es eifrig aus Benno heraus.

»Alors!« Camille winkte uns wieder hinter ihr her. »Isch zeige eusch, wo Syrell de Richemont stellt seine Düfte her. Vielleischt wir haben Glück?«

Sie öffnete zwei weitere Türen, bis sie eine Metalltür aufschob, hinter der es dampfte und brodelte. Ein paar Leute standen in weißen Kitteln und mit Schutzbrillen vor glänzenden Apparaturen aus Glas und Metall.

Camille hatte ihre Schultern gestrafft und lief voraus, als würde sie einer kleinen, wenn auch vielleicht etwas außergewöhnlichen, Touristengruppe eine Führung durch das Labor geben. Bonsky überragte sogar die Apparaturen um einen Kopf und wir konnten kaum daran emporschauen.

»Und das ist unsere Destille. Aber folgen Sie mir hier entlang bitte, in unsere Laboratorien von Éternité!« Camille sprach plötzlich laut und deutlich und wirkte dadurch sehr offiziell. Ich grinste in mich hinein, weil Camille eine ziemlich gute Schauspielerin abgab. Jetzt verstand ich, wie sie es geschafft hatte, Syrell so lange auszuspionieren und dabei niemanden etwas merken zu lassen.

Seitlich bogen wir in eine weitere, etwas kleinere Halle ab, in der sich lange Arbeitstische aneinanderreihten. An den Wänden standen Regale, gefüllt mit Glasröhrchen, in denen die verschiedensten Duftsubstanzen lagerten. So sah also die Duftherstellung in einer Fabrik aus. Ich hatte sofort Heimweh nach der Villa Evie und unser gemütlichen, überschaubaren Duftapotheke, in der wir mit echten Duftstoffen aus Blütenblättern und Kräutern arbeiteten und nicht wie hier nur chemische Flüssigkeiten zusammenmischten.

»Das sind unsere Duftorgeln«, sagte Camille und winkte uns weiter. »Hier arbeiten unsere Parfümeure und kreieren die Duftnoten von Éternité.« Camille zog eine Chipkarte aus ihrer Tasche und öffnete damit eine Metalltür, die an einen monströsen Safe erinnerte. Mit einem Mal fing sie wieder an zu flüstern: »Hier werden aufbewahrt die teuersten Rohstoffe und Zutaten. Vielleischt ihr findet hier dieses Glitzerpulver?«

Wir durchsuchten das Lager, in dem in metallenen Schachteln, Kühlkammern und Schränken die Zutaten für die Duftherstellung gestapelt waren. Ich war ein bisschen erleichtert, dass man bei Éternité doch noch ein paar echte Pflanzen und Kräuter verwendete. In einem der Kühlschränke tummelten sich beispielsweise massenhaft Aloe-Vera-Blätter und in einer Art Trockenbehälter lag etwas, das wie Blütenstaub aussah.

Camille schloss einen Behälter nach dem anderen auf, um weiter nach dem schwarzen Pulver oder ganzen Meteorbrocken zu suchen. Aber nachdem sie auch den letzten Behälter im Zutatentresor aufgeschlossen hatte, mussten wir aufgeben. Das Meteorpulver war nirgends zu sehen.

»Verdammt«, murmelte ich und auch Leon ließ die Schultern sinken.

Enttäuscht und ratlos verließen wir auf die gleiche Art und Weise die Laboratorien, wie wir sie betreten hatten. Camille musste an ihren Schreibtisch zurück und gab uns eine Visitenkarte mit ihrer Nummer darauf, falls wir ihre Hilfe noch einmal bräuchten. Im Gehen warf Bonsky Camille einen Blick zu, der mich irritierte, weil ich ihn nicht verstand. Es war ein vertrauter Blick, als würden sie sich besser kennen, als wir dachten. Besser, als sie es uns gegenüber vorgaben.

25

Bonsky war die ganze Zeit über hinter uns hergelaufen. Stumm behielt er alles im Blick, genau wie damals, als er bei dem Treffen der Ewigen auf dem Anwesen der Baronin von Schönblom alles im Blick behalten hatte und hinter Willem wie ein übergroßer Bodyguard aufgeragt war.

Der Riese war trotz seiner Größe der perfekte Mann im Hintergrund. Der, den man nicht bemerkte, wenn er es nicht wollte, und der einem immer das Gefühl gab, er würde sich für nichts wirklich interessieren. Dabei durchblickte er alles ziemlich genau, vielleicht besser als jeder andere.

Bevor Camille in ihr Büro verschwinden konnte, warfen sie und Bonsky sich einen weiteren langen Blick zu. Da hielt ich es nicht mehr aus und versperrte ihr den Weg. Ein für alle Mal wollte ich wissen, was es mit Bonsky und auch mit Camille auf sich hatte.

»Woher kennen Sie beide sich eigentlich?«, fragte ich und lächelte innerlich, als Benno sich neben mich drängte und streng zu Camille hinaufschaute.

»Dafür haben wir keine Zeit jetzt«, ermahnte uns Camille. »Wir müssen schnell finden das Pulver.«

»Schon, aber wir müssen *auch* wissen, mit wem wir hier zusammenarbeiten«, schaltete sich Leon ein und trat dicht hinter mich. »Genau diese Frage stelle ich mir nämlich auch seit einer Weile.«

Camille blickte auf die goldene Uhr an ihrem Handgelenk und atmete tief aus. »Alors. Machen wir es kurz.« Sie sah zu Bonsky, der nun direkt neben uns stand und uns alle überragte. Als Camille zu ihm hochsah, nickte er kurz.

»Monsieur Bonsky war früher, genau wie isch es bin noch, ein Mitarbeiter der Richemonts. Er war Syrell Richemonts persönlicher Leibwächter. Er hat über die Familie mitbekommen sehr vieles, über das er nischt sprischt.«

Da lächelte sogar Bonsky über Camilles Satz.

»Nischt dass sonst er viel spreschen würde«, räumte sie ein, »aber er muss haben Dinge gesehen, die zu viel waren einfach, um sie zu ertragen können. Bonsky ist aus dem Haus der Richemonts verschwunden heimlisch und seither er ist auf der Flucht vor meinem Chef. Niemand kennt besser als Bonsky die Familie de Richemont. Er kennt ihre Macht, aber auch ihre Schwächen.«

Benno drehte sich zu Bonsky um und musste dafür seinen Kopf ganz weit in den Nacken legen, um zu ihm hinaufschauen zu können. »Und warum redest du nie?«, fragte er. »Kannst du das nicht oder magst du nicht?«

Bonsky schwieg. Natürlich. Doch diesmal zückte er auch nicht sein Buch und Stift, um uns eine Antwort auf Bennos Frage aufzuschreiben. Er sah fast ein wenig versteinert aus, als wüsste er gar nicht, was er darauf sagen sollte.

Camille legte Benno ihre Hand auf die Schulter und antwortete für Bonsky: »Er sprischt kein Wort mehr, seit er ist fortgegangen von Syrell. Früher als Leibwächter war Bonsky nicht stumm. Warum er redet nischts mehr, weiß niemand. Und isch glaube, ihr solltet ihn nischt weiter danach fragen.« Sie hob den Kopf und sah mich drängend an. »Du kannst ihm vertrauen, darauf ihr habt mein Wort! Aber jetzt schnell, wir sollten uns überlegen einen Plan. Wenn das Meteorpulver ist nischt hier, wo dann? Mein Chef überlässt nischts dem Zufall. Und er vertraut sisch selbst nur, sonst niemandem. Sischerlisch ist es versteckt ganz in seiner Nähe, unter seiner persönlischen Aufs–«

Ich zuckte zusammen, als plötzlich ein Alarm über uns losschrillte. Hektisch sahen wir uns um. Da knallte am Ende des Flures eine Tür auf und Schritte donnerten über das Linoleum auf uns zu.

»Stehen bleiben!«, brüllte ein Wachmann. Hinter ihm tauchte ein weiterer auf. Dann noch zwei aus der entgegengesetzten Richtung. Pistolen richteten sich auf uns. Benno drückte sich an mich und wir wichen alle ein paar Schritte zurück, bis wir mit den Rücken zur Wand standen.

Vier Wachmänner umringten uns und niemand sagte ein

Wort. Sie starrten uns bloß mit versteinerten Mienen an, ohne eine einzige Frage zu stellen, zum Beispiel wie wir hier reingekommen waren oder was wir wollten. Und ich ahnte: Sie warteten auf jemanden.

Erneut waren Schritte zu hören. Begleitet von einem Geräusch, das mir auf so unheimliche Art vertraut war: ein rhythmisches *Tock, tock, tock.*

»Nun denn, wen haben wir hier?«, fragte Syrell de Richemont, der nun vor uns stand und einen nach dem anderen von uns begutachtete. »Altbekannte und fremde Gesichter zugleich. Erstaunlich!« Schritt für Schritt ging er an uns entlang. Dabei erinnerte er mich an einen Tiger auf der Jagd, der seine Vorfreude kaum verbergen konnte.

Abrupt blieb er stehen. »Mademoiselle Moreau!« Syrell schnalzte mit der Zunge. »Von Ihnen hatte ich eigentlich in Erinnerung, Sie würden unter meiner Führung arbeiten. Nun muss ich feststellen, Sie schleusen unerlaubt dieses Pack in meine Hallen?«

»Monsieur …«, stotterte Camille.

»Schweigen Sie!«, schnitt Syrell ihr das Wort ab. »Ich habe keine Zeit für Gejammer. Niemand wird mir meinen großen Tag ruinieren. Hören Sie? *Niemand!*« Er wandte sich an die Wachmänner, die wie eine Mauer zwischen uns und Syrell aufgereiht standen. »Verwahrt sie! Bis ich mir etwas für sie überlegt habe. Und zwar … zu gegebener Zeit.«

Ich schluckte, als Syrells Blick an mir kleben blieb. »Wobei …« Ein spitzes Lächeln schob sich auf sein Gesicht. »Für Fräulein Schmidt … oder sollte ich sagen *Alvenstein* … habe ich noch einen anderen Nutzen. Nehmt sie mit.«

Sofort griff mich einer der Wachen am Arm und zerrte mich zum Takt von Syrells *Tock, tock, tock* zum Ausgang.

»Nicht!«, schrie ich und wollte nach Bennos Hand greifen. »Bitte – mein Bruder!«

Doch keiner hörte auf mich. Ein zweiter Wachmann schob mich nach vorne in den Flur. Ich hörte, wie Leon und Benno mir hinterherriefen, aber als ich mich umdrehte, sah ich nur, wie sie von den übrigen Wachmännern gepackt und in die andere Richtung den Flur hinuntergezerrt wurden.

Panik kroch mir durch alle Glieder. Was, wenn sie Benno wehtaten? Was, wenn er von Leon und Bonsky getrennt wurde? Doch alle Schreie und Rufe, die ich ihnen entgegenwarf, verhallten nutzlos zwischen den Fabrikwänden.

Am Ausgang nickte Syrell dem Wachmann zu, der mich gepackt hielt. »Sorg dafür, dass sie wohlbehalten ankommt«, übersetzte ich in Gedanken seine Anweisung. Der Wachmann schien zu wissen, was das bedeuten sollte, und schubste mich grob auf die Rückbank einer schwarzen Limousine. Er schlug die Autotür zu und ließ dabei nicht einmal seine Waffe sinken. Der andere Wachmann startete den Motor und schon fuhren wir mit quietschenden Reifen durch das Tor, vorbei am Pförtnerhäuschen.

Mein Herz hämmerte. Die Panik in mir wuchs und mir wurde vor lauter Angst ganz übel. Wir waren erledigt. *Das war es!* Wir hatten es vermasselt. Und mir fiel nichts ein, wie wir hier wieder rauskommen sollten. Ich konnte nur warten, bis ich herausfand, was Syrell mit mir vorhatte.

26

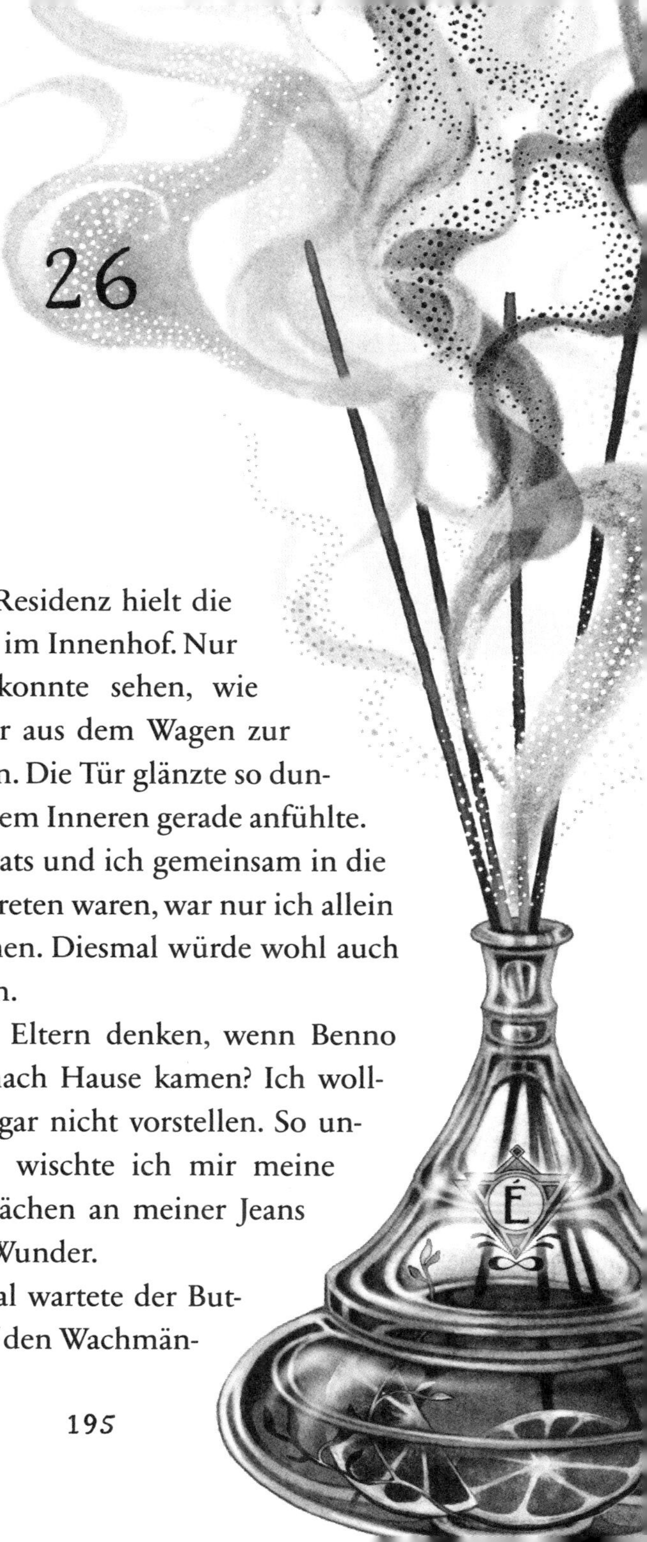

Erst vor der Ewigen Residenz hielt die Limousine und parkte im Innenhof. Nur wer hierhergehörte, konnte sehen, wie mich die Wachmänner aus dem Wagen zur Eingangstür schleppten. Die Tür glänzte so dunkel, wie es sich in meinem Inneren gerade anfühlte.

Das letzte Mal, als Mats und ich gemeinsam in die Ewige Residenz eingetreten waren, war nur ich allein wieder herausgekommen. Diesmal würde wohl auch ich hierbleiben müssen.

Was würden unsere Eltern denken, wenn Benno und ich nicht mehr nach Hause kamen? Ich wollte mir ihre Gesichter gar nicht vorstellen. So unauffällig wie möglich wischte ich mir meine schweißnassen Handflächen an meiner Jeans ab und hoffte auf ein Wunder.

Wie beim letzten Mal wartete der Butler im Inneren. Er warf den Wachmännern bloß einen fragenden Blick zu, wirkte aber seltsamerweise kaum erstaunt, sie mit mir im Schlepptau zu sehen.

»Monsieur Richemont hat seine Tochter bereits informiert«, brummte der Wachmann, der mich immer noch fest gepackt hielt, in kaum verständlichem Französisch. »Mademoiselle Richemont erwartet uns.«

Der Butler trat mit seiner überheblichen Art zur Seite und wies den Männern den Weg in den Salon der Richemonts. Ich konnte es kaum glauben, dass sich sogar die Angestellten hier als etwas Besseres zu fühlen schienen, so hochnäsig, wie sie sich verhielten. Dabei wurden sie im Gegenzug selbst bestimmt alles andere als nett behandelt.

Eingeklemmt zwischen den zwei Wachmännern wartete ich in der protzigen Eingangshalle. Der Butler verschwand im Salon nebenan und kündigte *Mademoiselle Alvenstein* an. Kurz darauf winkte der Butler uns hinein und verschwand ohne ein Wort.

»Mon Dieu, ihr könnt sie loslassen!«, hörte ich Elodie sagen und drehte mich nach links, während sich der Griff um meine Arme löste und die Wachmänner mit einem Nicken zurücktraten.

»Wartet draußen«, wies Elodie die Männer an und sie verzogen sich in die Halle. »Du bist wieder da?«, sagte sie und drehte sich langsam zu mir. Sie saß auf einem der Sofas, die Beine übergeschlagen, und blickte mich herablassend an.

Nicht gerade freiwillig, antwortete ich stumm in Gedanken, sagte laut aber lieber etwas anderes. Ich brauchte ganz schnell einen neuen Plan. Am besten einen, der Elodie dazu brachte, mir doch noch zu vertrauen. Einen, der sie davon überzeugte, mich bei sich aufzunehmen und mit mir gemeinsam die Duftapotheken zu führen. Das war die einzige Lösung, mit der ich hier irgendwie wieder rauskam und gleichzeitig herausfand, wo sie das Meteorpulver versteckten. Ich musste sie unbedingt auf meine Seite bekommen.

»Ich war …«, haspelte ich los, »… einfach auf all das hier nicht vorbereitet. Ich war noch nicht bereit dafür!« Ich sah sie flehend an und versuchte, es so naiv wie möglich wirken zu lassen. »Es tut mir leid, ich habe einen Fehler gemacht und mich schrecklich danebenbenommen. Ich …«

»Du warst noch nicht *bereit* dafür?« Elodies Stimme klang gereizt und herrisch. »Wer bist du, dass du glaubst, du könntest dir aussuchen, wann die Ewigen dich aufnehmen? Denkst du etwa, eine kurze Entschuldigung genügt, und du dürftest gleich bei den Großen mitspielen?«, zischte sie mich an. »Wie konntest du es überhaupt wagen, bei Éternité einzubrechen? Nach allem, was ich dir angeboten habe?«

»Ich weiß! Es war schrecklich dumm von mir zu glauben, ich hätte irgendeine Chance gegen dich. Ich dachte, ich könnte dir damit beweisen, dass ich nicht nur deine *kleine* Schwester bin. Das war schrecklich dumm von mir, das ist mir völlig bewusst und ich weiß nicht, wie ich das jemals wiedergutmachen soll.« Ich versuchte, mich so klein wie möglich vor Elodie zu machen. Die Ewigen und ihre Eitelkeit waren mir schließlich inzwischen sehr vertraut, so viel hatte ich im letzten Jahr gelernt. Ihr riesiges Ego war ihre Schwachstelle.

Elodie stand auf und musterte mich. Ihre Augen wanderten langsam an mir hoch und wieder runter. Ich hasste diese Art von Blick, mit dem Elodie versuchte, mich dazu zu bringen, dass ich mich noch kleiner machte und auch so fühlte.

Nachtragend war sie also. Und viel weniger perfekt, als sie am Anfang auf mich gewirkt hatte. Sicher war sie es überhaupt nicht gewöhnt, eine Abfuhr zu bekommen.

Elodie drehte sich wortlos um und ging in den Raum rechts von mir. »Na los, komm!«, schnauzte sie mich an und ich folgte ihr mit hochrotem Kopf, weil ich mich innerlich furchtbar über ihren Befehlston ärgerte.

Hinter dem Salon lag eine Bibliothek. Ich erschrak beinahe, als ich Mats in einem Sessel sitzen sah. Auch er riss die Augen auf, als ich eintrat. Mir wurde ganz kalt, als ich die Wut sah, die mir daraus entgegenschoss.

»Was will *die* denn hier?«, fragte er, an Elodie gerichtet, und würdigte mich keines weiteren Blickes. Seine Aufmerksamkeit lag wieder hundertprozentig auf ihr, als wäre er ein dressierter Hund, der auf seine Anweisung wartete.

Mein Herz brach noch ein kleines Stückchen mehr, als ich ihn so sah. Nicht nur, dass er nicht mehr wie er selbst wirkte, er sah auch kalkweiß und sichtlich erschöpft aus, als hätte er, seit wir uns das letzte Mal gesehen hatten, gar nicht mehr geschlafen.

Meine Wut auf Elodie wurde immer größer. Was hatte sie nur mit ihm gemacht? Doch da wurde es mir schlagartig klar: Irgendetwas musste passiert sein, als sie mich mit ihrem Vater zum Dinner vorgeschickt hatte. Um alleine mit Mats nachzukommen.

Auch wie er »die« gesagt hatte, ließ mich gleich wieder

den Schmerz spüren, den ich gefühlt hatte, als ich von hier weggelaufen war. Es war kaum auszuhalten, dass Mats mich behandelte, als wären wir noch nicht einmal mehr Freunde. So, als konnte er mich überhaupt nicht mehr ausstehen.

Am liebsten hätte ich ihn angeschrien, ihm gesagt, er solle zu sich kommen. Ich hätte ihn geschüttelt, ihm zur Not auch eine Backpfeife verpasst. Ich hätte *alles* getan, um ihn aus dieser Trance – oder was es auch immer war – herauszuholen, aber das war gerade unmöglich.

Da setzte sich Elodie direkt neben Mats auf die Armlehne des Sessels. Als sie ihre Hand auf seine Schulter legte, wusste ich, dass sie das nur tat, um mich zu provozieren.

»Was genau möchtest du denn nun?« Elodie funkelte mich an. »Ich glaube dir nämlich nicht, dass du so plötzlich deine Meinung geändert hast. Also: Worum geht es hier?«

»Ich hab einen Fehler gemacht«, fing ich wieder an und wusste nicht so richtig, wohin mit mir. Ich stand mitten im Raum und Mats und Elodie saßen mir gegenüber wie bei einem Verhör. Nur dass sich Mats immer wieder gegen Elodie lehnte, fast … fast, als wäre er auf einmal in sie verliebt.

Ich versuchte, nicht zu ihm zu schauen, damit ich das hier durchstehen konnte, und sah stattdessen zurück zu Elodie.

Eines konnte sie wirklich gut: einem das Gefühl geben, als wäre man der bekloppteste Mensch auf der ganzen Welt. Und dabei tat sie auch noch so, als müsste man schreckliches Mitleid mit *ihr* haben, weil man sie so ungerecht behandelt hatte!

»Ich hab jetzt verstanden, dass ich nur mit dir die Chance habe, mein Talent richtig zu verstehen. Und du hast recht –

das macht uns besser. Es macht uns zu …«, ich bekam das Wort kaum heraus, »… Bessergeborenen.«

Immerhin, das war mein Vorteil. In ihren Augen war ich eine dieser Bessergeborenen. Schließlich war ich nicht nur eine Sentifleur, sondern auch eine Alvenstein, deren Familienname mit dem ihrer Familie in Zusammenhang stand. Das durfte ich nicht vergessen. Außerdem hatte ich den Gründer der Duftapotheke auf meiner Seite, einen Mann, den sie – so viel hatte sie uns mit ihren vielen Fragen nach Daan de Bruijn verraten – bewunderte. Sie wollte mich an ihrer Seite haben, auch wenn sie es mir gerade heimzahlte, dass ich zuerst abgelehnt hatte.

»Ach, jetzt möchtest du zu uns gehören?«, fragte Elodie erneut. »Woher nur der Sinneswandel?«

»Luzie ist eine Verräterin«, sagte Mats plötzlich. »Der kannst du nicht vertrauen.«

»Ja, du hast recht, chéri. Luzie kann man nicht trauen.« Elodie warf mir einen eisigen Blick zu. »Mats hat mir erzählt, dass du wissen möchtest, wo unser Meteorpulver ist …?«

Ich schluckte schwer und hätte mir am liebsten gegen die Stirn gehauen. Dass Mats längst bereitwillig unseren Plan verraten hatte – das hätte mir wirklich klar sein müssen.

»Es gibt nur eine Möglichkeit für dich, wenn du willst, dass ich dir nach allem, was du mir von dir gezeigt hast, wieder vertraue«, erklärte Elodie mit großzügigem Tonfall. »Bist du wirklich absolut sicher, dass du zu uns gehören willst? Zu den Bessergeborenen?«

Ich nickte gleich dreimal, damit sie mir auch wirklich glaubte.

»Gut«, sagte Elodie und stand auf. »Dann beweise es!«

Sie hielt Mats ihre Hand hin, die er mit einem Lächeln in seiner umschloss. In meinem Magen krampfte sich alles zusammen bei dem Anblick, wie die beiden gemeinsam aus dem Raum liefen.

»Komm mit!«, bellte Elodie mir noch zu und mir blieb nur übrig, ihnen zu folgen.

27

Elodie führte mich weiter in den Ausstellungsraum des Duftmuseums, das sie mir und Mats gestern bereits gezeigt hatte. Zielsicher ging sie auf die Vitrinen zu und griff sich einen der Flakons. Es war ein Fläschchen, das ich noch nie gesehen hatte, und leider verdeckte Elodies Hand das Etikett.

»Ich habe dir gesagt, es gibt nur ein *Ja* oder ein *Nein.* Aber kein *Vielleicht.* Ich gebe dir eine allerletzte Chance, um uns zu beweisen, dass wir dir wirklich vertrauen können.« Elodie sah mich zufrieden an und schwenkte den Flakon hin und her. »Hiermit zeigst du, wohin du gehören willst. Ohne Kompromisse. Hiermit triffst du eine Entscheidung für dein ganzes Leben. Das hier ist der Moment der Wahrheit, Luzie! Wenn du diesen Duft in meiner Hand riechst, wirst du nicht mehr ganz die sein, die du früher warst. Du wirst deine Eltern nicht mehr vermissen, deinen Bruder aus deinem Gedächtnis löschen und alles, was in deinem kleinen Leben bisher eine Rolle gespielt hat, als so unwichtig einstufen, wie es das in Wahrheit auch ist.«

Elodie machte eine Pause und ließ mich dabei keine Sekunde aus den Augen. »Riechst du für mich diesen Duft, werde ich alles mit dir teilen, was ich habe. Wir werden *Schwestern* sein, so wie es unsere Bestimmung ist, so wie es unsere Blutlinien vorgesehen haben. Ich werde auf dich aufpassen und dich in alles einweihen, was ich weiß und kann. Und du wirst mir alles beibringen, was du weißt und kannst. Wir werden unsere Fähigkeiten verdoppeln. Wir könnten so viel erreichen, wenn wir uns zusammentun. Du wirst mit mir die neuen Duftapotheken führen dürfen und absolut nichts und niemand könnte sich uns entgegenstellen.«

Ich kriegte keine Luft mehr. Damit hatte ich nicht gerechnet. Ich konnte doch unmöglich ... Niemals würde ich diesen Duft einatmen – was auch immer Elodie in ihrer Hand hielt! Die Wirkung davon klang nach geistigem Selbstmord. Wie kam ich aus der Nummer nur wieder raus?

»Was ist das für ein Duft?«, fragte ich und meine Stimme klang ganz heiser.

»Vertrau mir einfach und beweise, dass du es ernst meinst.« Elodies Blick lag immer noch wie ein Magnet auf mir. »Wenn du Ja sagst, werde ich dafür sorgen, dass du immer noch genug *du* sein wirst. Entscheidest du dich aber dagegen, dann wirst du mich für den Rest unserer Zeit zur Feindin haben. Ich werde dir nicht nur deinen Verstand nehmen, ich werde auch tun, was ich kann, um dir dein Leben zur Hölle zu machen. Ich werde alles, was dir wichtig ist, kaputt machen! Und ich weiß, dass mir das zum Teil schon ganz gut gelungen ist.« Sie warf Mats einen vielsagenden Blick zu.

Ich sah ebenfalls zu Mats, der wie ein Roboter zu nicken begann. Mein Herz war schwer wie Blei und ich hatte das Gefühl, es kaum noch tragen zu können. Wie ein Stein hing es in meinem Brustkorb. Aber ich hatte jetzt keine Zeit für Selbstmitleid.

»Es gibt eine einfache Lösung für alles und eine weniger einfache Lösung. Aber beide werden zum gleichen Ziel führen. Also, wie entscheidest du dich?«, fragte Elodie in meine Ratlosigkeit hinein. »*Ja* oder *Nein*?«

Tränen stiegen mir in die Augen. Alles war so aussichtslos. Es musste noch einen anderen Weg geben, außer mir alles, was ich hatte, nehmen zu lassen. Aber ich wusste: Das hier war eine Einbahnstraße ohne Wendemöglichkeit. Hier ging es nur geradeaus. Sonst nichts. Nur was machte man, wenn man nicht geradeaus *wollte*?

»Nein«, presste ich schließlich mit brüchiger Stimme hervor.

Auf Elodies Gesicht schob sich ein fieses Lächeln. »Bon. Aber leider akzeptiere ich kein *Nein.* Du wirst an meiner Seite arbeiten, egal wie. Bei Verstand oder nicht. Ersteres wäre mir zwar tausendmal lieber gewesen, aber gut.«

Elodie klimperte Mats an. »Wärst du so lieb, chéri?«

Sofort sprang Mats auf, packte mich am Arm und zog mich Elodie hinterher in einen Raum, der an das Duftmuseum anschloss.

Mir stockte der Atem, weil mir in der Sekunde bewusst wurde, wie Elodie Mats dazu gebracht hatte, so zu werden, wie er gerade war. Denn mitten im Raum stand ein Tischchen, auf den Elodie den Flakon in ihrer Hand abstellte. Dort wartete er jetzt auf mich, während sie sich einen speziellen Mund- und Nasenschutz überstreifte. Ganz offensichtlich schützte sie sich damit gegen die Wirkung der gleich aufsteigenden Duftwolken. Sie hatte alles perfekt vorbereitet.

Unter dem Tisch stand ein seltsames Gerät. Es sah ein bisschen aus wie ein uralter Staubsauger. Das Gehäuse bestand aus Metall, aus dem ein bewegliches Rohr herausragte. Es war aus feinen Metallringen gefertigt und ich tippte darauf, dass es eine Art Abzugsschlauch war.

Vermutlich war der Duft, den Elodie für mich ausgesucht hatte, ein ewiger Duft. Seine Wirkung würde sich nicht wieder von selbst verflüchtigen. Mir wurde plötzlich klar, dass Elodie das hier nicht zum ersten Mal machte und die Richemonts sogar ein Gerät für solche Situationen entwickelt hatten.

Waren sie so an ihre Macht gekommen? Bei wie vielen Menschen hatten sie dieses Gerät wohl bereits angewandt?

Ich versuchte, mich loszureißen, um wegzurennen. Aber Mats hielt mich fest, als wären seine Hände ein Schraubstock. Mehr denn je verstand ich: Elodie und den Ewigen war ich überhaupt nicht gewachsen. Wir hatten nie eine

Chance gehabt und meine Hoffnung, dass alles wieder gut werden würde, schrumpfte auf Rosinengröße zusammen.

Was würde passieren, wenn mir Ma, Pa und Benno wirklich gleichgültig würden? Was, wenn ich sogar vergaß, wer ich selbst war? Und vor allem: Was, wenn ich für immer hier gefangen war, zusammen mit Mats, an Elodies Seite?

Ich brauchte eine Idee! Eine richtig gute! Doch es war bereits zu spät. Mats zerrte mich nach vorne und Elodie schaute mich an, als würden wir beide einen sehr feierlichen Moment miteinander teilen. »Ich glaube, ich werde dich ab jetzt Luzinda nennen – *Luzinda zu Alvenstein.* Das klingt angemessener für eine Bessergeborene als Luzie.«

Alles in mir brüllte: »Nein!« Ich strampelte und boxte Mats sogar in den Bauch, aber es half nichts. Er zog mich weiter an den Tisch.

Elodie verriegelte die Tür und rückte sich ihren Mundschutz zurecht. Mats bekam keinen Mundschutz, was mich kurz stutzig machte, doch dann begriff ich: Es war egal, weil Mats zuvor genau denselben Duft verabreicht bekommen haben musste. Das konnte nur der neue Duft sein, den die Ewigen vor langer Zeit bereits an Mats' Vater getestet und danach weiterentwickelt hatten. Und jetzt verabreichten sie ihn nicht nur Mats und mir, sondern würden ihn bald großflächig unter die Leute bringen.

Ich strampelte und wehrte mich noch mehr. Aber es half alles nichts. Elodie öffnete den Korken ihres bereitgestellten Flakons und hielt ihn mir unter die Nase.

Alles in mir erstarrte, als ich den schlierigen hellbraunen Dunst daraus emporsteigen sah. Ich hielt die Luft an. Bitte, lass ein Wunder geschehen, dachte ich noch. Irgendeins, das dafür sorgt, dass der Duft nicht bei mir wirkt.

Doch schon fing alles an, unscharf zu verschwimmen. In einem Moment sah ich Mats, der mich mit purer Gleichgültigkeit musterte, dann schloss ich die Augen und musste wieder Luft holen. Die Wolken um mich herum strömten in mich, bis ich ohne Vorwarnung umkippte.

28

Ich lag in einem Himmelbett, als ich die Augen öffnete. Neben mir raschelte etwas. Langsam drehte ich meinen Kopf und sah eine ältere Frau in Schürze und mit Häubchen auf dem Kopf durch das Zimmer wuseln. Mit einem Staubwedel strich sie über die vielen Hochglanzmöbel.

Wo war ich? Und wie war ich überhaupt hergekommen? Ich schob mich am Kissen hoch und schüttelte den Kopf, um meine Gedanken zu sortieren. Aber da herrschte nur dichter Nebel, der mich nicht durchblicken ließ. Nichts als Schattenumrisse und vage Bilder tauchten in meiner Erinnerung auf und erzählten mir viel, viel zu wenig.

»Hallo?«, wandte ich mich an die Frau mit der Schürze.

Erschrocken fuhr sie herum. »Oh,

entschuldigen Sie vielmals, Mademoiselle Luzinda zu Alvenstein.« Während sie redete, senkte sie ihren Kopf so tief, dass ich ihr Gesicht kaum noch erkannte. »Ich wusste nicht, dass Sie …«

»Ich heiße *Luzinda?*«, fragte ich verblüfft. Luzinda zu Alvenstein?

Das … stimmte nicht. Oder doch? Ich konnte mich erinnern, dass ich früher anders geheißen hatte. Und ich erinnerte mich an drei Gesichter – eine Frau, ein Mann und ein kleiner Junge. Aber ich hatte auch plötzlich das Gefühl, dass sich dieser neue Name viel *richtiger* anfühlte und ich die drei Gesichter besser vergessen sollte.

Die ältere Frau hob vorsichtig ihren Kopf und warf mir einen verstohlenen Blick zu, dann senkte sie ihr Gesicht sofort. »Entschuldigen Sie, ich lasse Sie sich ausruhen.« Damit drehte sie sich um und wollte aus dem Zimmer verschwinden.

»Warten Sie!«, rief ich und setzte mich weiter auf. »Bitte gehen Sie nicht.«

Unsicher kam die Frau näher und blieb ein paar Schritte vor mir stehen. Immer noch mit gesenktem Kopf und gefalteten Händen. Sie kam mir irgendwie vertraut vor, aber es war, als wäre auch ihr Name gar nicht mehr wichtig. Als müsste er mir im Grunde egal sein.

»Wie heißen Sie denn?«, fragte ich trotzdem.

»Magda, Mademoiselle. Ich bin die einzige Dienstmagd im Hause, die Deutsch spricht. Mademoiselle Richemont hat mir deshalb aufgetragen, mich in den ersten Tagen hier um sie zu kümmern.«

Mademoiselle Richemont? Ich wusste nicht, warum, aber bei dem Gedanken stiegen jede Menge warme, wohlige Gefühle in mir empor. *Elodie de Richemont,* ergänzte ich im Stillen und lächelte.

»Ich hoffe, Sie haben gut geschlafen und fühlen sich wohl?«, fragte Magda weiter.

»Ich denke schon«, rollten die Worte wie von selbst aus meinem Mund und wie automatisch setzte ich nach: »Ich fühle mich ... großartig.«

Ein mitleidiges Lächeln schob sich auf das faltige Gesicht von Magda. »Das freut mich. Sie sind auch sehr vom Glück beschenkt worden.«

»Das bin ich? Wieso?«

»Nun: Sie haben den Eintritt in eine bessergeborene Gesellschaft geschafft.«

Ich nickte glücklich. So musste es sein. Und doch ... da war etwas ...

»Wie ... wieso habe ich das geschafft?«

Magda beugte sich nur ganz leicht zu mir. »Armes Kindchen«, hauchte sie so leise, dass ich es nur schwer verstand. Dann richtete sie sich auf. »Sie sind in der Ewigen Residenz bei Ihrer neuen Familie. Es hat einen Unfall gegeben, wie ich gehört habe. Vielleicht erinnern Sie sich deshalb nicht. Aber das werden Sie sicher noch. Ihrer Familie, die Sie über alles liebt, können Sie vertrauen. Also erholen Sie sich erst einmal, dann werden Sie schon sehen: Alles ist gut. Und wenn Sie etwas brauchen, geben Sie mir Bescheid. Ich kümmere mich um jeden Ihrer Wünsche. Sagen Sie mir nur, was Mademoiselle Luzinda braucht, dann wird sie es auch bekommen.« Magda verbeugte sich vor mir, strich sich noch einmal über ihre Schütze und ging endgültig zur Tür.

»Wünschen Sie etwas, klingeln Sie nur die Glocke!« Magda zeigte auf meinen Nachtisch, auf dem eine goldene Handglocke lag. »Ich werde sofort Mademoiselle Richemont Bescheid geben, dass Sie erwacht sind.«

Nachdem Magda die Tür hinter sich geschlossen hatte, lehnte ich mich zurück und sah zur Decke. Ich war hier bei meiner neuen Familie, hatte sie gesagt. Dann konnte es ja nicht so schlimm sein. Es hatte also einen Unfall gegeben? Und deshalb war alles in meinem Kopf so seltsam voller Watte?

Ich rutschte aus dem Bett und sah an mir herunter. Ich trug ein altmodisches Nachthemd mit Rüschen und vor dem Bett warteten Pantoffeln. Ich schlüpfte hinein und sie passten perfekt – so wie alles hier einfach perfekt zu sein schien.

Im Schrank hingen ein paar Kleider, die wohl mir gehörten. Eine Jacke, ein Rock, Jeans, T-Shirt und Stiefel. Ich versuchte, mir die Klamotten anzuziehen. Immerhin: Auch sie passten perfekt.

Dann sah ich mich um, erfüllt von einem ungewohnten Glück, das ich kaum beschreiben konnte. Zwar fühlte ich mich gleichzeitig genauso verwirrt, aber das störte mich nicht im Geringsten. Ich war einfach … zufrieden.

Alles um mich herum wirkte wahnsinnig elegant. Hier lebte ich? Ein Teil von mir konnte es kaum glauben, so stolz machte mich der ganze Prunk! Hoffentlich behielt Magda recht und es würde nicht mehr lange dauern, bis ich meine Erinnerungen zurückbekam.

Die Zimmertür öffnete sich und jemand kam herein.

»Da bist du ja, Luzinda!« Ein verboten gut aussehendes Mädchen strahlte mich an. »Hast du dich etwas erholen können, meine Liebe?«

Das Mädchen kam mir bekannt vor, auch wenn mir nicht einfiel, woher und wer genau sie war. Ohne es zu verstehen, stieg in mir das starke Gefühl auf, dass ich von diesem Mädchen unbedingt gemocht werden wollte. Der Nebel in meinem Kopf erklärte mir dieses Gefühl zwar nicht, aber es kümmerte mich auch nicht weiter. Wie ferngesteuert beschloss ich, alles zu tun, worum sie mich bitten würde. Ich wollte mich auf einmal unbedingt von meiner besten Seite zeigen, damit sie mich genauso toll fand wie ich sie.

»Ja«, sagte ich und lächelte sie vorsichtig an.

»Wunderbar! Ich bin wirklich schrecklich erleichtert, dass du nun bei uns bist und wir endlich vereint sind!« Sie strahlte, als wäre ihr Gesicht ein Scheinwerfer, den sie nur für mich allein angeknipst hatte. Ich fühlte mich wie ein Star auf einer Bühne, der so lange etwas ganz Besonderes war, wie dieses Scheinwerferlächeln auf mich schien. Eine schreckliche Angst stieg in mir auf und flüsterte mir ein, dass ich dieses Mädchen unbedingt dazu bringen musste, mir weiterhin ihre Aufmerksamkeit zu schenken. Ich wusste, nichts an mir wäre mehr von Bedeutung, sobald dieses Leuchten erlosch. Auf keinen Fall durfte ich dieses Mädchen enttäuschen.

»Falls dir mein Name seit gestern entfallen ist, ich bin

Elodie, deine große Schwester. Hast du denn schon gefrühstückt?«

Ich schüttelte den Kopf und merkte bei der Frage, wie hungrig ich war. »Ich würde sehr gern frühstücken.«

»Ich lasse dir etwas zubereiten«, sagte sie und hielt mir die Hand entgegen. »Komm. Ich zeige dir, warum du hier bist. Das willst du doch bestimmt, oder?«

»Natürlich«, kam es sofort aus mir herausgeschossen.

Elodies Lächeln wurde etwas kleiner, aber nicht weniger strahlend. »Und du willst auch sicherlich alles tun, um mir zu helfen?«

»Natürlich«, wiederholte ich wieder.

»Magnifique.« Elodie nickte sichtlich zufrieden, was mich noch glücklicher werden ließ.

»Komm! Wenn es zu der neuen Luzinda dazugehört, dass sie mir helfen will, habe ich sicherlich nichts einzuwenden.« Elodie stand auf und zeigte mit einer Handbewegung die Richtung an, in die ich vorgehen sollte.

Sie führte mich einen Flur entlang, bis wir durch ein Treppenhaus ganz nach oben ins Dachgeschoss gelangten. Mit bestimmt fünf verschiedenen altertümlichen Schlüsseln entriegelte sie eine Tür, die mich an einen Safe erinnerte. Sie ließ mich als Erste eintreten. Über mir prangte eine halbrunde Glaskuppel über der nichts als Himmel zu sehen war. Rundherum standen Hunderte bunte Parfümflakons in dunklen Holzregalen.

In der Mitte des runden Raumes gab es einen kreisrunden Tisch, auf dem eine Destille platziert worden war. Seltsam, dass mir der Name für diese Apparatur aus Glasröhrchen eingefallen war und ich so etwas offensichtlich schon mal gesehen hatte.

»Werden hier Düfte hergestellt?«, fragte ich.

Elodie nickte und lächelte. »Du wirst sehen, die Duftherstellung liegt dir im Blut. Dir wird alles wieder einfallen. Unser Talent verschwindet nicht, es ist ein Teil von uns und du wirst ganz schnell merken, was du hier alles verwirklichen kannst.«

Die funkelnden Flakons zogen mich magisch an und ich hörte Elodie schon gar nicht mehr richtig zu. Tatsächlich spürte ich eine tiefe Vertrautheit mit diesem Raum, obwohl ich mir sicher war, dass ich noch nie in meinem ganzen Leben hier gewesen war. Hier, inmitten der ganzen Fläschchen stieg das erste Mal, seit ich aufgewacht war, tatsächlich ein Gefühl von Zuhause in mir auf.

Langsam streifte ich an den Regalen entlang. Ein paar der Flakons berührte ich vorsichtig, als ob ich ihnen »Hallo« sagen wollte.

»Möchtest du gleich anfangen?«, fragte Elodie mich und ich zuckte zusammen. Ich war so überwältigt von diesem Raum und dem Gefühl, das er in mir auslöste, dass ich Elodie für ein paar Sekunden völlig vergessen hatte.

»Womit soll ich anfangen?«, fragte ich mit einem schlechten Gewissen, denn Elodie war doch diejenige, um die es hier ging. *Sie* musste ich glücklich machen. Schon im nächsten Moment rollten die Worte fast automatisch aus meinem Mund: »Wenn ich irgendwas für dich tun darf, mache ich es sofort!«

»Aber natürlich darfst du etwas für mich tun!« Elodie öffnete eine Tür am Ende des Raumes. Dahinter entdeckte ich ebenfalls Regale an den Wänden. Nur standen hier keine Flakons, sondern Dosen und Kisten, gefüllt mit allen möglichen Zutaten. Ich folgte Elodie in den Raum hinein und bestaunte alle möglichen Sorten Kräuter, Gewürze, Pülverchen und Blüten.

»Das ist unser Zutatenlager. Du darfst alles davon verwenden, das du brauchst. Und wenn du noch vor dem Frühstück beginnen möchtest, die Aufgaben zu erfüllen, die ich für dich ausgesucht habe, dann freue ich mich natürlich sehr.«

Ich jubelte in Gedanken. Es gab etwas, das ich tun konnte, worüber Elodie sich freuen würde! Alles in mir war bereit, sofort mit ihren Aufgaben anzufangen.

Elodie wirkte zufrieden und fing an, mir alles zu erklären: wie man die Destille bediente, die Rezepte der Duftzutaten und wie manche Düfte wirkten. Ich brauchte nicht lange, um alles zu verstehen. Ich fühlte mich hier tatsächlich wie zu Hause. Ich kannte das alles längst und die Erinnerung daran tropfte mit jedem Wort von Elodie zurück in mein Gedächtnis.

Auf dem Tisch neben der Destille stellte Elodie einen Flakon, in dem es orange sprudelte. Daneben legte sie eins der Rezeptbücher und blätterte eine Seite auf, die zu dem orangenen Duft gehörte. »Versuche doch mal, mir zu zeigen, ob du herausfinden kannst, was man an dem ›Genüsslichen Duft‹ verbessern könnte.« Sie verschränkte die Arme und beobachtete mich. Mir wurde sofort warm. Das war sicher ein Test, mit dem ich ihr beweisen sollte, dass ich den

Aufgaben, die sie für mich ausgesucht hatte, auch gewachsen war.

Eifrig schüttelte ich den Flakon und untersuchte die Flüssigkeit. Dann las ich das Rezept vor mir und spürte, wie ich mich an die echten Gerüche und Wirkungen der beschriebenen Zutaten auf dem Papier erinnerte. In meinem Kopf wurden sie zu lebendigen Gerüchen, die ich verstand, sortieren und neu in Gedanken miteinander mischen konnte, ohne den Flakon öffnen zu müssen.

Elodie sah mir zu, wie ich neue Zutaten aus dem Nebenraum holte, abmaß und in der Destille zusammenmischte, bis ich die Flamme darunter anstellte und ein neues Duftkonzentrat hergestellt hatte.

Die Flüssigkeit war etwas heller, aber genauso orange sprudelnd wie in dem Flakon vor uns.

»Du hast wirklich ein außergewöhnliches Duftgedächtnis«, sagte sie, während sie über mein hastig heruntergekritzeltes Rezept schaute und es mit ihrem Rezept verglich. »Das ist noch viel beeindruckender, als ich erwartet hatte!«

In mir wuchs ein Berg aus Stolz, doch ich sagte nichts. Ich wollte einfach nur weiter von ihr gelobt werden.

Elodie stand auf und griff nach einem weiteren Flakon. »Ich sehe, du machst deine Sache gut! Du funktionierst genau so, wie ich es gehofft hatte. Mach das Gleiche mit dem hier. Irgendwas stimmt bei der Zusammensetzung nicht, aber ich weiß nicht, was ich übersehen habe! Repariere diesen Duft für mich, hörst du?« Sie sah mich streng an. »Ich habe heute noch ein paar sehr wichtige Dinge zu erledigen, die sich unter keinen Umständen verschieben lassen und meine volle Aufmerksamkeit benötigen. Ein großer Tag wird heute bei Éternité gefeiert. Und ich konnte ja wirklich nicht wissen, dass du so schnell zurück sein würdest. Ich gebe dir Bescheid, sobald das Frühstück bereitsteht, und hole dich dann ab. Mach du solange weiter!« Elodie drehte sich zum Gehen.

»Wie du wünschst«, nuschelte ich und konzentrierte mich längst auf den Flakon vor mir. Elodie sollte auch diesmal stolz auf mich sein können. »Ich werde alles reparieren. So gut ich kann! Ich werde dich nicht enttäuschen.«

Elodie sah noch zufriedener aus, als sie es eh schon die ganze Zeit tat. »Aber sicher wirst du das nicht. Du bist mir eine große Hilfe. Gewöhne dich in aller Ruhe ein. Hier oben werden wir viel Zeit zusammen verbringen.« Elodie zeigte eindringlich auf den Flakon vor mir. »Fass aber nur das Fläschchen an, das ich dir bereitgestellt habe, Luzinda. Öffne unter gar keinen Umständen einen der Flakons aus den Regalen, verstehst du? Du darfst hier oben keins der Fläschchen ohne meine Zustimmung anfassen. Das ist das oberste Gebot!«

»Das werde ich nicht«, versicherte ich und fühlte mich schlecht, weil sie mir etwas Dummes zutraute.

»Bon. Dann bis gleich, Schwesterherz«, trällerte sie. »Verlier keine Zeit!« Und schon lief sie mit klappernden Absätzen die Treppe wieder hinab.

Also gut, dachte ich. Ich musste mich beeilen, wenn ich das schaffen und Elodie stolz machen wollte.

Und das wollte ich unbedingt!

29

Wie ferngesteuert machte ich mich gleich daran, das Rezept eines Duftes mit dem Namen »Zuversichtliches Odeur« vor mir auszubreiten, um zu verstehen, wie ich es reparieren konnte. Ich hatte auch diesmal recht schnell eine Vorstellung, welche Zutaten fehlten und bei welchen ich nur die Mengenangaben korrigieren musste. Immer wieder ging ich in den Nebenraum und durchsuchte die Kisten nach den passenden Zutaten. Dabei entdeckte ich einen alten Koffer, der in der Ecke stand. Was wohl darin war?

Ich versuchte, ihn aufzuklappen, aber er war mit einem Zahlenschloss verschlossen und ich kannte die Kombination nicht. Als ich mich wieder aufrichtete, bemerkte ich, dass mir ein Zettel heruntergefallen war. Ich hob ihn auf und überlegte, ob er mir gerade aus meiner Brusttasche gerutscht war, die ich um den Hals unter meiner Kleidung trug. Als ich vorhin beim Anziehen flüchtig in das Täschchen hineingesehen hatte, war mir nur das Geld darin aufgefallen. Hatte ich den Zettel übersehen?

Unsicher, was zu tun war, faltete ich ihn auseinander und entdeckte ein handschriftliches Rezept darauf. Jemand hatte bereits versucht, es zu überarbeiten, war sich aber nicht sicher gewesen, wie das Rezept besser wirken würde. Es sah aber auch wirklich kompliziert aus!

Das konnte nur bedeuten, dass dieser Zettel Elodie gehörte, oder nicht? Jemand so Talentiertes wie sie verbrachte bestimmt sehr viel Zeit damit, die schwierigsten Rezepte zu bearbeiten.

Ehrfürchtig legte ich den Zettel erst mal beiseite und konzentrierte mich darauf, was Elodie mir aufgetragen hatte: das Reparieren des »Zuversichtlichen Odeurs«. Zum Glück fiel es mir nicht sehr schwer herauszufinden, was man an dem Duft verbessern konnte, welche Mengenangaben nicht stimmten und wie man die Zuversicht noch erhöhte. Erleichtert darüber, schrieb ich ein überarbeitetes Rezept für das »Zuversichtliche Odeur« nieder und setzte den Duft neu an.

Erst nachdem der Blüten- und Pulvermix neben mir in der Destille brodelte und ich nur noch darauf warten musste, bis der neue Duft in den bereitgestellten Flakon tropfte, nahm ich mir noch mal das Papier, das ich gerade auf dem Boden gefunden hatte, und betrachtete es.

Ob ich Elodie hiermit wohl auch helfen konnte? Sicherlich würde sie sich freuen, wenn ich nicht nur ein, sondern gleich zwei Rezepte repariert hatte, bevor sie mich zum Frühstück holte! Ja, Elodie würde begeistert sein, wenn ich auch das noch hinbekam. Immerhin sah es kompliziert aus, was auf dem Zettel stand, und auch nicht ungefährlich. Aber wenigstens waren bereits ein paar Ideen dazugekritzelt worden, wie man den Duft zumindest theoretisch reparieren könnte.

Voller Tatendrang strich ich das Papier mit den vielen Anmerkungen glatt und las.

Duft der Endlichkeit

(Vorsicht! Extrem gefährlich!)

Kategorie: Ewiger Duft

- Eine Kelle voll frischen Belladonna-Lilien (Amaryllis belladonna)

Vier? Fünf?

- ~~Drei~~ Maiglöckchen-Blüten (Convallaria majalis)

~~3/4?~~

- Zwei Messerspitzen pulverisierte Rinde des Granatapfelbaums (Punica granatum)
- Daumengroße Wurzel vom Wunderstrauch, gehackt (Codiaeum variegatum) Die Wurzel eventuell mit dem Mörser bearbeiten?
- Drei gerollte Blätter einer Prachtlilie (Gloriosa superba) Veilchen wirken blutreinigend. Ein Muss!
- Sechs Tropfen Veilchenelixier (Viola odorata)
- Ein halber Teelöffel Steinpulver vom Tektit-Mineral
- 23 Esslöffel Meteorpulver

~~22 1/2?~~ 22 3/4?

Ich frage mich seit jeher, ob etwas mit der Farbe nicht stimmt? Wieso entwickelt der Duft einen so unstimmigen Gelbstich?

Alle Zutaten so lange in der Destille erhitzen, bis 4 ml gewonnen sind. Diese in die Flakons der Marke Priscilla abfüllen und mi[t] Basiswasser auffüllen. Nach sechs Wochen ist der „Duft der Endlichkeit" ausgereift und kann angewendet werden.

Vorsicht: Der Duft nimmt allen bereits angewendeten Düften ihre Wirkungskraft. Zudem zählt er zu den Ewigen Düften. Er darf nur unter größter Sorgfalt, nach jahrelanger Erfahrung und reiflicher Überlegung angewendet werden.

Mögliche Nebenwirkung: Wird die Zubereitung fehlerhaft durchgeführt, kann der Duft gelegentlich tödlich sein!

Zwei Sätze ließen mich verzweifeln an der Machbarkeit dieser Aufgabe. Erstens sollte der Duft sechs Wochen lang »ausreifen«. Aber vielleicht wirkte er ja trotzdem auch schon vorher? Ich wusste es nicht und machte mir Sorgen, Elodie deshalb nicht gleich zeigen zu können, dass ich diesen Duft repariert hatte. Ich hoffte einfach, dass er sofort etwas Wirkung besitzen würde. Doch noch viel, viel aussichtsloser war der letzte Satz, der in Kurzform sagte, dass ein Fehler bei der Zubereitung den Duft tödlich wirken lassen könnte! Woher sollte ich denn wissen, ob ich alles richtig gemacht hatte?

Etwas ratlos schob ich das Rezept von mir weg und ging ein paar Schritte durch den Raum, um meine Gedanken zu sortieren. Ich *musste* Elodie stolz machen, das war alles, was zählte!

Mein Blick wanderte über die Regale, die vollgestellt waren mit farbig sprudelnden Glasflakons. Ein Flakon schimmerte grün, einer blau und einer gelb. Ob die Farben wohl etwas zu bedeuten hatten? Oder entstanden die nur durch die Mischung der Zutaten? Nur wieso stand dann auf dem Zettel, dass der Duft einen unstimmigen Gelbstich entwickelte? Was war damit bloß gemeint? Lag die Lösung des Problems vielleicht in den Farben, die die Düfte entwickelten?

Aus Rot und Blau wird Violett, schoss es mir durch den Kopf und ich blinzelte, als ich auf einmal an meine Kunstlehrerin dachte. Auch ihr Gesicht war in meinen Erinnerungen nur noch neblig und unscharf, aber ich erinnerte mich noch ganz deutlich daran, wie sie uns die Farbenlehre beigebracht hatte.

Vielleicht konnte ich etwas davon auch hier gebrauchen: Aus zwei unterschiedlichen Farben konnte man eine ganz neue erschaffen, nur weil man sie miteinander mischte. Und danach konnte man diese neu zusammengemischte Farbe nicht mehr in ihre Ausgangsfarben zurückmischen. Wusste man nicht, dass Violett aus Rot und Blau bestand, hatte man im Nachhinein auch keine Chance, es jemals herauszufinden. Die Farbe Violett verriet es einem jedenfalls nicht mehr.

Ich lächelte bei dem Gedanken an meine alte Lehrerein und wie sehr ihre Worte leider auch auf das Mischen von Düften zutrafen. Wenn ich die Zusammenstellung nicht begriff, hatte ich auch keine Chance, sie nachzuvollziehen.

Damals hatte ich nie so richtig verstanden, warum in der Farbenlehre Schwarz und Weiß nicht zu den Farben zählten. Meine Kunstlehrerin hatte es mir offensichtlich auf eine Art beantwortet, die sich mir tief eingeprägt hatte. Der Grund war nicht, dass Schwarz und Weiß unbunte Farben waren, sondern das Gegenteil war der Fall. Sie bestanden nämlich aus allen Farben des Farbkreises. Mischte man sie alle zusammen, hoben sie sich gegenseitig auf und wurden zu Schwarz, Grau oder Weiß.

Auf einmal hatte ich einen Geistesblitz. Alle Farben zusammengemischt hoben sich gegenseitig also auf und wurden zu etwas Neutralem. Sie neutralisierten sich gegenseitig, bis etwas entstand, das außerhalb des Farbkreises lag. War es nicht genau das, was dieses Rezept bewirken sollte? Einen Duft – den »Duft der Endlichkeit« – zu entwickeln, der alle anderen Düfte neutralisierte und aufhob? Was, wenn ich nicht von jeder Farbe, sondern von jeder Duftkategorie eine Zutat finden würde, die in der jeweiligen Duftkategorie immer wieder vorkam? Was, wenn ich diese dann miteinander mischte? Konnte auf die Art nicht genauso eine Art neutralisierende Duftwirkung entstehen, die die Wirkung aufhob, genau wie es in der Farbenlehre funktionierte?

Viel Zeit blieb mir nicht, um das alles gründlich zu durchdenken, aber ich spürte, wie der Wunsch in mir, Elodie stolz zu machen, mich immer weiter vorantrieb. Also sprang ich auf und fing an, mir die Duftkategorien anzusehen. Leider gab es eine Menge davon. Zum Beispiel entdeckte ich traumhafte Düfte, heilende, gefährliche oder zeitverschiebende. Während ich die Kategorien überflog, fiel mir wieder ein, dass es noch eine oberste Einteilung gab. Eine, die alle Flakons in ewige oder flüchtige Düfte unterteilte. Ich nahm mir vor, erst mal damit zu arbeiten. Also klappte ich die Rezeptbücher auf und verglich die Zutaten der zwei unterschiedlichen Hauptkategorien. Und tatsächlich, in den ersten Rezepten fand ich wirklich Zutaten, die sich entweder ständig in den ewigen Düften fanden oder aber in den flüchtigen. Ich gab mir Mühe, alles gründlich zu überprüfen, doch wenn ich Elodie gleich beeindrucken wollte, musste ich mich beeilen. Also suchte ich mir im Nebenraum die Zutaten zusammen, die für die beiden Duftkategorien typisch waren, und stopfte sie, zusammen mit den Angaben aus dem handschriftlichen Rezept in die Destille.

Unter der Destille entdeckte ich ein paar leere Flakons und griff mir einen davon. Einmal holte ich noch tief Luft, dann entzündete ich die Flamme unter den Glasröhrchen mit meinen Zutaten. Ich setzte mich und sah zu, wie sich die Pflanzen und Pulver im Röhrchen erhitzten und zu dampfen anfingen. Es dauerte nicht lange und am Ende der vielen Glasröhrchen tropfte mein reparierter »Duft der Endlichkeit« in den von mir bereitgestellten Flakon.

Dumpfe Geräusche erklangen im Treppenhaus und ließen mich zusammenzucken. Schließlich wollte ich Elodie hiermit überraschen! Hastig räumte ich alles zusammen, damit Elodie nicht gleich einen Herzinfarkt bekam beim Anblick meines Chaos, das ich um die Destille geschaffen hatte.

Etwas zu hektisch zog ich auch den Flakon unter der Destille weg, um ihn für Elodie verschlossen bereitzustellen. Oh nein! Vor lauter Aufregung schwappte ein bisschen aus, bevor ich den neuen Flakon verkorken konnte.

Draußen im Treppenhaus wurden die Schritte lauter. Gleichzeitig zogen weiße Duftschwaden aus der kleinen Pfütze vor mir, aber egal. Ich schüttelte den verschlossenen Flakon und beobachtete die sprudelnden und brodelnden weißen Blasen darin. Der Duft sah irgendwie … fröhlich aus. Und auch ich spürte, wie sich in mir ein Glückgefühl ausbreitete. Hatte das etwa wirklich funktioniert?

Die Tür öffnete sich und ich drehte mich mit dem neuen »Duft der Endlichkeit« in meiner Hand um. Im gleichen Moment passierte etwas Seltsames. Während die weiße Duftwolke aus der Pfütze in meine Nase stieg, hatte ich den Eindruck, der dichte Nebel in meinem Kopf würde sich auf einmal lichten.

»Na, Schwesterherz?«, rief mir Elodie entgegen. »Wie bist du vorangekommen?«

Ich stockte. In mir explodierten förmlich meine Erinnerungen, wurden wieder hell und ganz klar und vertrieben die grauen Schleier, die mich daran gehindert hatten, ich selbst zu sein.

Reflexartig schob ich mir meinen neu gemischten »Duft der Endlichkeit« in die Hosentasche. Ganz sicher würde ich ihn Elodie *nicht* sofort zeigen.

»Ganz … gut«, antwortete ich nur und zeigte auf den Flakon, den sie mir aufgetragen hatte zu reparieren. Mir wurde klar, dass es eine ziemlich leichte Aufgabe gewesen war, mit der sie mein Sentifleur-Talent hatte testen wollen.

Mit großen Schritten kam Elodie auf mich zu und hob den Flakon in die Luft. »Das sieht gut aus«, sagte sie und nickte zufrieden. »Gut gemacht, Luzinda. Dann können wir ja erst mal frühstücken.«

Verkrampft nickte ich und folgte Elodie ins Treppenhaus. Ich erinnerte mich wieder daran, was gestern passiert war. An *alles.* Und das klar und deutlich.

Mein Name ist nicht Luzinda!, wollte ich Elodie am liebsten ins Gesicht schreien.

Mein Name ist *Luzie.*

30

Das Frühstück fand in einem der Salons statt. Ein paar weitere Dienstboten trugen Körbchen und Schüsselchen an den Tisch, in denen die größte Auswahl an Marmeladen und Croissants bereitlag, die ich jemals gesehen hatte. Während ich hinter Elodie auf die Frühstückstafel zuging, entdeckte ich noch zwei Personen, die schon saßen. Es war ein älterer Mann und ein dunkelhaariger Junge, der Elodie gebannt anstarrte.

Ein zweites Mal explodierten meine Erinnerungen. Das war Mats, der dort saß! Neben Syrell de Richemont. In meinem Magen krampfte sich wieder alles zusammen. Dabei wusste ich doch genau was passiert war. Mats hatte denselben Duft wie ich von Elodie verabreicht bekommen. Und das bedeutete: Er hatte sich nicht für sie entschieden. Er hatte mir nicht die Freundschaft gekündigt. Nichts von alledem, was hier geschehen war, hatte Mats wirklich selbst entschieden. Weil er nicht er selbst gewesen war.

»Ach, die Damen bequemen sich auch endlich einmal zu Tisch?«, näselte Syrell, ohne von seiner Zeitung aufzuschauen. Dafür drückte Mats sofort seine Schultern durch und saß aufrecht auf seinem Stuhl. Syrell kommentierte das nur mit einem abfälligen Zungenschnalzen, bevor er kurz zu mir sah und dann wieder zu Elodie. »Du hast dir da ja einen hübschen kleinen Hofstab zurechtgezüchtet, Töchterchen. Schön, schön. Du machst dich, wie ich sehe. Ich hoffe doch, du bist zufrieden mit deiner Wahl?«

Elodie lächelte als Antwort nur verkniffen. Nanu, wunderte ich mich. Wo war denn plötzlich ihr Scheinwerferstrahlen hin?

Still und leise biss ich in ein Croissant und ließ die seltsame Stille am Tisch auf mich wirken.

Syrell blätterte seine Zeitung durch und ich hatte das Gefühl, als würde dieses Frühstück ewig dauern. Doch irgendwann stand er endlich auf und beendete offiziell unsere fröhliche Tischrunde.

Ich schielte zu Mats, während Elodie ebenfalls aufsprang und erleichtert wirkte: »Ihr dürft auch aufstehen. Das Frühstück ist für alle beendet.« Damit drehte sie sich wieder zu mir. »Ich ziehe mir nur kurz meinen Arbeitskittel über und lasse auch einen für dich bringen, Luzinda. Dann werden wir einen Ausflug machen. Heute ist ein großer Tag, der alles verändern wird. Ich kann es gar nicht erwarten, es dir zu zeigen! Darauf freuen sich Vater und ich schon seit einer Ewigkeit!«

Okay, sie hatte also etwas ganz Konkretes mit mir vor. Höflich und pflichtbewusst nickte ich ihr zu.

»Wir treffen uns in fünfzehn Minuten in der Empfangshalle. Der Fahrer wird bereitstehen«, sagte sie und rauschte aus dem Speisesalon.

»Darf ich dir bei irgendwas behilflich sein?«, rief Mats ihr noch sehnsüchtig hinterher.

»Du? Nein!«, hörten wir ihre Stimme aus dem Flur. »Bleib, wo du bist!«

Als ich mir sicher war, dass wir für einen Moment allein waren, drehte ich mich zu Mats und spürte, wie nervös ich mit einem Mal wurde. Das hier war also der Moment, den ich nicht vergeigen durfte. Ich spürte meine Handflächen schwitzen. Ohne weiter zu grübeln, holte ich den Flakon aus meiner Hosentasche und öffnete den Korken. Tief sog ich den »Duft der Endlichkeit« ein, der mir daraus entgegenstieg.

Noch immer konnte ich kaum fassen, dass ich ihn in einem Moment repariert hatte, in dem mir die Bedeutung gar nicht klar gewesen war.

»Warte!«, rief ich Mats zu, der gerade den Salon verlassen wollte. Mit wenigen großen Schritten stand ich dicht vor ihm, griff mit der freien Hand seinen Oberarm und zog ihn ganz nah an mich heran. Bevor er sich darüber wundern konnte, strömten schon weiße Dunstschwaden aus dem Fläschchen und nebelten uns beide ein. Alles um uns herum versank zwischen farblosen Umrissen und ich betete und hoffte, dass der Duft uns nicht schaden würde.

Unsere Arme berührten sich und mein Gesicht war genau vor ihm, während die geruchslosen weißen Wolken in unsere Nasen strömten. Mir wurde schwindelig. Der Duft hatte es in sich. Ich merkte, wie plötzlich nicht mehr ich Mats festhielt, sondern er mich. Seine Augen waren riesig und blickten fassungslos auf mich hinunter.

»Luzie?«, fragte er mit einer Stimme, die ich endlich wiedererkannte.

»Mats!«, presste ich hervor und fühlte mich wie erschlagen. Tränen schossen mir in die Augen, aber ich blinzelte sie stur zurück, weil ich wusste, wir durften jetzt keine Zeit verschwenden.

Schnell stopfte ich den Korken zurück in den Flakon, damit nicht alles davon gleich verbraucht war. Schließlich wusste ich wieder, dass sich die Düfte aus der Duftapotheke viel schneller verbrauchten als ganz normale Düfte.

»Luzie«, krächzte Mats ein zweites Mal. »Wie … wo warst du die ganze Zeit?« Er rieb sich die Stirn, als glaubte er nicht, was in seinem Kopf vor sich ging. »Wieso bin ich nicht bei dir geblieben? Was … was war mit mir los?«

Ich sagte keinen Ton, sondern schaute nur mit zusammengekniffenen Lippen zu, wie Mats immer wieder ungläubig seinen Kopf schüttelte. So gerne hätte ich ihm alles erzählt – und so gerne hätte ich mir alles von ihm erzählen *lassen.* Aber dafür war jetzt keine Zeit.

»Komm mit. Wir müssen hier raus!« Ich lächelte ihn an. »Aber vorher brauche ich noch dringend meinen Duftkoffer. Los!« Mats verstand sofort, was ich von ihm wollte, griff sich meine Hand und zog mich hinter sich her die Treppe hinauf zurück in die Duftapotheke der Familie Richemont.

Oben unter der Glaskuppel angekommen, riss ich die Tür zum Nebenraum auf, in dem die Zutaten lagerten, und schnappte mir meinen Duftkoffer.

Ich sah zu Mats, der steif im Türrahmen stehen geblieben war. Es sah aus, als müsste er noch immer all das verarbeiten, was ihm gerade klar wurde. »Was hat sie mit mir gemacht? Was war das?« Unruhig wanderten seine Augen über den Boden, als suchte er dort die Antwort auf seine Frage.

Elodie hat dir wahrscheinlich eine Art Hörigkeitsduft unter die Nase gehalten. Das muss der Duft sein, den die Ewigen aus dem ›Lieblosen Duft‹ weiterentwickelt haben und den sie in ihre Ancien-Raumdüfte mischen wollen.« Ich ließ das Zahlenschloss meines Duftkoffers aufschnappen. »Das war echt ein fieser Duft. Du hast dich gruselig benommen.«

Mats sah zerknirscht zur Seite. »Es tut mir leid, Luzie, ich … ich weiß auch nicht, was da über mich gekommen ist.«

Aber ich war einfach nur froh, dass er wieder ganz der Alte zu sein schien. »Schon gut«, winkte ich ab. »Du konntest nichts dafür.«

Mats nickte, aber er sah nicht ganz überzeugt aus. »Es fühlt sich an, als hätte ich die letzten Stunden in einer Art Hypnose verbracht. Ich weiß nicht mal, ob der Typ, der wie ein Zombie durch dieses Haus gelatscht ist, wirklich ich war.«

»Also … hoffentlich *nicht!*« Ich verzog das Gesicht. »Den Mats von gerade mochte ich nämlich wirklich nur sehr mäßig gern.«

Mats lächelte, aber es wirkte gequält. »Der Mats von gerade war nicht nur mäßig, der war voll daneben! Mannomann, mir ist das so peinlich.«

»Zu deinem Verhalten kann ich dir auch später noch Vorwürfe machen«, sagte ich und grinste. »Jetzt müssen wir erst mal schauen, dass wir hier rauskommen.«

Mats' Blick wanderte durch die Duftapotheke der Richemonts. »Wir sollten das Meteorpulver mitnehmen. Irgendwo hier müssen sie es aufbewahren, oder?«

Das stimmte! Wenn ich gerade einen neuen Duftapothekenduft hergestellt hatte, dann musste ich auch Meteorpulver benutzt haben. Ich drehte mich ein paarmal hektisch im Kreis, bis ich das winzige Glas mit glitzerndem schwarzem Pulver entdeckte. Erleichtert hielt ich es Mats vor die Nase, bevor ich es in meinen Koffer schob.

»Das kann aber nicht alles sein«, sagte Mats und zog skeptisch seine Mundwinkel nach unten. »Daan hat uns doch erzählt, dass ihm ein ganzer Meteorbrocken im Amazonas gestohlen worden ist.«

Also sahen wir uns beide noch einmal um, durchsuchten Schubladen, schauten in die Regale, öffneten Behälter. Doch ein weiteres Glas Meteorpulver war nirgends zu sehen.

»Wir müssen trotzdem los«, sagte ich schließlich, weil mir mit einem Mal wieder etwas bewusst wurde – eine Erinnerung, die Elodies Duft bislang noch unterdrückt hatte. »Die Ewigen hatten nicht nur uns in ihrer Gewalt, sie haben immer noch Benno und Leon!«

Während Mats und ich ins Treppenhaus liefen, erzählte ich ihm alles. Im Erdgeschoss angekommen, schlichen wir uns leise vorwärts und ich schlüpfte voraus in den Raum, in dem Elodie uns den Duft verabreicht hatte. Der Flakon stand immer noch auf dem runden Tisch unter der altmodischen Abzugshaube.

»Die untertänige Wolke«, las ich auf dem Etikett. So hieß der neue Duft der Richemonts also. Wie passend. Daneben lag Elodies Maske.

Gerade, als ich mir beides greifen wollte, hörte ich es hinter mir an die Fensterscheibe klopfen. Nervös ging ich darauf zu, öffnete sie und lugte hinaus.

»Hey, Luzie!«, hörte ich eine Stimme, die ich noch nie so gerne wie in diesem Moment gehört hatte. »Hier drüben! Beeilt euch!« Leon steckte seinen Kopf durchs Fenster und winkte uns mit hektischen Bewegungen zu sich.

»Leon?!«, entfuhr es Mats neben mir und er sah aus, als wäre ihm ein Geist erschienen.

Auch ich konnte es kaum fassen, Leon hier zu sehen, doch ich hatte keine Zeit, mir deshalb den Kopf zu zerbrechen. Im Flur hörte ich gleichzeitig Geräusche. Im nächsten Moment klackten Absätze durch das Duftmuseum.

Leon winkte uns noch hektischer weiter und hielt mir seine Hand hin. Doch noch bevor wir verschwinden konnten, stand Elodie vor uns.

»Was macht ihr da?« Elodies Stimme hallte schrill und ungläubig durch den Raum. Sie fixierte mich aus ihren schönen, großen Augen. »W-wie konntest du bloß wissen, welchen Duft ihr braucht?« Sie rannte auf uns zu, hielt Mats fest und versuchte, ihn daran zu hindern, aus dem Fenster zu klettern. »Du. Bleibst. Hier!«, brüllte sie ihn an.

»Hol ihn da raus!«, flehte ich Leon an, als ich vom Fenstersims in den Garten hinaussprang. Hastig griff ich in meinen Koffer und zog ein schimmelgrünes Fläschchen heraus. »Nimm das und mach es da oben auf, sobald du dir Mats geschnappt hast.« Ich drückte Leon den Flakon in die Hand. »Aber halt dir die Nase zu, das Teil schlägt alle in die Flucht!«

Im nächsten Moment hatte sich Leon schon den Flakon gegriffen und sprang mit ihm durchs Fenster. Ein schriller Schrei gefolgt von heftigen Würgereizen drang sofort zu mir nach draußen und ich lächelte wissend in mich hinein. »Das stinkende Odeur« war zwar ein einfacher Duft, aber einer, der so stank, dass niemand, der ihn roch, noch irgendetwas um sich herum mitbekam. Der Duft war so ekelhaft und zog so viel Aufmerksamkeit auf sich, dass er alles andere so gut wie unsichtbar werden ließ. Und tatsächlich: Im nächsten Moment zerrte Leon einen sichtlich verdatterten Mats durchs Fenster und zu mir nach unten.

Draußen hinter einer mauerhohen Hecke knatterte ein Motor. Leon schubste uns beide durch die stacheligen Zweige in die Richtung des Geknatters, und als ich dahinter Bonsky und Benno in einem Auto auf uns warten sah, konnte ich nicht anders, als Leon heftig zu umarmen. Er hatte meinen kleinen Bruder gerettet – und das war alles, was in diesem Moment zählte.

»Danke«, sagte ich. »Danke, danke und tausendmal danke!«

31

Bonsky fuhr bestimmt doppelt so schnell durch die engen Gassen und Straßen von Paris, als es wahrscheinlich erlaubt war. Zumindest riefen uns von überall die Leute hässliche Dinge nach.

Benno saß vorne neben Bonsky auf dem Beifahrersitz und verrenkte sich fast den Hals nach mir und Mats. »Ihr seid wieder da!«

Ich griff nach seiner Hand und lächelte meinen süßen kleinen Bruder an. Alle Anspannung von gerade fiel mit jedem gefahrenen Meter von mir ab. »Wie habt ihr es bloß geschafft, bei Éternité rauszukommen?«

Bonsky sah mich durch den Rückspiegel hindurch an und ich glaubte meinen Augen kaum: Er zwinkerte mir fast amüsiert zu.

»Bonsky hat uns rausgebracht!«, antwortete Leon stattdessen mit einem breiten Grinsen. »Ein gezielter Kinnhaken für den einen Wachmann, eine deftige Armverdrehung für den anderen und bevor wir überhaupt reagieren konnten, hat Bonsky die Wachmänner in den Raum gesperrt, in dem wir jetzt sitzen sollten.« Er lehnte sich vor und klopfte Bonsky auf die Schulter. »Das war das Coolste, das ich jemals gesehen habe. Besser als jeder James-Bond-Streifen.«

Gleichzeitig dankbar und beeindruckt warf ich Bonsky einen Blick durch den Rückspiegel zu, den er mit einem knappen Nicken erwiderte.

Als ich wieder zu Leon sah, konnte ich gar nicht anders, als ihn weiter anzulächeln. »Danke, dass du auf Benno aufgepasst hast! Und auch dafür, dass du uns da gerade rausgeholt hast! Ich weiß nicht, was wir ohne dich gemacht hätten!«

Leon grinste mich nur selbstzufrieden an, wie er es meistens tat. »Gern geschehen, Prinzessin.«

»Oh Gott, mir wird schlecht«, stöhnte Mats neben mir und zog eine Grimasse.

Sofort beugte sich Benno zu Bonsky. »Fahr langsamer! Sonst muss er sich übergeben!« Dann drehte er sich mit einem verständnisvollen Blick zu Mats. »Das ging mir auch früher immer so bei langen Autofahrten.«

»Fahr einfach weiter, Bonsky«, knurrte Mats gereizt. »Es liegt nicht an deinem Fahrstil.«

Verwirrt schaute Benno zu mir. »Spinnt Mats immer noch? Müssen wir ihm helfen?«

Ich schüttelte nur den Kopf und sah verärgert zu Mats

hinüber. »Ein Dankeschön könntest du dir Leon gegenüber schon mal rausdrücken, nach allem, was er gerade für uns getan hat.«

»Na dann: danke schön«, raunte Mats, ohne Leon direkt anzusehen.

Innerlich stöhnte ich. Was hatte Mats bloß für ein Problem? So schlimm, wie er immer tat, war sein Bruder überhaupt nicht.

»Gern geschehen, Bruderherz«, gab Leon jedoch nur unbekümmert zurück, dann herrschte Stille.

Eingequetscht wie eine Ölsardine saß ich zwischen den beiden Brüdern auf der Rückbank und plötzlich, ohne Vorwarnung, brach die ganze Anspannung, Angst und Verzweiflung der letzten zwei Tage wie eine Lawine in Form eines kurzen Lachanfalls aus mir heraus. Vor lauter Erleichterung kicherte ich einfach los, weil wir es wirklich geschafft hatten, aus der Ewigen Residenz wieder herauszukommen.

Auch Leon ließ sich mitreißen und lachte. Er boxte sogar seinen Bruder über mich hinweg auf den Oberarm, damit er ein bisschen mitlachte. Aber Mats verzog nur verkniffen sein Gesicht.

Bonsky dagegen warf mir durch den Rückspiegel einen finsteren Blick zu und trat noch mehr aufs Gas.

Ich presste die Lippen aufeinander und beherrschte mich wieder. Natürlich wusste ich, dass die Sache noch nicht ausgestanden war. Wortlos sausten wir weiter, unsere angespannten Blicke auf eine Schnellstraße gerichtet, die Bonsky geradeaus raste.

Er bremste erst wieder, als wir an einem Ort ankamen,

von dem wir wussten, dass er eine Gefahr für uns darstellte: der Hauptsitz von Éternité. Weit genug entfernt vom Pförtnerhäuschen parkte Bonsky und winkte uns aus dem Auto.

»Wohin will er gehen?«, fragte ich Leon, während Bonsky uns weiter antrieb.

Leon hob nur die Schultern. »Camille ist noch in der Firma. Sie wollte unbedingt etwas regeln, bevor sie verschwindet. Bonsky scheint darüber Bescheid zu wissen. Irgendwas ist los, von dem wir nichts wissen.«

Bonsky lotste uns genau wie beim letzten Mal am Pförtner vorbei und hinein in das Firmengebäude. Camille erwartete uns schon. Offensichtlich hatte sie sich mit Bonsky an einem Seiteneingang verabredet. Mit nervösen roten Flecken im Gesicht lief sie auf uns zu.

»Gott sei Dank, ihr seid hier!«, seufzte sie und bugsierte uns einen nach dem anderen in ein leer stehendes Büro. Hinter uns verriegelte sie die Tür und trieb uns dicht zusammen.

»Wieso sind Sie noch hier?«, fragte ich.

»Isch wollte meine letzten Beweise retten aus dem Büro. Aber dann …« Camille brach ab und aus ihren Augen sprach das reine Entsetzen. »Sie fangen bereits an! Heute! Hier!«

»Was fangen sie an?«, fragte ich, auch wenn ich eine Ahnung hatte, was Camille uns gleich sagen würde.

»Sie haben fertiggestellt diesen Duft, den … den sie in ihren Ancien-Raumduft mischen wollen. Den, von dem isch eusch erzählt habe!«

Alles in mir wurde ganz kalt. »›Die untertänige Wolke?‹

Woher weißt du das?« Meine Stimme zitterte. »Ich meine, woher weißt du, dass sie damit anfangen?«

»Unten ist abgesperrt. Niemand kommt in das Labor mehr herein, der nischt eine Spezialchipkarte besitzt. Monsieur Richemont ist höchstpersönlisch gekommen in die Firma. Und sonst geht er nie in die Labore!« Camilles Augen waren so groß, dass ich wirklich Angst hatte, sie könnten ihr aus dem Gesicht fallen. »Es geht los! Und isch weiß nischt, was wir können tun. Isch habe keine Idee. Wir können nur noch aus unserem Versteck zusehen.«

Leon legte mir seinen Arm um die Schulter und lächelte mich an. »Luzie wird schon was einfallen. Das tut es doch immer, stimmt's? Luzie wird sie mit ihren Düften aufhalten!«

Ich schluckte und sah Leon an. »Das ist jetzt ja zum Glück gar kein Druck, den du da aufbaust!«

Mats hatte die Arme verschränkt, und als ich zu ihm sah, war sein Gesicht regelrecht versteinert. Früher hätte er über meinen kleinen Scherz gelacht, aber jetzt tat er es nicht. Hätte er vielleicht eine größere Dosis des Endlichkeitsduftes gebraucht?

Ich beschloss, Mats im Auge zu behalten, falls »Die untertänige Wolke« noch nachwirkte. Nicht dass er uns in letzter Minute im Stich ließ. Ich spürte Wut in mir aufkommen, obwohl ich doch genau wusste, dass er selbst gar nichts für sein Verhalten konnte. Am liebsten hätte ich ihm den Rest des Endlichkeitsduftes gegeben, leider brauchten wir den Rest aber noch. Wir mussten schließlich Syrells gesamte Duftproduktion lahmlegen.

»Okay«, sagte ich, klappte meinen Duftkoffer auf und zeigte auf meine Flakons. »Wenn Camille uns in die Labore hineinbekommt, dann helfen die uns, Syrell und seine Mitarbeiter aufzuhalten.«

Zwischen uns blubberten die Duftflakons, die ich mir für die schwierigen Momente – wie dieser hier einer war – eingepackt hatte. Meine Augen flogen über die Etiketten und durch meinen Kopf rasten die Möglichkeiten, bei denen sie am besten helfen konnten. Leider waren nur noch wenige Düfte übrig.

Ich strich über die Fläschchen und überlegte, wem ich was am besten geben sollte. »Es ist ganz wichtig, dass ihr gut aufpasst, wenn ihr die Flakons öffnet«, sagte ich, so ernst ich konnte, als ich Leon, Bonsky und auch Camille ansah. »Werft sie im Notfall immer weit genug von euch weg und haltet die Luft an, bevor die Duftwolken austreten! Sonst bekommt ihr die gleiche Ladung ab wie alle anderen. Wir haben schließlich keine von Elodies praktischen Gesichtsmasken, um uns selbst vor der Duftwirkung zu schützen. Ein Duft wirkt immer auf alle, die ihn einatmen. Vergesst das auf keinen Fall!«

Ich spürte, wie mir der Gedanke daran, wie Elodie und Mats mir zusammen diesen Duft aufgezwungen hatten, noch immer einen Stich versetzte. Es war verrückt: Ich wusste, dass Mats nichts dafürkonnte, und doch hatte ich noch immer diesen leeren, bösen Gesichtsausdruck von gestern im Kopf, wann immer ich ihn ansah.

Stattdessen sah ich zu Leon und hielt ihm meine ausgestreckte Hand hin. »Hast du noch meinen Duft?«, fragte ich.

Leon griff in seine Hosentasche und reichte mir den schimmelgrünen Flakon. Zum Glück war er nach wie vor halb voll. Ich lächelte und übergab das Fläschchen Benno. »Der ist perfekt für dich!«

Benno sah mich verdattert an. »Wieso?«

»Das ist das ›Stinkende Odeur‹. Der wird dir helfen zu verschwinden, wenn es sein muss! Mit dem wird dir hundertprozentig niemand zu nahe kommen. Wenn du jemanden hörst, öffne einfach den Flakon, halte dir unbedingt dabei die Nase zu und dieser Jemand wird ganz sicher das Weite suchen. Der Duft hat zwar keine großen magischen Kräfte, ist aber extrem effektiv. Benutz ihn nur zur allergrößten Not, hörst du? Der Flakon hat es in sich! Du musst ganz vorsichtig sein, wenn du ihn benutzt.«

Bennos Augen leuchteten. Wie einen Schatz hielt er den Flakon an seine Brust. »Okay«, sagte er und sah mich wild entschlossen an.

Aus meinem Koffer zog ich einen weiteren Flakon. »Der hilft, wenn man schnell aus einer Situation fliehen muss«, erklärte ich Leon und reichte ihm den »Geruch der Langsamkeit«. »Wenn du jemanden daran hindern willst, uns zu folgen, lass den Duft auf die Verfolger los. Aber versuch selbst, nichts davon einzuatmen, ja? Du würdest dich so schnell keinen Meter mehr bewegen können.«

»Cool«, sagte Leon bloß und griff sich den Flakon mit einem kleinen Grinsen.

Ich drehte mich zu Camille. »Könntest du dich mit Benno irgendwo verstecken? Du kennst dich hier doch am besten aus.«

»Bien sûr.« Camille nickte mir zu, obwohl Benno lauthals protestierte. »Isch gebe mein Bestes! Für diesen Moment isch habe durchgehalten und weitergearbeitet in dieser Firma. Ihr dürft Syrell damit nischt lassen durschkommen!«

Ich lächelte erst sie und dann Benno an. »Du bleibst bei Camille. Versprochen?«, fragte ich ihn.

Aber Benno verschränkte seine Arme und schmollte mich an. »Ich bleibe an deiner Hand!«

»Nein Benno, das geht nicht. Es ist zu gefährlich.«

In Bennos Augen sammelte sich Wasser. »Du warst gerade ganz lange weg«, rief er und seine Stimme bebte, »und ich woanders eingesperrt! Ich wusste gar nicht, wann ich dich wiedersehe! Oder überhaupt noch mal!«

Ich schluckte und musste zugeben, dass das für Benno der absolute Horror gewesen sein musste. Der arme kleine Kerl hatte bestimmt schreckliche Angst gehabt!

»Ich gehe nur dahin, wo du auch hingehst. Sonst nirgends! Auf keinen Fall.«

Ich schwieg, weil mir klar wurde, dass ich keine andere Wahl hatte. Nicht nur, weil Benno unfassbar stur sein konnte, wenn er wollte, sondern auch, weil ich ebenfalls eine unfassbare Angst hatte, ihn aus den Augen zu lassen. »Na gut«, gab ich nach. »Wir beide bleiben zusammen, egal was passiert, du hast recht. Aber halt dich unbedingt etwas hinter mir, versprochen?«

Camille kam näher und lächelte Benno an. »Und isch bleibe auch ganz discht und halte eusch den Rücken frei, okay?«

»Okay«, sagte Benno zufrieden und griff sich meine Hand.

Camille wirkte besorgt. »Bon«, sagte sie aber nur und sah sich um. »Zuerst wir müssen in die Labore kommen. Erinnert ihr eusch an den Lastenaufzug? Sonst er fährt die Kisten mit den Zutaten runter in die Labore. Das ist der einzige Weg, der hoffentlisch nischt gerade auch verriegelt ist. Isch hoffe, Syrell hat den vergessen, weil er selbst hat den bestimmt in seinem Leben noch niemals benutzt. Beten wir, dass der Weg ist frei!«

»Was meint ihr?«, fragte ich, an Mats und Leon gerichtet. Beide Brüder nickten, Leon grinste sogar ein klein wenig.

»Klingt aufregend, Prinzessin«, witzelte er und ich hörte Mats wieder ange- säuert schnauben.

»Dann kommt mit«, beschloss Camille. »Isch zeige eusch, wo der Lastenaufzug ist, und den Weg ins Labor.«

Ich drückte meine Schultern durch, atmete tief durch und griff ich mir noch zwei Flakons aus meinem Duftkoffer. Den restlichen »Duft der Endlichkeit« und das »15-Minuten-zurück-Aroma« schob ich in meine Hosentaschen.

Jetzt war ich bereit.

32

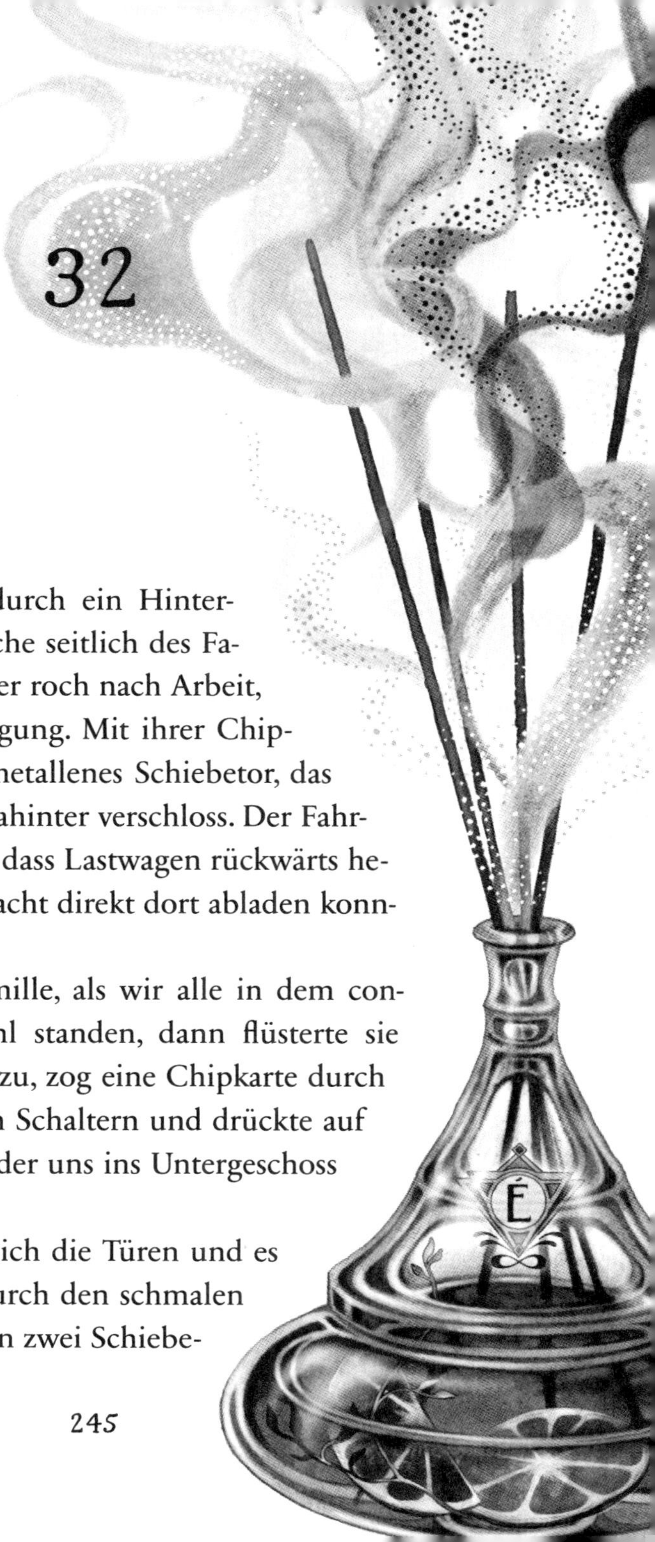

Camille führte uns durch ein Hinterhaus zu einer Ladefläche seitlich des Fabrikgebäudes. Alles hier roch nach Arbeit, Schweiß und Anstrengung. Mit ihrer Chipkarte öffnete sie ein metallenes Schiebetor, das den Lastenfahrstuhl dahinter verschloss. Der Fahrstuhl war groß genug, dass Lastwagen rückwärts heranfahren und ihre Fracht direkt dort abladen konnten.

»Bereit?«, fragte Camille, als wir alle in dem containergroßen Fahrstuhl standen, dann flüsterte sie uns ein »Viel Glück!« zu, zog eine Chipkarte durch den Schlitz neben den Schaltern und drückte auf den untersten Knopf, der uns ins Untergeschoss brachte.

Ratternd schlossen sich die Türen und es wurde dunkel. Nur durch den schmalen Spalt, der zwischen den zwei Schiebetüren blieb, drang hauchdünn das Licht. Der Lastenfahrstuhl war alt und rappelte nach unten, wie eine schlecht schließende Metalldose, die man schüttelte. Ich drückte Bennos Hand fester, als der Fahrstuhl anhielt und sich die Türen öffneten, und hoffte inständig, dass uns niemand erwartete.

Zum Glück war es im Untergeschoss genauso dunkel wie hinter den Schiebetüren, was bedeutete, dass niemand hier zu sein schien. Bonsky verließ als Erster den Fahrstuhl und gab uns mit Handzeichen zu verstehen zu warten. Er ging ein paar lautlose Schritte in den Gang und einen Moment lang war ich ehrlich beeindruckt, wie dieser riesenhafte Mann sich so lautlos fortbewegen konnte. Hätte ich nicht seine dunklen Umrisse erkannt, hätte ich nicht vermutet, dass er da war.

Ich atmete ruhig aus und schob sicherheitshalber noch mal meine Hände in meine Hosentaschen, um mich zu vergewissern, dass ich meine zwei Flakons auch wirklich griffbereit hatte. Dann ging ich Bonsky nach. Dicht hinter mir folgten die zwei Jungs.

»Psst!«, machte ich, als Leon Mats irgendetwas zumurmelte, und versuchte, ihnen in der Dunkelheit lautlos zu vermitteln, dass sie leiser sein sollten.

»Bleib locker, Duftmädchen«, hörte ich Leon flüstern, woraufhin ihm Mats einen Ellbogen in die Seite stieß und dabei fluchte.

Oh Mann. Die zwei waren definitiv keine Bonskys. Wenn außer uns noch jemand hier gewesen wäre, dann hätte er uns spätestens jetzt geschnappt. Stumm schloss ich die Augen und hoffte, dass alles gut werden würde. Wir taten immerhin unser Bestes. Hoffentlich reichte das.

Bonsky war stehen geblieben und befahl uns mit seinem ausgestreckten Arm, an Ort und Stelle zu bleiben. Wir gehorchten, was auch sonst, und verharrten wie Statuen. Wieder tastete ich nach meinen Flakons. In welche Hosentasche hatte ich noch mal welchen Duft gesteckt?

Da drückte uns Bonskys Arm bereits zurück und schob uns Richtung Wand, dann um eine Ecke, die ich gar nicht gesehen hatte. Ich war so beeindruckt von Bonsky, dass ich erst viel zu spät die Stimmen und Schuhsohlen wahrnahm, die plötzlich zu hören waren.

Irgendwo entfernt brannte Licht. Ich sah zu Bonsky. Er hatte sich keinen Millimeter bewegt und starrte weiter auf den Flur zum Lastenaufzug. Die Schritte wurden leiser und Bonsky drehte sich in Zeitlupe zu mir um, hielt sich aber noch den Zeigefinger vor den Mund. Wir verharrten weiter in unserer Position, bis wir eine Tür zuklappen hörten, die die Schritte verschluckte.

Bonsky wies uns mit Handzeichen an, dass wir an Ort und Stelle bleiben sollten. Er selbst bog jedoch um die Ecke und mein Herz wummerte in meiner Brust, als ich meinen Kopf in Zeitlupe vorstreckte, um zu sehen, was Bonsky vorhatte. Der Riese lief vorsichtig weiter in die Richtung, in der die Schrittgeräusche verschwunden waren. Doch schon im nächsten Moment setzte mein Herzschlag ein Mal aus.

Vor Bonsky standen plötzlich die vier Wachmänner, die uns schon einmal überwältigt hatten. Hinter mir griff Camille nach meinem Arm und krallte sich fest. Auch sie erkannte, in welcher Situation Bonsky sich befand. Der Riese stand wehrlos vor den Männern, die ihn mit ihren Pistolen umringten. Hatte Syrell uns etwa erwartet? Ich kam mir auf einmal furchtbar dumm vor, den Anführer der Ewigen derart unterschätzt zu haben. Natürlich waren seine Wachen nicht mehr eingesperrt! Und natürlich bewachten sie die Labore an einem Tag wie diesem.

Mir brach der Schweiß aus und ich zwang mich, die Augen zu schließen und nachzudenken. Ich hatte immer noch meine Düfte. Aber welcher Flakon half uns jetzt am besten?

»Nase zu!«, brüllte Leon plötzlich und warf einen Flakon über meine Schulter. Er landete unmittelbar zwischen den Beinen der Wachen. Und in diesem Moment war ich nicht nur unendlich dankbar, dass ich Leon vorhin einen Duft anvertraut hatte, ich war auch dankbar, dass Bonsky Deutsch verstand, die französischen Wachen aber ganz sicher nicht.

Auf dem Boden stiegen braune Wolken aus der Pfütze, die aus dem zersprungenen Flakon des »Dufts der Langsamkeit« geflossen war. Die Wachen wichen sofort einen Schritt zurück, waren aber trotzdem augenblicklich vom Duftdunst eingehüllt.

Auch Bonsky war ein paar Schritte zur Seite getreten und umrundete nun die Wachen. Den Männern gelang es nicht mehr, auf Bonsky zu reagieren, ihre Bewegungen wurden einfach zu langsam. Von hinten packte Bonsky die Männer, griff nach ihren Pistolen und richtete sie in einer schnellen fließenden Bewegung auf sie. Schwerfällig sickerte die Erkenntnis, überwältigt worden zu sein, in ihre Köpfe und die Wachen ließen sich von Bonsky wortlos den Flur hinuntertreiben. Die Tür, die sie bewacht hatten, war nun frei. Vorsichtig und mit zugehaltenen Nasen kamen wir aus unserem Versteck und sahen, wie Bonsky die Männer mit Kabelbindern fesselte und ihre Münder mit Paketband verklebte. Den Grund dafür, warum er das alles so plötzlich aus seinen Taschen ziehen konnte, wollte ich lieber gar nicht wissen.

Eine Gänsehaut lief mir die Arme hinauf. Einerseits vor Erleichterung, dass niemand von uns erwischt worden war, andererseits aber auch bei der Erkenntnis, wie perfekt Bonsky auf solche Situationen vorbereitet war und wie wenig er gezögert hatte.

Mit einem Nicken wies er uns an, ihm zur Labortür zu folgen. Geräuschlos schob Bonsky sie auf. Ich merkte erst, dass er die Tür geöffnet hatte, als uns ein greller Lichtstreif entgegenblitzte. Die Lampen blendeten mich so, dass ich kurz gar nichts sah außer Sternchen. Vor mir trat Mats ein und wurde gleich darauf vom Neonlicht verschluckt, dann schob mich Leon in die Grelligkeit und wir standen hintereinander im Gang, der mich auch diesmal wieder an ein Krankenhaus erinnerte. Zum Glück wurde das Licht mit jeder Sekunde erträglicher.

Bonsky war schon bis zur nächsten Tür weitergegangen und ich stellte fest, dass wir ihm uns schneller anpassten, als ich es für möglich gehalten hätte. Wie ein Rudel Raubkatzen schlichen wir geräuschlos hinter dem Riesen ins Labor hinein.

Auf einmal hielt uns Bonsky seine Handflächen entgegen. Mit dem Finger zeigte er auf eine Schiebetür aus Glas.

Ich drehte mich zu den anderen um und formte mit den Lippen: *Sind die dadrin?* Aber nicht mal Camille schien das zu wissen.

Nur wie fanden wir heraus, was hinter der Tür war, ohne ertappt zu werden? Bonsky hielt sich wieder den Finger vor die Lippen und dann, im nächsten Moment, drehte er sich zurück und drückte auf einen Knopf. Wie von Zauberhand schoben sich die Schiebetüren auf. Sofort drangen gedämpfte Stimmen aus dem Raum zu uns.

Hoffentlich war die Produktion noch nicht in vollem Gange! Hoffentlich steckten sie noch in der Vorbereitung, so wie Camille es uns vorausgesagt hatte. Hoffentlich war »Die untertänige Wolke« noch nicht in die Fläschchen abgefüllt. Hoffentlich … ging das hier gut!

Langsam hatten sich meine Augen an die Helligkeit gewöhnt und ich erkannte den Raum, in dem wir standen. Es war ein lang gezogener Raum, in dem rechts und links von uns Regale mit identischen Metallfläschchen die Wände füllten. Aus jedem der Deckel hingen kurze Schläuche, die man an etwas anstecken konnte. Wahrscheinlich waren das die einzelnen Duftzutaten, die hier für die unterschiedlichen Produkte und Düfte bereitstanden. Am Ende verschloss eine zweite Schiebetür aus Glas den Raum. Stimmen und noch mehr Neonlicht drangen von dort zu uns.

Eine neue Art Aufregung stieg in mir auf. Eine, die gar nichts mit all der Angst und Sorge zu tun hatte. Gleich würde ich sehen, wie man Düfte in gigantischen Mengen herstellte. Bei der Vorstellung kribbelte in mir alles vor Neugier. Manchmal war es wirklich nicht so einfach, eine

Sentifleur zu sein. Mein Dufttalent wollte offensichtlich in den unmöglichsten Situationen beachtet werden.

Ich schüttelte über mich selbst den Kopf und konzentrierte mich wieder auf das, was wichtig war. Nämlich Syrell daran zu hindern, seine Produkte mit einem gefährlichen Duftapothekenduft anzureichern.

Die Stimmen kamen eindeutig aus dem Raum, der sich hinter der gläsernen Schiebetür befand. Bonsky stand fast am Ende der Metallregale und lugte nach nebenan. Ich wollte gerade auf ihn zugehen, da streckte er uns erneut seine Handfläche entgegen. In Zeitlupe schlichen wir uns deshalb an den Wänden entlang auf die Glastür zu, um auch einen Blick in den Raum dahinter werfen zu können. Dumpfe Worte drangen mir ins Ohr.

»Morgen kann die Abfüllung beginnen«, hörte ich Syrells Stimme schnarren. »Uns steht die Rückkehr der großartigen alten Zeiten bevor. Und glaub mir: Sie wird endlich in all ihrem Glanz wiederaufleben.«

33

Ich lugte durch die Glasscheiben. Dahinter lag eine riesige Halle, mit bestimmt vier Meter hohen Tanks. Eine Metalltreppe führte auf eine Art Gitterveranda, von der man zum Deckel der Tanks gelangen konnte. Die Halle war so hoch, sie erinnerte fast an eine Art Hangar, in dem man auch gut Flugzeuge oder Ähnliches hätte parken können.

Ich entdeckte den Butler der Richemonts, der uns immer die Tür geöffnet hatte. Er mühte sich mit einem Kanister ab und schleppte ihn in Richtung der Tanks. Hinter ihm erkannte ich Elodie. Nur wo war Syrell? Ich hatte seine Stimme doch deutlich gehört.

Plötzlich brummte es und eine Sekunde später schoben sich die Glastüren vor uns auf. Ein vertrautes *Tock* war zu hören. Ich zog schnell einen Duft aus meiner Hosentasche, aber da drängte sich bereits Bonsky beschützend vor uns.

»Schaut an, schaut an«, schnarrte da Syrells Stimme. »Luzinda zu Alvenstein, wenn ich mich nicht irre?« Syrell kam mit ein paar weiteren *Tocks* seines Gehstocks und einem eisigen Lächeln auf mich zu. »Was ist das bloß für ein Benehmen? Wachschutz!«

Im ersten Moment hatte ich das Gefühl, dass mir jemand die Luft abschnürte vor Angst, dass wir alle schon wieder eingesperrt werden würden. Doch hinter uns blieb es völlig still. Und als ich Leon grinsen sah, wurde mir klar, dass wohl keine weiteren Wachen mehr kommen würden.

Syrell runzelte die Stirn, als nichts passierte. Und als ich an ihm vorbeisah, entdeckte ich Elodie, die sich mit aufgerissenen Augen im Hintergrund hielt.

Camille, die die ganze Zeit über neben Benno gestanden hatte, schob sich unerwartet an Bonsky vorbei und baute sich vor ihrem Chef auf. Mit vibrierend schneller Stimme verbot sie ihm, das zu tun, was er vorhatte. So aufgeregt hatte ich Camille noch nicht erlebt. Ihr Gesicht hatte keine nervösen Flecken mehr, sondern es war ein einziger roter Klecks.

»Was genau möchten Sie, dass ich nicht tue?«, säuselte Syrell unbeeindruckt. »Ist das hier nicht meine Firma? Bislang ging ich davon aus, dass immer noch ich allein die Entscheidungen bei Éternité treffe.«

Camille zitterte am ganzen Körper. »Dieser Kanister …«, sie zeigte auf den Butler, »… bleibt wo er ist!«

»Und das sagt mir wer?« Syrell blickte herablassend auf Camille und seine Worte betonte er im gleichen Rhythmus, mit dem auch sein Stock tockte. »Ts, ts, ts. Eine kleine verhuschte Vorzimmerdame möchte mir, dem Firmenchef, erzählen, was er zu tun oder zu lassen hat? In seiner eigenen Firma?«

»Rischtig, das tut die kleine Vorzimmerdame!« Obwohl Camille immer noch zitterte, ließ sie sich nicht einschüchtern. »Sie dürfen so etwas nischt tun, ganz egal wer Sie auch immer sind!«

»Doch. Das kann ich allerdings«, knurrte Syrell zurück. »Den Menschen geht es ohne Monarchie ganz offenkundig schlecht. Sie haben zu viele Auswahlmöglichkeiten, müssen zu viele Entscheidungen treffen, das tut ihnen nicht gut. Die Menschen brauchen uns, die Bessergeborenen, damit sie jemanden haben, der ihnen klare Richtungen und Wege vorgibt, auf denen sie sich bewegen können. Klare Verhältnisse, klare Aufgaben und Zugehörigkeiten, das ist es, was die Menschen brauchen. Dieses gemeinsame Gezanke, das sich Demokratie nennt – dieses Hin und Her, bis man sich geeinigt hat, überfordert das Fußvolk nur. Die Welt geht zugrunde! Deshalb braucht es einen Anführer, der dieses Chaos in der Welt aufhält. Nur wenige sind durch ihr Erbgut in der Lage, die Welt zurück in geordnete Bahnen zu lenken und den Menschen ihre gesellschaftlichen Ränge zuzuteilen, damit jeder auf dem ihm zugedachten Platz seine Aufgabe erfüllen kann.«

Camille lachte bitter auf. »Selbstverständlisch sind Sie dieser Eine, der alles vorgibt, nischt wahr?«, zischte sie. »Sie haben sisch einfach selbst dazu auserwählt, der zu sein, dem diese große Aufgabe zuteilwerden darf.«

Syrell lachte herablassend zurück. »Selbstverständlich habe ich das. Werft nur einen Blick auf die alten Stammbäume unserer Zeit und die Erbfolge und das, was meiner Blutslinie zugedacht ist, dann sollte selbst Ihnen klar sein, wieso das keine Frage ist.«

Benno sah zu mir hoch. »Ich will aber nicht immer machen müssen, was der böse Onkel sagt!«

Syrell sah an uns vorbei in den Flur und wirkte irritiert. Ich konnte mir schon denken, was los war: Offenbar wunderte er sich immer noch, dass seine Wachen nicht kamen. Doch wirklich zu beunruhigen schien ihn das trotzdem nicht. Schon im nächsten Moment wendete er sich von Camille ab und ging auf die Metalltreppe zu, die zu den Tanks führte.

»Unsere kleine Unterredung langweilt mich. Zudem ist sie sinnlos.« Er nickte dem Butler zu, der mit leerem Blick neben dem Kanister stehen geblieben war, den er gerade noch vorwärtsgezogen hatte. Wie auf Knopfdruck zerrte er nun den Kanister weiter. Dabei wirkten seine Bewegungen so, als wäre er ein Roboter.

Erst jetzt wurde mir klar, warum sich der Butler uns gegenüber immer so herablassend benommen hatte. Auch sein Blick hatte verdächtig leer gewirkt. Der Butler musste ebenfalls unter dem Einfluss der »untertänigen Wolke« stehen.

»Wenn ich dies erst in meine Tanks gebe, dann verlangen alle meinen Duft«, verkündete Syrell mit Genugtuung. »Absolut alle! Schließlich habe ich vor langer Zeit meinen Raumdüften bereits kleine Mengen an wahren *Zauber-*

mittelchen hinzugemischt, für die ich weder Meteorpulver noch eine Sentifleur brauchte. Und nun, mit dieser wunderbaren Ergänzung einiger Duftapothekendüfte wird mein neuer Ancien-Duft unwiderstehlich werden. Riecht man ihn ein Mal, will man nicht mehr aufhören.« Syrells Gehstock tockte wieder über den harten Boden und gab den Rhythmus seiner Worte vor. »Sie alle werden nicht nur regelmäßig Nachschub verlangen, sie werden sich sogar schrecklich fühlen, sobald mein Raumduft aufhört zu wirken. Allein das wird dazu führen, dass sich mein Duft gegen alle anderen Konkurrenzprodukte durchsetzt und alles ganz von selbst seinen Lauf nimmt!«

»Dann stimmt es also?«, hauchte Camille neben mir. »Sie haben wirklisch diese verbotenen Experimente gemacht und süschtig machende Substanzen in ihre Düfte gemischt? Aber wie war das möglisch, nach all den Vorschriften und Kontrollen hier in den letzten Monaten?«

Syrell ging weiter, ohne Camille auch nur eines Blickes zu würdigen. »Weshalb sollte ich diese Frage beantworten? Vielleicht habe ich etwas davon getan, vielleicht auch nicht. Einer Vorzimmerdame bin ich keine Rechtfertigung schuldig.«

»Jetzt verschwindet endlich!«, hörte ich auf einmal Elodies Stimme dazwischengehen. Ich hatte sie fast vergessen, so still war sie gewesen. Ihre hübschen Augen waren noch immer aufgerissen und trotz ihres tadellosen Etuikleides wirkte sie nicht nur merklich erschöpft, sondern auch noch etwas grün um die Nase, was sicher am »Stinkenden Odeur« lag, das sie abgekommen hatte.

»Ein Anruf, und die Polizei steht hier und nimmt euch mit!«, fauchte sie.

Camille legte Benno eine Hand auf die Schulter. »Ganz sicher interessiert sich die Polizei aber auch *hierfür.*« Sie ließ ihren Blick durch die Halle schweifen. »Dann können wir ganz leischt die gefährlischen Stoffe in ihren Düften nachweisen – und was sie noch alles da hineinträufeln wollen, rischtig?«

Syrell verzog nur die Lippen. »Lächerlich! Ich bezweifle, dass die Polizei ihnen auch nur eine Minute ihrer Aufmerksamkeit schenkt. Zudem … bin ich selbstverständlich mit dem ranghöchsten Polizeioberhaupt recht gut bekannt. Mich wird niemand wegen irgendetwas behelligen. Euch allerdings schon. Bedauerlich, dass niemandem von euch mit guten Worten beizukommen ist.«

Knopf für Knopf öffnete Syrell sein Jackett und präsentierte uns etwas, womit ich absolut nicht gerechnet hätte, obwohl ich es eigentlich besser hätte wissen müssen.

Syrell trug einen Patronengurt unter seiner Jacke. Nur dass in den Laschen keine Pistolenpatronen steckten, sondern lauter kleine Glasampullen, in denen es in dunklen Farben bedrohlich sprudelte. Die Hälfte der Ampullen war mit einer schwarzen Flüssigkeit gefüllt, die ich sofort wiedererkannte und die mir augenblicklich panische Angst einflößte.

34

In den schwarz sprudelnden Ampullen konnte nur ein Duft sein, den Daan de Bruijn vor langer Zeit aus der Duftapotheke hatte verschwinden lassen.

Das musste der »Versteinernde Dampf« sein, ein extrem gefährlicher Duft aus der Abteilung der Ewigen Düfte. Ich hatte in Daans alten Aufzeichnungen darüber gelesen. Dieser Duft war ein Versuch gewesen, der schiefgegangen war. Ursprünglich als heilender Duft geplant, entwickelte sich der »Versteinernde Dampf« beim Destillieren zu einem Duft, der ausschließlich aus Nebenwirkungen bestand. So etwas konnte in der Duftapotheke gelegentlich leider vorkommen. Nur wie war Syrell bloß an dieses fehlgeschlagene Experiment gekommen? Daan hatte den »Versteinernden Dampf« damals sofort aus dem Sortiment genommen. Zumindest stand das so in seinen Notizbüchern.

Ich wusste: Dieser Duft verwandelte Menschen in eine Steinstatue – zwar nicht äußerlich, innerlich allerdings schon. Was diesen Duft so gefährlich machte, war, dass er einem alle Sinne versteinerte, die man hatte. Man konnte danach nichts mehr spüren. Man verharrte wie in einer Art Wachkoma. Nichts und niemand erreichte einen und man selbst erreichte ebenfalls niemanden mehr. Man war in sich selbst gefangen und eingesperrt.

Während mich allein der Anblick der Ampullen lähmte, zog Syrell noch etwas aus seiner Jacketttasche. Es war ein aufwendiger metallener Mundschutz, den er sich über Mund und Nase legte und den ich bereits von Elodie kannte. Sie hatte ihn benutzt, als sie mir »Die untertänige Wolke« verabreicht hatte.

Verstört versuchte ich, meine Gedanken zu bremsen, die wild in meinem Kopf durcheinandersausten, und ich wurde erst wieder ruhiger, als ich plötzlich Mats' Hand an meinem Rücken spürte. Er stellte sich ganz dicht neben mich, als wollte er mir damit zeigen, dass er diesmal an meiner Seite bleiben würde.

»Vater! Halt!«, kreischte Elodie, als sie erkannte, was Syrell vorhatte. »Ich habe meine Maske nicht. Warte!«

Syrell verharrte in seiner Bewegung. Dann drehte er sich unwirsch zu seiner Tochter um. »Herrgott noch mal! Dann besorg dir eine!«

»Aber ...« Elodies Stimme wurde kleinlaut. »Sie ist in der Ewigen Residenz! Sie wurde mir nicht eingepackt.«

Syrell sah aus, als würde er am liebsten seinen Gehstock nach seiner eigenen Tochter werfen. »Dann lauf, um Himmels willen! Verschwinde und bring dich hier raus! Vorbereitung ist alles, was zählt. Bekomm das endlich in deinen hübschen einfältigen Schädel!«

Doch bevor Elodie losstürmen konnte, passierte etwas, womit niemand rechnete. Bonsky, der sich wie ein Geist im Hintergrund gehalten hatte, packte Elodie. Festgeklemmt wie in einem Schraubstock hing sie in seinen Armen fest.

»Vater!«, brüllte Elodie verzweifelt. »Nicht!«

»Bist du überhaupt zu irgendwas zu gebrauchen?«, herrschte Syrell seine Tochter an. »Nichts gelingt dir allein. Bei allem muss man mit anpacken. Zum Haareraufen ist das!«

»Vater, bitte!«

Syrell zögerte für einen winzigen Moment, dann warf er die Ampullen allesamt auf den Boden. Das Klirren von Glas und Elodies entsetzter Schrei hallte zwischen den Wänden.

»Manche Verluste sind leider unvermeidlich«, schnarrte es. »Und es sind bereits größere Opfer für die Monarchie erbracht worden.«

Schwarzer Dampf quoll über den Boden. Wie Nebel stieg er aus dem zerbrochenen Glas auf. Das rasende Durcheinander in meinem Kopf hielt an und machte einem einzigen rettenden Gedankenblitz Platz.

Ich zog den Duft aus meiner Hosentasche, den ich vorhin schon in der Hand gehalten hatte. Ich öffnete ihn direkt unter meiner Nase und sog eine kräftige Duftwolke davon

ein, bevor die schwarzen Wolken meine Nase erreichen konnten.

Mit einem Schlag leerte sich der Raum um mich herum. Alle, die gerade noch neben mir gestanden hatten, verblassten zu unscharfen Umrissen und schwebten nur noch wie helle Rauchwolken in der Luft. Angehalten wie das Standbild eines Films, unbeweglich und eingefroren in ihrer Bewegung.

Schnell verkorkte ich den Flakon des »15-Minuten-zurück-Aromas« und zog meinen zweiten Duft – den neuen »Duft der Endlichkeit« – aus der anderen Hosentasche. Eigentlich hatte ich ihn mir für Syrells Dufttank und die Ewigen aufheben wollen, aber etwas anderes hatte ich nicht und nur so würde uns der »Versteinernde Dampf« nichts anhaben können. Wenn der »Duft der Endlichkeit« sich nämlich schon im Raum ausbreiten konnte, bevor Syrell seinen Versteinerungsduft öffnete, würde er die ewige Wirkung des »Versteinernden Dampfs« aufheben.

In Windeseile kippte ich den Endlichkeitsduft an den Stellen aus, über denen die rauchigen Umrisse von Mats, Benno, Leon, Camille und Bonsky nur für mich zu sehen waren. Meine kleine Zeitreise, in der das Jetzt minutenlang an dem Ort verschwamm, an dem man sich gerade befand, würde nicht mehr lange anhalten. Noch während ich mich selbst ermahnte, mich zu beeilen, hörte ich Syrells Stock draußen im Flur. Uff, zum Glück war er noch auf dem Weg hierher. Schnell schüttete ich den Rest aus und sah, wie sich die Tür zum Labor aufschob. Das *Tock, tock, tock* wurde immer lauter. Ich duckte mich, damit er mich nicht entdeckte.

Noch während Syrell und Elodie näher kommen konnten, formten sich die eingefrorenen weißen Wolkenumrisse von Mats, Benno, Camille und Bonsky zurück in ihre lebendige Form und ich tauchte wieder in der Zeit vorwärts auf. Aus dem Boden stieg jetzt schwarzer Nebel auf, höher und höher.

Um mich herum war alles so, wie es vor ein paar Sekunden bereits gewesen war. Allerdings verharrten alle um mich immer noch in ihren Bewegungen. Unbeweglich standen sie an ihren Plätzen. Und auch ich konnte einen Moment lang keinen Schritt mehr tun. Meine Beine kribbelten, als wären sie eingeschlafen. Meine Arme auch, mein ganzer Körper kribbelte und plötzlich krampfte sich alles zusammen. Hart und angespannt hingen meine Arme an mir herunter. Der »Versteinernde Dampf« wirkte also doch erst einmal, bevor der »Endlichkeitsduft« ihn hoffentlich aufheben konnte. Oder hatte ich etwas übersehen?

Vor mir kippte Leon langsam und steif in den schwarzen Nebel. Hektisch sah ich mich nach Benno um, den die Schwärze bereits verschluckt hatte. Seitlich von mir fiel nun auch Camille auf den Boden. Hinter mir quietschte etwas. Es klang wie ein spitzer Metallgegenstand, der über einen Stein gezogen wurde. Ich drehte mich um und entdeckte einen zufriedenen Syrell, der den Kanister jetzt höchstpersönlich zu den Tanks hinaufzerrte, den eben noch der Butler zur Treppe geschleppt hatte.

Ich spürte meine Beine nicht mehr. Genau wie Camille kippte ich nach vorn in den schwarzen Nebel und landete unsanft auf dem Boden. Gleichzeitig und etwas entfernt von mir versanken auch Mats, Bonsky und Leon im Schwarz. Meine Schultern brannten vom Sturz.

Ich drehte mich zu Syrell um. Er mühte sich mit dem Kanister ab, trotzdem gelang es ihm und er hievte sich jetzt ohne Stock, dafür aufs Geländer gestützt, die Stufen zu den Tanks hoch.

Ich wollte etwas sagen, rufen, aber es ging nicht mehr. Syrell öffnete den Kanister, dann schleifte er ihn zum ersten Tank und kippte den Inhalt über einen Schlauch einfach hinein.

Mir fehlte die Luft zum Atmen. Syrell setzte seinen Plan in die Tat um – und das vor unseren Augen.

Jetzt war alles zu spät.

35

Was tat ich denn jetzt? Das durfte einfach nicht passieren. Wir hatten doch alles versucht und jetzt scheiterten wir trotzdem und schauten nur belämmert zu, wie Syrell beendete, was er geplant hatte? Alles in mir kämpfte gegen den »Versteinernden Dampf« an. Hatte der »Duft der Endlichkeit« nicht gewirkt? War vielleicht nicht mehr genug im Flakon gewesen, um gegen die vielen Dunstwolken anzukommen?

Ich hörte Syrell die Treppe herunterkommen. Jeder seiner erschöpften Schritte hinterließ ein scepperndes Geräusch.

Aber da war noch ein Geräusch. Ein dumpfes. Irgendwas rutschte über den Boden. Nervös schaute ich mich um. Der schwarze Nebel hatte sich immerhin zur Hälfte verflüchtigt und war nun durchsichtig grau. Neben mir bewegte sich etwas. Es war Mats!

Mein Herz machte einen Hüpfer, als ich sah, wie er sich in meine Richtung bewegte. Er wollte etwas sagen, seine Lippen bewegten sich, aber es kam kein Laut heraus.

Hinter uns tockte es auf den Boden und Mats robbte schneller. Ich sah ihm an, dass er aufstehen wollte, um sich Syrell in den Weg zu stellen. Doch plötzlich blieb er wie eingefroren liegen. Kurz schaute er zu mir, dann folgte ich seinem Blick. Mats versuchte, auf etwas zuzurobben. Aus seinen Augen strahlte Hoffnung.

Ich verstand gar nichts. Was hatte Mats vor?

Noch während ich grübelte, spürte ich meine Beine kribbeln und merkte, dass mein Körper anfing, aus seiner Verkrampfung zu erwachen. Endlich fing der »Duft der Endlichkeit« an zu wirken! Mats bewegte bereits seine Arme und streckte sich nach etwas aus. Und da verstand ich endlich, worüber Mats sich freute. Auf dem Boden vor ihm lag eine der schwarzen Ampullen von Syrell. Eine, die beim Aufprall nicht zersprungen war, sondern noch eine Ladung »Versteinerungsduft« in sich verschlossen hielt.

Die Glasschiebetür öffnete sich und ich hörte, wie Syrell in den Raum nebenan ging, durch den wir hergekommen waren. Mats hatte die Ampulle inzwischen erreicht und hielt sie in seiner Faust umklammert. Er stemmte sich auf die Unterarme und schob sich, so gut es ging, in die Höhe.

Langsam schloss sich die Schiebetür wieder zu.

»Gehabt euch wohl!«, hörte ich Syrell noch durch das Brummen der Schiebetüren rufen und sah, wie er sich den Mundschutz herunterzog und uns ein Siegerlächeln zuwarf.

Da hob Mats, noch halb im Liegen, seinen Arm in die Luft und warf die schwarze Glasampulle Richtung Schiebetür. Die Tür war nur noch einen Spaltbreit geöffnet und ich sah dem kleinen Röhrchen zu, wie es durch die Luft flog.

Und tatsächlich, ich konnte es kaum glauben, Mats hatte gut gezielt. Die Ampulle flog mit Schwung durch den Spalt und zersprang nebenan in tausend kleine Glassplitter.

Plopp. Die Schiebetür schloss sich.

Durch die Glasscheiben sah ich, wie sich dahinter schwarzer Nebel über dem Boden ausbreitete und von dort in die Höhe wuchs. Ich suchte Syrell in den Wolken und erkannte nur noch eine steife Person darin. Mitten in der Bewegung eingefroren, als wäre sie zu Eis erstarrt.

Mit offenem Mund schaute ich zu, wie Syrell de Richemont langsam und in verkrampfter Haltung zur Seite umkippte. Mit einem unsanften Geräusch versank er im Nebel.

Es war still im Labor. Nur das Brummen der Tanks und Maschinen surrte in der Luft. Neben mir stemmte sich jemand auf zwei kurze wackelige Beine.

»Benno!«, rief ich und hörte, dass meine Stimme nicht mehr nur für mich zu hören war, sondern endlich wieder für alle. Ich versuchte, meine Beine zu heben, die heftig kribbelten, als wären sie nur eingeschlafen.

Benno beugte sich über mich, umarmte mich und vergrub sein Gesicht in meinen Haaren. »Das war so schlimm!«, jammerte er und ich fühlte, wie meine Haare nass wurden. Ich rollte mich herum, drückte Benno fest an mich und versuchte, mich hochzudrücken.

»Gib mir deine Hand«, sagte meine Lieblingsstimme. Vor mir schwebte Mats' Gesicht und er zog mich auf meine Füße. Dann drückte er mich fest an sich, damit ich nicht gleich wieder umfiel. Jetzt kribbelte es noch stärker in mir, aber das lag nicht mehr nur an dem nachlassenden Versteinerungsdampf, sondern mehr an Mats' braunen Augen, die mich direkt ansahen, mit all ihrer Wärme.

So wie früher.

»Du hast es geschafft«, flüsterte ich ihm zu.

Mats schüttelte den Kopf und lächelte mich an. »*Wir* haben es geschafft. Wir beide. Duftapotheker für immer. Schon vergessen?«

Ich nickte, ohne noch irgendetwas sagen zu können. Ich war einfach nur glücklich – unfassbar glücklich, dass er wieder an meiner Seite war.

Erst jetzt bekam ich mit, dass der Butler sich ebenfalls regte und verwirrt Löcher in die Luft starrte. Ich war erleichtert, dass der »Endlichkeitsduft« auch für ihn gereicht hatte und er nun langsam aus seiner »untertänigen Wolke« auftauchte.

Um mich herum bewegten sich auch alle anderen wieder. Camille stand bereits auf ihren Beinen und blickte nervös durch die Glasscheibe in den dunklen Nebel dahinter. Auch Bonsky rappelte sich auf und stellte Elodie auf ihre Füße. Leon rieb sich seinen Kopf und meckerte über eine Beule.

»Komm, mach schon. Hier lang!« Bennos Stimme riss mich aus meiner Erleichterung. Aber mein kleiner Bruder meinte gar nicht mich, sondern hatte sich Leons Hand geschnappt und zog ihn zur Treppe, die zu den Tanks hochführte.

Sofort war ich hellwach. »Was willst du da oben?«, rief ich in dem strengsten Große-Schwestern-Tonfall, den ich nach allem noch hinbekam.

Benno blieb stehen, stemmte seine Arme in die Seiten und drehte sich zu mir um. »Hast du nicht gesehen, was der Blödmann in den Tank da oben reingemacht hat? Darf das so bleiben? Nö, oder?« Dann griff sich Benno wieder Leons Hand und zerrte ihn weiter.

»Was hast du denn vor?«, fragte ich und lief den beiden zusammen mit Mats hinterher.

»Das Zeug in den Tanks darf nicht verkauft werden!«, rief Benno.

»Das stimmt«, gab ich zu. »Aber was können jetzt noch tun?« Der »Endlichkeitsduft« jedenfalls war weg.

»Komm!« Benno hatte die Treppe bestiegen und war auf der Plattform vor den Tanks angekommen. Er griff sich den Schlauch, den Syrell zur Abfüllung gerade noch verwendet hatte, und zog an der Verschlusskappe.

»Nicht!«, brüllten Leon und ich im Chor.

»Was denn?« Benno sah uns empört an und zog das »Stinkende Odeur« aus seiner Hosentasche hervor. Leicht schwenkte er es hin und her und hielt es in die Höhe.

Ich stützte mich auf das Geländer. Innerlich stöhnte ich, aber ich musste zugeben: Die Idee war gar nicht so schlecht.

»Okay!«, rief ich Benno zu. »Aber Nase zuhalten, klar? Ganz fest!«

»Ganz fest«, stimmte Benno zu. Er war längst dabei, den Flakon zu öffnen, und eine kleine gelbgrüne Wolke stieg daraus auf. Leon würgte zweimal, dann steckte Benno den Schlauch in den Flakon.

Mein kleiner großartiger Bruder klatschte in die Hände. »Fertig! Das Zeug tut jetzt gar nichts mehr. Das bringt nur noch alle zum Rennen!« Benno drehte sich zu mir um. »Zum Wegrennen!«

»Du Genie!« Leon strich meinem Bruder über seine blonden Haare. »Das Wichtigste hätten wir zum Schluss fast vergessen. Was für ein Glück, dass wir dich dabeihaben!«

Mit leichten Füßen liefen wir die Stufen der Treppe hinunter zu den anderen. Camille telefonierte aufgeregt. Sie redete so schnell, dass ich kein Wort von ihrem Französisch mehr verstand. Mats sah zu uns und lächelte mir entgegen. Nur Bonsky und Elodie waren nicht mehr da.

Erst als ich zur Schiebetür schaute, sah ich sie. Elodie drückte ihre Handflächen auf die Glasscheiben und schaute auf ihren Vater hinunter, der reglos wie eine umgekippte Statue am Boden lag. Bonsky stand hinter ihr, hatte den Kopf gesenkt und eine seiner riesigen Hände auf Elodies Schulter gelegt.

Mir fiel ein, dass Bonsky ja früher Syrells Leibwächter gewesen war und die beiden sich sicher lange kannten. Vielleicht hatte Bonsky Elodie sogar aufwachsen sehen, wer wusste schon, was der Riese alles erlebt hatte? Auch mir wurde kurz ganz schwer ums Herz. Ich hatte Elodie

die letzten Stunden wirklich gehasst und sie hatte ja auch alles dafür getan, dass ich sie auf gar keinen Fall hatte mögen können. Immerhin hatte sie nicht nur mir mit voller Absicht »Die untertänige Wolke« verabreicht, sondern auch Mats.

Trotzdem tat sie mir leid. Es war bestimmt nicht einfach, einen Vater wie Syrell de Richemont zu haben. Schon gar nicht nach dem, was er ihr gerade angetan hatte. Er hatte sie einfach geopfert. Nur für einen Plan, eine Idee und sein Ego.

Langsam ging ich zur Glasscheibe und schaute ebenfalls auf Syrell hinunter. Wie eine lebensgroße Puppe lag er steif am Boden, das Gesicht noch immer zu einem Siegerlächeln verzerrt.

Ich sah Elodie von der Seite an, doch kein Wort kam über meine Lippen.

Ihre roten Augen sagten mir alles, was ich wissen musste.

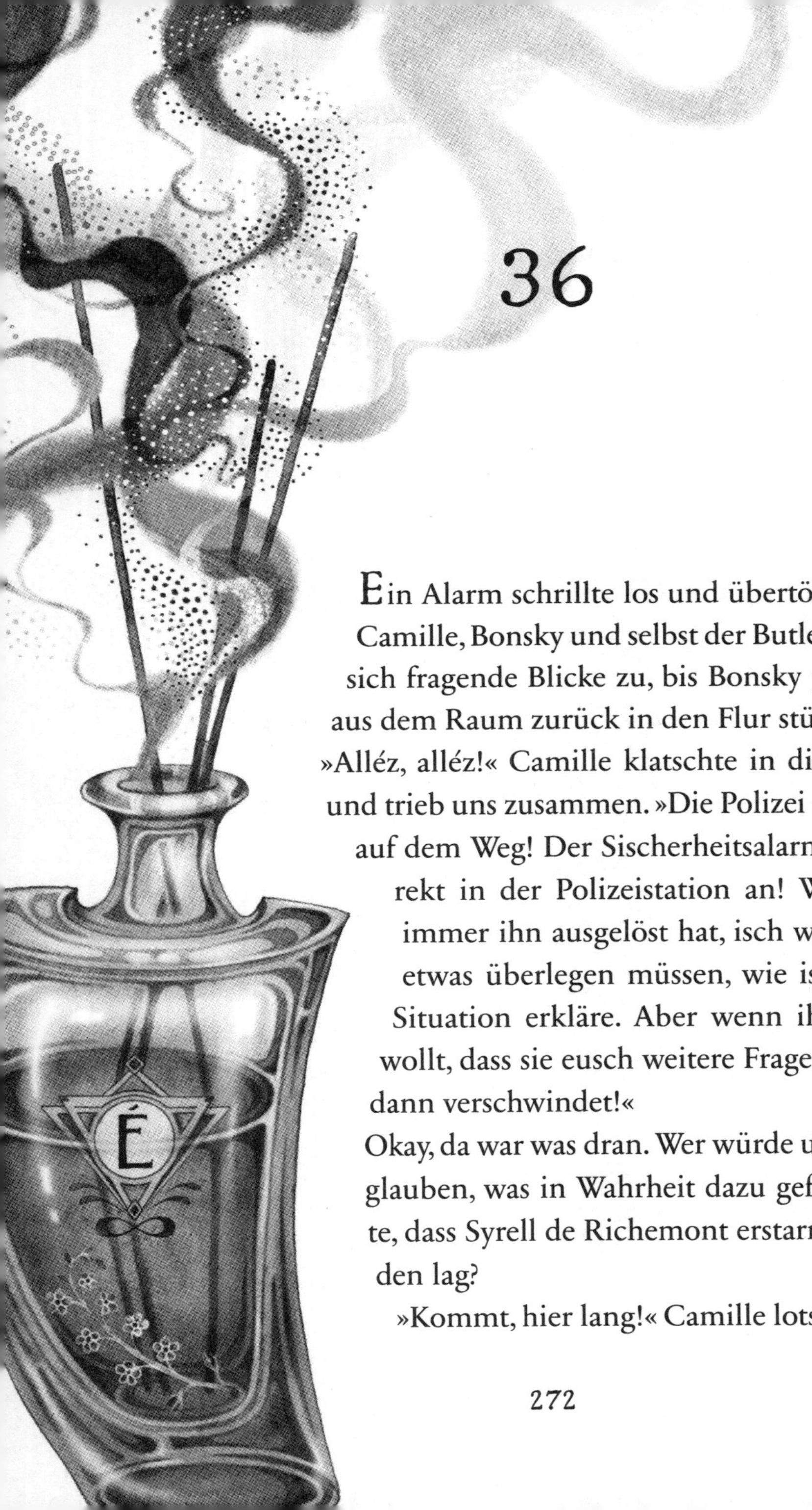

36

Ein Alarm schrillte los und übertönte alles. Camille, Bonsky und selbst der Butler warfen sich fragende Blicke zu, bis Bonsky plötzlich aus dem Raum zurück in den Flur stürmte.

»Alléz, alléz!« Camille klatschte in die Hände und trieb uns zusammen. »Die Polizei ist gleich auf dem Weg! Der Sischerheitsalarm ruft direkt in der Polizeistation an! Wer auch immer ihn ausgelöst hat, isch werde mir etwas überlegen müssen, wie isch diese Situation erkläre. Aber wenn ihr nischt wollt, dass sie eusch weitere Fragen stellen, dann verschwindet!«

Okay, da war was dran. Wer würde uns schon glauben, was in Wahrheit dazu geführt hatte, dass Syrell de Richemont erstarrt am Boden lag?

»Kommt, hier lang!« Camille lotste uns in

die entgegengesetzte Richtung und führte uns aus dem Labor. Bonsky lief uns entgegen und hielt die aufgebrochenen Kabelbinder in der Hand, mit denen er die Wachen gefesselt hatte. Jetzt wurde es wirklich brenzlig, schließlich hatten wir keinen einzigen Duft mehr zur Hand, mit dem wir es mit bewaffneten Männern hätten aufnehmen können.

Auf einmal schoss mir ein schrecklicher Gedanke durch den Kopf und ich blieb stehen. »Was ist mit dem Meteor, das Syrell gefunden hat?«, fragte ich und brachte damit auch alle anderen zum Innehalten.

»Wir müssen weiter!«, mahnte uns Camille. »Ihr könnt nischt noch länger hierbleiben. Die Polizei kommt gleisch. Oder noch schlimmer: die Wachen!«

»Aber wenn wir das Meteorpulver zurücklassen, dann können die Ewigen einfach weitermachen und Syrells Plan doch noch zu Ende bringen. Dann haben wir überhaupt nichts gewonnen!«

Alle sahen zu Elodie, die mit farblosen Lippen zurückschaute. Ich fragte mich, was wohl in ihr vorging.

Camille trat zappelig von einem Fuß auf den anderen, bis Mats drei Schritte auf Elodie zuging und sich vor sie stellte. »Also gut. Wo ist das Meteorpulver?«

Elodie verkniff ihr Gesicht und sagte nichts.

»Wir können dir auch einfach den ›Wahrhaftigen Duft‹ verabreichen«, fuhr Mats fort. »Dann erfahren wir ganz schnell, was wir wissen wollen. Wir können dich auch dazu bringen, dass du alles über dich und deine Familie öffentlich erzählst. Du wirst so oder so dafür geradestehen müssen.«

Elodies Augen füllten sich mit Tränen, aber sie sagte immer noch nichts.

Ich spürte förmlich, wie die Wut in Mats höherkochte. »Gib uns jetzt auf der Stelle das Meteor«, schnaubte er. »Oder wir überlegen uns genauso angenehme Düfte für dich, wie du sie für Luzie und mich ausgesucht hast.«

»Bitte nicht!« Elodie war noch blasser geworden und sah aus, als wäre sie ein gutes Stück in sich zusammengeschrumpft. Hilfe suchend sah sie zu Bonsky, doch der verschränkte nur die Arme und gab wie immer keinen Ton von sich.

»Also gut«, fiepste Elodie. »Wenn ihr mir versprecht, dafür keinen Duft gegen mich anzuwenden, zeige ich es euch.«

Ich blickte fragend zu Mats. Dann nickte ich knapp.

»Gut, dann hier entlang«, sagte Elodie schließlich und ging mit hängenden Schultern den Gang voraus, während wir nervös die Gänge nach den Wachleuten absuchten. Ganz offensichtlich wollte Elodie auf keinen Fall den »Wahrhaftigen Duft« verabreicht bekommen. Was wir wohl alles erfahren würden, wenn wir es trotzdem taten?

Ich dachte noch darüber nach, als Elodie uns in die verschlossenen Kammern des Labors führte, in dem wir bereits mit Camille gewesen waren, und in die man nur mit einer Spezialchipkarte kam. Aber der Raum hatte noch eine weitere Tür, von der Camille nichts gewusst hatte und die auch niemandem von uns aufgefallen war. Es war eine ganze Wand, bestückt mit Regalbrettern, auf denen sich Hunderte Behälter mit Zutaten reihten. Ich wunderte mich darüber, dass es keine Chemikalien waren, sondern ungewöhnliche Gewächse, teure Öle und seltene konservierte Pflanzen.

»Das ist Vaters privates Lager. Hier kamen bisher nur er und ich hinein.« In einen für ahnungslose Augen fast unsichtbaren Schlitz im Regal steckte Elodie eine zweite Chipkarte.

Plötzlich drehte sich die gesamte Wand und öffnete einen Durchgang in einen Raum dahinter, in dem nichts außer einem Tresor stand. Elodie kniete sich davor und drehte am Zahlenrad, bis sie ihren Code vollständig eingestellt hatte. Dann trat sie zurück. Eine Sekunde lang bewegte sich niemand.

»Ist das ein Trick?«, fragte Mats in scharfem Ton. »Öffne es gefälligst selbst.«

Elodie beugte sich wieder zum Tresor und zog mit düsterer Miene die massige Tür auf. Mir klappte die Kinnlade herunter, als ich sah, was darin lag: ein koffergroßer schwarz funkelnder Gesteinsbrocken.

Camille hatte ihre Stimme als Erste wiedergefunden. »Alléz, alléz!«, trieb sie uns erneut an.

Ich suchte Bonsky im Raum, der wahrscheinlich der Einzige war, der das Teil bewegen konnte. »Schaffst du es, das hier rauszubekommen?«, fragte ich ihn.

Sofort bückte sich Bonsky und zerrte den Steinbrocken aus dem Tresor. Unter Stöhnen und Schnaufen hievte er ihn in die Höhe. Leon kramte im Raum nebenan ein paar Tragegurte zusammen und half Bonsky dabei, sich den Gesteinsbrocken wie ein Möbelpacker auf den Rücken zu schnüren.

»Los, beeilt euch!«, trieb uns Camille wieder an und winkte uns aus dem Raum. »Schnell!«

Wir umringten Bonsky und halfen ihm, den Brocken zu balancieren. Auf einmal zog der Butler, der uns bisher nur ratlos gefolgt war, Camille am Arm und zeigte uns einen weiteren versteckten Durchgang. Es war ein Privatzugang, der aus dem Tresorraum führte und uns sicherlich ins Treppenhaus der Firma zurückbrachte.

Ab hier ging Camille im Stechschritt voran und griff sich zusammen mit dem Butler Elodie. Gemeinsam mit ihr liefen sie in die Richtung der blinkenden Autolichter, die schon vor dem Eingang zu sehen waren.

»Viel Glück!«, rief Camille uns noch zu, bevor sie mit Elodie weitermarschierte. Ich wollte fragen, was jetzt mit ihr passieren würde, doch da lenkte uns Bonsky im gleichen Moment in die andere Richtung, zum Hinterausgang. Vorsichtig öffneten wir die Tür, um zu sehen, ob uns draußen irgendwer erwartete.

Aber alles war frei, also halfen wir Bonsky, den Meteorbrocken durch die Tür nach draußen zu schleppen. Ich konnte es kaum erwarten, endlich hier rauszukommen.

37

Bonsky lenkte uns weiter, heftig schnaufend unter der Last des Gesteinsbrockens. Jemand hatte im Zaun, der das Gelände absperrte, einen schmalen Durchschlupf freigeschnitten.

Hinter uns schrillten die Sirenen der Polizeiwagen. Ob sie Syrell bereits entdeckt hatten? Wie auch immer, ganz sicher dauerte es nicht mehr lange und die Polizei würde das Gelände nach möglichen Verbrechern absuchen. Wir mussten so schnell wie möglich verschwinden. Schließlich begingen wir gerade einen Diebstahl und der Firmenchef lag unseretwegen regungslos am Boden.

Leon half Bonsky, den Brocken

durch die Öffnung im Zaun zu schieben. Eine gefühlte Ewigkeit verging, und als ich schon nicht mehr glaubte, dass wir es noch durch das Loch schaffen würden, rollten Leon und Bonsky den Meteorbrocken durch die enge Öffnung. Zusammen hievten wir ihn weiter vorwärts, ohne zu wissen, wohin eigentlich. Bonskys Wagen stand schließlich auf dem Parkplatz vor dem Firmengelände.

Doch Bonsky gab uns nur ein Zeichen, zwischen ein paar Sträuchern zu warten, und marschierte los. Keine zehn Minuten später hielt sein Auto vor uns und Bonsky hievte mit unserer Hilfe den Meteorbrocken in den Kofferraum.

Danach ging alles dreimal so schnell. Wir sprangen ins Auto, schlossen die Türen und schon startete der Motor. In gemütlichem Schunkeltempo, als wären wir eine Großfamilie auf dem Weg in den Urlaub, chauffierte Bonsky uns an den leuchtenden Sirenen und Blaulichtern vorbei und grüßte dabei noch die Polizisten, die uns genervt weiterwinkten. Offensichtlich hielten sie uns für neugierige Schaulustige, die sehen wollten, wer da gerade in den Krankenwagen gebracht wurde und warum. Einen Fünfjährigen dabeizuhaben, befreite einen ganz offensichtlich von jedem Verdacht.

»Wir sind auf der Autobahn!«, kreischte Benno und ich schaute genauso erleichtert wie alle anderen aus dem Fenster, an dem die französische Landschaft vorbeisauste.

Die gesamte Anspannung der letzten Stunden meldete sich mit einem Schlag zurück. Ich lehnte meinen Kopf gegen die Sitzlehne und schloss die Augen. Ich war so müde, dass ich sofort hätte einschlafen können, wenn mich nicht Mats, der neben mir saß, daran gehindert hätte.

Vorsichtig stupste er mich von der Seite an. »Ich glaube, ich hab mich in den letzten Tagen wie der letzte Arsch auf der Welt benommen«, sagte er so leise, dass es außer mir keiner hören konnte. »Ich könnte gut verstehen, wenn du nach allem, was passiert ist, in Zukunft lieber mit Leon abhängst als mit mir.«

Ich sah überrascht wieder auf und stockte. »Was?«

»Na ja … besser aussehen tut der Angeber ja auch noch«, schob Mats mit einem schiefen Grinsen hinterher, aber ich konnte sehen, wie unsicher er in Wahrheit war.

Das war er, der Mats, den ich kannte. Ich lächelte zurück und boxte ihm gegen den Oberarm. Darüber hatten wir uns früher immer lustig gemacht: über Leons eingebildete Art, was sein Aussehen anging.

»Warst du denn wirklich nur wegen der ›untertänigen Wolke‹ so?«, fragte ich und starrte einen Moment lang auf meine Hände. »Oder … oder hattest du einfach genug von mir?«

Mats sah mich fast ein wenig erschrocken an. »Du glaubst doch nicht ernsthaft, dass ich mich ohne den Duft so verhalten hätte?« Er schüttelte den Kopf, dann seufzte er. »Es ist … ganz schön heftig, dass man sich so stark verändern kann. Und nur weil man den falschen Duftapothekenduft abbekommen hat. Ich meine, ich habe die, die mir am wichtigsten ist, im Stich gelassen.« Mats sah zur Seite. »Genau, wie mein Vater es gemacht hat.«

»Die, die dir am wichtigsten ist?«, fragte ich leise und bekam den nächsten Satz kaum aus meinem Mund heraus. »Meinst du damit etwa mich?«

Mats schaute mich auf eine Art an, dass mir ganz schwindelig wurde. »Ist denn alles wieder gut zwischen uns? So wie früher?«, fragte er und es entging mir nicht, dass er meine Frage nicht beantwortet hatte.

»Ja«, flüsterte ich und griff, einer plötzlichen Regung folgend, nach seiner Hand, um sie kurz zu drücken.

Doch als ich sie im nächsten Moment wieder wegziehen wollte, hielt Mats sie fest umschlossen. Ich schaute ihn verstohlen von der Seite an, während er einfach nur still in sich hineinlächelte.

Den Rest der Fahrt blieben wir so sitzen und sagten nicht mehr viel. Stattdessen lauschten wir den Gesprächen der anderen im Wagen, die sich ungläubig erzählten, was alles hinter uns lag.

Irgendwann musste ich eingeschlafen sein. Jedenfalls wachte ich auf, als wir fast zu Hause waren. Leon hatte die Musik aufgedreht und sang zusammen mit Benno lauthals mit.

Mir fiel ein Stein von der Größe unseres Meteorbrockens vom Herzen, als ich durch das Fenster die Villa Evie erkannte. Nacheinander pellten wir uns aus der Wärme des Wagens und streckten für ein paar Sekunden unsere steifen Glieder nach der langen Fahrt.

Am Seiteneingang der Villa Evie entdeckte ich ein paar Leute vor Hannes Haustür. Nanu? Hanne bekam doch nie Besuch, schon gar nicht von mehreren Leuten gleichzeitig.

Langsam ging ich näher, um zu sehen, was da los war. Auch Mats war die kleine Menschenansammlung aufgefallen und er kam mir hinterher.

Schon nach ein paar Schritten erkannte ich, wer dort mit Hanne sprach.

Eine blonde Frau fiel mir als Erstes auf. »Helene!«, rief ich. Da stand wirklich Willems Tochter, die wir vor Monaten vom Anwesen der Baronin von Schönblom befreit hatten. Und im nächsten Moment entdeckte ich auch Willem und seinen Enkel Edgar.

Während ich noch überlegte, warum die drei hier waren, drehte sich Willem schon zu uns um und warf mir ein schmales Lächeln zu. Eine kleine Geste, die jedoch, wenn man Willem kannte, wirkte, als hätte er an Ostern Geburtstag und am gleichen Tag würde auch noch das Weihnachtsfest stattfinden. Ein Lächeln passte so gut in Willems Gesicht wie ein Vollbart in meins.

Benno schien das wenig zu stören, er raste direkt auf Willem und Hanne zu. Hanne war tatsächlich stark erkältet und blickte fiebrig in die Runde. Ich war mir nicht sicher, ob sie zu krank gewesen war, um unser Verschwinden überhaupt mitzubekommen, oder ob das Donnerwetter nur noch auf uns wartete. Aber gerade war mir das auch egal, ich freute mich einfach, sie alle wiederzusehen.

»Was macht ihr denn hier?«, fragte ich Willem und strahlte zurück.

»Bonsky hat uns eine Nachricht zukommen lassen«, sagte Willem. »Er meinte, dass es nicht schaden könnte, wenn wir uns hier mal wieder blicken lassen.«

Ich ließ mich von Helene zur Begrüßung einmal fest und herzlich drücken. Als ich sie musterte, merkte ich jedoch, wie erschöpft und müde sie aussah – und bereits etwas älter als bei unserem letzten Treffen. Es war das, was ich auch an der Baronin von Schönblom beobachtet hatte. Sobald ein Ewiger keinen »Ewigkeitsduft« mehr benutzte, holte sich die Zeit die zuvor verlängerten Lebensjahre schneller zurück, als das normalerweise der Fall wäre. Wahrscheinlich würde Helene schon in wenigen Jahren eine alte Frau sein.

Ich wandte mich an den nächsten Besucher. »Hallo, Edgar«, sagte ich und lächelte auch ihm zu.

Er streckte mir seine Hand entgegen und schüttelte sie etwas förmlich. »Hallo, Luzie«, sagte er.

Edgar sah immer noch genauso blass aus wie vor ein paar Monaten, als ich ihn zum ersten Mal gesehen hatte. Aber auch er war älter geworden – älter und größer und selbstbewusster. Damals auf dem Anwesen der Baronin hatte Edgar fast noch kindliche Gesichtszüge gehabt. Doch mittlerweile war aus ihm ein junger Mann geworden. Einer, der kurz davor war, sich zu den Erwachsenen zu zählen. Sein welliges dunkles Haar hatte er ordentlich und straff zur Seite gegelt. Er trug ein weißes Hemd, eine schicke Stoffhose und Mokassins, die ihn noch älter wirken ließen. Mir fiel auf, dass sich die bodenlose Traurigkeit in seinem Blick, die mir so stark in Erinnerung geblieben war, verändert hatte. Er wirkte nicht nur älter, sondern auch trotzig und irgendwie wütend. Fast so, als gab er nicht nur den Ewigen die Schuld für das, was ihm auf dem Anwesen der Baronin passiert war, sondern als hätte die gesamte Welt ihn um seine Kindheit betrogen.

Hannes Husten riss mich aus meinen Gedanken. »Kommt, ich mache uns allen einen schönen Tee«, schlug sie vor und winkte uns in ihre Wohnung. »Hier draußen ist es doch so ungemütlich, und wenn ihr schon mal alle zu Besuch seid …«

»Hast du auch Kekse?«, fragte Benno und hopste voraus in Hannes Wohnung. »Die mit Schokolade mag ich.«

Hanne lachte. »Aber natürlich.«

Mats stieß mich in die Seite. »Wir kommen gleich nach!«, rief er Hanne zu, bevor er mich zum Auto zurücklotste.

Bonsky lehnte an der Beifahrertür und wartete. Auch Willem kam uns hinterher, genau wie Leon.

Ohne viele Worte machten wir uns auf den Weg. Wir konnten keine unliebsamen Zuschauer entdecken, also schleiften wir mit Bonskys Hilfe den Meteorbrocken ins Gewächshaus.

In die Duftapotheke ließ ich jedoch nur Mats und Willem hinein. Zwar wussten Leon und auch Bonsky bereits über die Duftapotheke Bescheid, aber trotzdem war es meine Aufgabe, ihr Geheimnis zu bewahren. Das hatte Daan de Bruijn mir aufgetragen – und daran würde ich mich halten.

Im Gewächshaus verabschiedete ich mich zuerst von Bonsky, dem wortlosen Riesen, dem ich inzwischen blind vertraute. Ich stellte mich vor ihn und lächelte ihn einfach nur an. Irgendwie hatte ich das Gefühl, dass das die angemessene Art wäre, ihm *Danke* zu sagen.

Bonsky lächelte ebenfalls zu mir hinunter. Und ich konnte meine Überraschung kaum verbergen, als er sich auf einmal zu mir hinablehnte. »Ich danke *dir*«, hörte ich eine tief knarrende Stimme in mein Ohr flüstern. Dann nickte er den anderen zum Abschied zu und drehte sich um.

Fassungslos verfolgte ich seine Schritte. Bonsky konnte also sprechen, auch wenn er es nie tat! Warum nur? Würde ich seine Geschichte jemals erfahren? Ich hoffte es und sah ihm nach, wie er zurück zu seinem Wagen ging und darin verschwand. Dann lauschte ich dem Motor, der immer leiser wurde.

»Ich geh mal unsere Mom anrufen und ein mögliches Donnerwetter abfangen, falls sie meine knappe SMS über unsere Abwesenheit nicht ausreichend fand.« Leon zwinkerte Mats zu, dann klopfte er ihm auf die Schulter. »Hast dich wacker geschlagen, Bruderherz, ich bin stolz auf dich.«

Bevor er das Gewächshaus verließ, nickte er mir noch mal zu. Ich hatte das Gefühl, dass Leon auch ohne meine Erklärung begriff, dass wir ab hier ohne seine Hilfe auskommen würden.

38

Zusammen mit Willem schleppten wir das Meteor hinunter ins Labor der Duftapotheke und atmeten erschöpft durch. Bevor auch Willem zurück nach oben ging, legte er Mats und mir eine Hand auf die Schulter und ich spürte geradezu, wie stolz er auf uns war. »Was hätten wir alle nur ohne euch gemacht?«, sagte er. »Ihr habt nicht nur das Meteor in Sicherheit gebracht und Syrell de Richemont besiegt – was ich ehrlich gesagt nie für möglich gehalten hätte –, sondern ihr habt tatsächlich die gesamte Vereinigung der Ewigen außer Gefecht gesetzt. Es ist geschafft. *Ihr* habt es geschafft! Endlich muss sich keiner von uns mehr verstecken. Niemand muss die Ewigen mehr fürchten. Glaubt mir, Kinder: Ich könnte nicht glücklicher sein!«

Ich schaute zu Mats und grinste ihn an. Willem hatte recht – das wurde mir erst jetzt so richtig klar. Wir hatten es geschafft. Und wie wir es geschafft hatten! Ab heute konnten die Ewigen uns gar nichts mehr.

Willem drehte sich zur Tür. »Es gibt noch jemanden, der sich bei dir bedanken möchte«, sagte er und deutete in den Raum nebenan. Noch bevor ich fragen konnte, wer das war, griff Willem nach Mats' Arm und verließ mit ihm das Labor.

»Okay … dann komme ich wohl gleich nach!«, rief ich den beiden etwas verwirrt hinterher und ging langsam aus dem Labor zurück in die Duftapotheke.

Wir waren doch gerade hier durchgelaufen. Wenn jemand da gewesen wäre, hätten wir ihn bemerken müssen! Erst als ich wieder in der Duftapotheke stand, wusste ich, dass ich mich irrte. In einem der Samtsessel hinter der Tür saß ein alter Mann mit überschlagenen Beinen und schaute mich durch eine Brille aus fein gebogenem Silber an. Er trug einen altmodischen Anzug, der mir von den vielen Fotografien im Flur so vertraut war.

Mir klappte die Kinnlade herunter. Vor mir saß Daan de Bruijn höchstpersönlich!

»Guten … Tag«, stotterte ich. »Was … äh … machen Sie denn hier?«

Obwohl meine Frage nicht übermäßig höflich geklungen haben musste, strahlte mir aus Daans Augen eine Freundlichkeit entgegen, die ich nicht von ihm kannte.

»Guten Tag, Luzie«, sagte er. »Wie schön, dich endlich einmal in meiner alten Duftapotheke zu treffen. Ich befürchte, die Zeit dafür war mehr als überfällig.« Er stockte und rieb sich über die Stirn. »Ich kann mich nur bei dir entschuldigen für all das, was ich versäumt habe zu tun. Leider bin ich wohl kein sonderlich guter Mentor und bin es nie gewesen. Nicht nur weil ich dir meine Meteorreserven verheimlicht habe, sondern auch, weil ich auf mich habe warten lassen, als du meine Hilfe dringend benötigt hättest.« Der alte Duftapotheker machte eine Pause und ließ mit sichtlicher Wehmut einen Blick über die vielen Flakons in den Regalen schweifen, als sammelte er Kraft. »Die Duftapotheke ist ein genauso großes Glück, wie sie eine Bürde ist. Ich hoffe, ich habe nicht zu viel von dir verlangt, als ich dich zur Erbin ernannt habe.«

»Das Glück ist größer als die Bürde«, versuchte ich, Daan aufzumuntern. Und kaum hatte ich das gesagt, fiel mir wieder etwas ein. Mit leicht roten Wangen flüsterte ich: »Wissen Sie … Es ist mir sogar gelungen, Ihr Rezept zum ›Duft der Endlichkeit‹ zu reparieren.«

Daans farblose Augen weiteten sich und es dauerte einen Moment, bis er sich gesammelt hatte. »Das ist … wunderbar. Ich könnte nicht stolzer auf dich sein. Aber ehrlich gesagt hatte ich nie daran gezweifelt, dass es dir gelingen wird.« Daan lächelte mich an, doch gleichzeitig wurde das Lächeln von den Sorgenfalten in seinem Gesicht überdeckt. Schwerfällig zeigte er zum Tresen, auf dem etwas lag. »Es gibt etwas, das du sehen solltest. Das wurde für dich hinterlassen. Es lag bereits hier, als ich eingetroffen bin.«

Auf dem Tresen entdeckte ich einen Briefumschlag. Ich hob ihn auf und las die schnörkeligen Buchstaben auf der

Vorderseite: *Luzie Alvenstein.* Mit einem Stirnrunzeln zog ich einen Zettel heraus.

Mir stockte der Atem, als ich las, was dort stand.

Du hattest Recht, Luzie. Die Bessergeborenen waren von Anfang an zum Scheitern verurteilt. Danke, dass du mir die Augen geöffnet hast. Ich weiß nun: Macht ist kein Geburtsrecht. Mächtig werden nur die sein, deren Talent sie dazu befähigt. Menschen wie du. Menschen wie ich.

Ich freue mich darauf, dich unter neuen Umständen wiederzusehen.

Ich ließ den Brief sinken und starrte unsicher auf die Handschrift. Wer hatte das bloß geschrieben? Die einzig plausible Antwort war: Elodie. Oder einer der Ewigen aus Paris. Aber was sollte dieses Gerede über *Macht*? Und wie war der Brief überhaupt so schnell hierhergelangt? Hier, mitten in die Duftapotheke? Mir wurde eiskalt, wenn ich daran dachte, dass jemand von ihnen den Zugang zu unserem wichtigsten Besitz kannte.

»Von wem ist dieser Brief?«, fragte ich Daan und hielt ihm den Zettel hin, damit er mir erklärte, was ich nicht verstand.

Ungläubig starrte der alte Mann auf die wenigen Zeilen und schien sie mehrmals lesen zu müssen, um sie überhaupt fassen zu können. »Wenn ich das selbst nur wüsste.« Er gab mir den Brief zurück und seufzte. »Womöglich habe ich etwas übersehen«, murmelte er zu sich selbst. Er nahm seine Brille ab und putzte die Gläser mit einem Tuch. Als er sie wieder aufsetzte, sah er mich mit einem so ernsten Blick an, dass mir ganz komisch wurde. »Vielleicht war das nur der Anfang vom Ende ...«, sagte er. »Wer weiß, warten wir es ab. Fürs Erste sollten wir glücklich sein, dass die Ewigen keine Bedrohung mehr darstellen.«

Ich nickte und betrachtete all die verschiedenen Düfte um uns herum. Ob sie nun in Sicherheit waren? Ich hoffte es so sehr. »Es ist schön, dass Sie gekommen sind«, flüsterte ich.

»Und längst überfällig war es auch.« Daan sah mich über den Rand seiner Brille vielsagend an. »Wenn du möchtest, beginnen wir bald mit deinem Sentifleur-Unterricht. Doch vorher muss ich mich etwas ausruhen. Wenn du erlaubst, bleibe ich noch einen Moment hier sitzen. Zwischen den Flakons konnte ich immer am besten nachdenken.«

Unterricht? Ich konnte kaum glauben, was ich da hörte. Aber erst mal versuchte ich, mir mein Glück nicht anmerken zu lassen, und nickte ernst. »Natürlich. Schließen Sie einfach die Tür hinter sich, wenn Sie gehen«, sagte ich nur und ließ den alten Duftapotheker mit seiner Vergangenheit alleine.

Auch wenn Daan de Bruijn nicht immer für mich da gewesen war, als ich ihn gebraucht hatte, so war er es wenigstens jetzt. Und auch wenn er nicht für jede meiner Fragen eine Antwort hatte, so fühlte ich mich doch nicht so allein, wie ich manchmal dachte, dass ich es wäre.

Im Flur fragte ich mich, was der Brief wohl bedeuten konnte. Er hatte beinahe wie eine Drohung geklungen. Und was hatte Daan gesagt? *Dass das alles vielleicht nur der Anfang vom Ende gewesen war?*

Das war unmöglich, oder? Schließlich war Syrell besiegt und mit ihm die Ewigen. Selbst Elodie konnte sich bestimmt nicht so leicht aus all dem herausreden. Ratlos setzte ich einen Fuß vor den anderen.

Auf den Stufen im Flur, die hinauf ins Gewächshaus führten, saß Mats und wartete auf mich.

»Na?«, fragte er mit einem Lächeln. »Ist der große Meister endlich mal vorbeigekommen?«

Ich hob meinen rechten Mundwinkel. »Ja. Ich bin froh, dass er da ist«, sagte ich nur und dachte im Stillen: *Und bleibt. Hoffentlich.* »Aber weißt du, was? Ich bin tausendmal glücklicher darüber, dass du endlich wieder da bist!«

Auf Mats' Gesicht schob sich erst ein Riesenlächeln, dann stand er auf und hielt mir seine ausgestreckte Hand hin. »Ich werde immer für dich da sein, Luzie Alvenstein.«

Als ich meine Hand in seine legte, zog er mich an sich und drückte mir einen Kuss auf die Wange.

In meinem Bauch ging ein Feuerwerk los. Wenn das nur der Anfang vom Ende war, dann war es ein absolut großartiger Anfang.

Luzie und Mats haben die Ewigen besiegt. Aber was bedeutet der mysteriöse Brief? Und welche Geheimnisse hält Daan de Bruijn bereit?

Finde es heraus! Die Fortsetzung der »Duftapotheke« erscheint im Frühjahr 2020!

ISBN 978-3-401-60509-8

In der Duftapotheke gibt es tausend magische Düfte!

In ihren Regalen sprudeln sie nur so vor sich hin und leuchten dabei in den verschiedensten Farben. Möchtest du jetzt mehr über die besonderen Duftkreationen von Luzie und Daan de Bruijn erfahren? Willst du wissen, welcher Duft in welche Kategorie gehört und aus welchen Bestandteilen er zusammengesetzt ist?

Blättere jetzt ans Ende des Buches. Dort findest du eine supergeheime Duftkarte, auf der du sehen kannst, welcher Duft welche Farbe besitzt, in welchem Flakon er aufbewahrt wird und zu welcher Kategorie er gehört. Zu den wichtigsten Düften haben dir Luzie und Mats sogar ein kleines Rezept mit den jeweiligen Duftnoten zusammengeschrieben.
Viel Spaß beim Entdecken!

Deine persönliche Duftkarte als Poster!

PS: Wenn du bereits das Poster aus Band 2 der »Duftapotheke« besitzt, kannst du dieses Poster darüberkleben. Schaue dir dazu die Anleitung weiter unten an. So erhältst du ein richtig großes Poster mit noch vielen weiteren neuen und spannenden Düften!

Natürlich kannst du auch beide Poster einzeln verwenden.

Klebe das zweite Poster ca. 1 cm über das erste Poster.

Exklusiv erhältlich mit Band 2!

Anna Ruhe

Die Duftapotheke

Ein Geheimnis liegt in der Luft (1)

In der alten Villa riecht es seltsam – nach tausend Dingen gleichzeitig. Es ist das erste, was Luzie an ihrem neuen Zuhause auffällt. Aber die Gerüche führen nirgendwohin und der Schlüssel, den Luzie unter einer Bodendiele findet, passt in kein Schloss. Gibt es in der Villa etwa ein verstecktes Zimmer? Gemeinsam mit ihrem kleinen Bruder Benno und dem Nachbarsjungen Mats macht sich Luzie auf die Suche. Als sie in den verborgenen Teil der Villa vordringen, trauen die Kinder ihren Augen kaum: Auf deckenhohen Regalen reihen sich zahllose Duftflakons aneinander, in denen es nur so schillert und sprudelt! Doch in den Fläschchen schlummern nicht nur schöne Überraschungen, sondern auch jede Menge Gefahren. Vor allem ein Flakon wäre besser für immer verschlossen geblieben …

Anna Ruhe

Die Duftapotheke

Das Rätsel der schwarzen Blume (2)

Luzie Alvenstein hat ein Geheimnis: Tief unter ihrem Haus gibt es ein verstecktes Zimmer – die Duftapotheke! Doch eines Tages ist ausgerechnet das Meteorpulver, die wichtigste Zutat für die magischen Düfte, verschwunden. Dabei wollte Mats doch seinen Vater von der Wirkung des lieblosen Duftes befreien! Auf der Suche nach dem Dieb reisen Luzie und ihre Freunde bis nach Amsterdam. Dort bekommen sie Hilfe von einem verschrobenen Blumenzüchter – und von einem Mann, der gar nicht mehr leben dürfte. Können sie das Meteorpulver zurückerlangen und so gemeinsam die Duftapotheke retten?

Arena

Auch als E-Book und als Hörbuch
bei Rubikon Audio erhältlich

288 Seiten • Gebunden
ISBN 978-3-401-60360-5
www.arena-verlag.de

Anna Ruhe

Seeland

Per Anhalter zum
Strudelschlund

Max will raus aus dem öden Kaff Bittie Cross und seinen Vater finden, der seit Jahren verschwunden ist. Zusammen mit der seltsamen Emma gerät er auf der Suche in eine unglaubliche Welt: Seeland! Hier gibt es Städte auf Stegen und Häuser wie Eisberge, kauzige Pilzsammler, Unterwasserpiraten, freundliche Riesenquallen und echte Meerjungfrauen. Und ausgerechnet in Seeland entdeckt Max eine Spur seines Vaters. Wie kann das sein? Zusammen mit Emma taucht Max ab in das größte Abenteuer seines Lebens.

288 Seiten • Klappenbroschur
ISBN 978-3-401-50694-4

Mount Caravan

Die fantastische Fahrt
im Nimmerzeit-Express

Jake war sein Leben lang Außenseiter. Dass er jetzt noch in ein Internat für Schwererziehbare gesteckt wird, ist echt das Letzte. Doch das seltsame Mount Caravan ist nicht das, was es vorgibt zu sein. Insgeheim beschützt die Schule ein uraltes Buch, und in diesem steht nichts Geringeres als die Zukunft der Menschheit! Plötzlich ist es an Jake und seinen Freunden Ava und Finley es vor den machthungrigen Feinden der Schule zu beschützen ...

272 Seiten • Klappenbroschur
ISBN 978-3-401-51110-8
www.arena-verlag.de

Arena